晴时多云,偶阵雨

Sunny days and rainy days

二货水母
/ 著

文匯出版社

图书在版编目（CIP）数据

晴时多云偶阵雨 / 二货水母著. -- 上海：文汇出版社，2015.5
ISBN 978-7-5496-1432-5

Ⅰ.①晴… Ⅱ.①二… Ⅲ.①长篇小说 – 中国 – 当代 Ⅳ.①I247.5

中国版本图书馆CIP数据核字(2015)第061669号

晴时多云偶阵雨

出 版 人 / 桂国强
作　　者 / 二货水母
责任编辑 / 戴　铮
封面装帧 / 粉粉猫
出版发行 / 文汇出版社
　　　　　上海市威海路755号
　　　　　（邮政编码200041）
经　　销 / 全国新华书店
印刷装订 / 三河市金泰源印务有限公司
版　　次 / 2015年5月第1版
印　　次 / 2015年5月第1次印刷
开　　本 / 880×1230　1/32
字　　数 / 256千字
印　　张 / 10

ISBN 978-7-5496-1432-5
定　价：32.80元

晴时多云偶阵雨

目录
contents

第一章　契约咨询师 / 001

第二章　胡萝卜大战 / 016

第三章　干爹的饭卡 / 038

第四章　软妹也有小胡子 / 063

第五章　女婿大作战 / 086

第六章　一手遮天的妖术 / 106

第七章　熊猫大侠不好当 / 124

第八章　霸气侧漏钢管舞 / 143

晴时多云,
偶阵雨

目 录
contents

第九章　毛衣风筝　162

第十章　太上皇的生日宴 / 185

第十一章　捡贝壳不如捡节操 / 202

第十二章　不完整的女人 / 227

第十三章　套马的汉子,你威武雄壮 / 249

第十四章　半斤鸡心 / 272

第十五章　蛤蟆精大战壁虎精 / 290

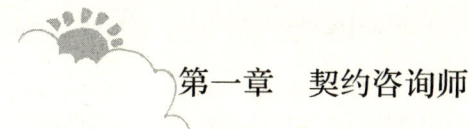

第一章　契约咨询师

"我熬夜加班,不是为了看你给这些文件点上多余的标点符号!"

安昀轩低头耐心地听着跟前西装革履的男子拿着一叠文件数落她,随后在那鸡蛋里挑骨头的一堆训话后摆出虚心接受的姿态:"您说得是,都是我工作态度有问题才会犯这类低级错误,我一定好好反省!"

对面英气逼人的男子听了她这番话,像看一棵花菜似的斜睨着她半晌,方不带感情道:"没有下次。"

安昀轩险些想跪下磕头道:"谢主隆恩!"当然,她也只是想想,现实是她露出一个谄媚的笑,道:"那个……您要咖啡吗?"

男人瞥她一眼,揉了揉眉心淡淡"嗯"了一声,想了想又补充道:"两杯。"

安昀轩如蒙大赦地出了总经理办公室。

早就听见里头动静的项目部的魏薇忙跟着安昀轩进了茶水间,随后压低声音道:"怎么,又挨批了?"

安昀轩撇撇嘴算是默认,魏薇同情道:"哎,没办法,不难伺候就不是'太子爷'了!你知不知道你现在这位置有多少人眼红!拿着经理级别的工资干助理级别的事!还能与'太子爷'朝夕相处!很多人都以为你有什么后台或者与'太子爷'有什么关……喂，你干吗？！"

"搅抹布水啊！"安昀轩坦然地看着抹布水滴入被称为"太子爷"的总经理庄墨辰的两杯咖啡里，那脏兮兮的抹布水混进浓浓的清咖里还真是看不出一点异样。

安昀轩脸不红心不跳地用搅拌棒搅和了一下，随后踩着掉在地上的魏薇的下巴淡定地踏出了茶水室。

原本是心理学专业出身的安昀轩其实是想找份专业对口的工作，但如今她手里只有一张心理咨询师的证书，在没有经验的前提下这个目标还是很难实现的，于是安昀轩便想着先找份不那么辛苦的文职做起来，私底下再接些个案什么的积累经验。

当然，当初她以并不出挑的简历和并不完美的回答通过层层面试被选拔出来时，对这份总经理助理的工作还是有所期待的，她听说过这位玉树临风的庄总的一些事迹，知道他虽然是董事长的儿子，却也是个干练、严谨、年轻有为的男人，然而在相处了两个月以后，安昀轩却觉得，她的存在似乎和发泄球是一个性质！

庄墨辰总是能从她的工作中挑出各种毛病来横加指责，并且永远看不到她的进步和努力。这种发作不得的委屈让总被同事们羡慕不已的安昀轩觉得十分委屈，她甚至已经开始在网上投简历想要另谋高就，但走前，她决定抓紧一切机会好好报复一把，往咖啡里搅抹布水便是她一直想做却始终没做的事。

"庄总，您的咖啡。"安昀轩一如既往地挂着浅笑将两个纸杯咖啡递到庄墨辰手边。庄墨辰依旧目不斜视地敲打着键盘，只"嗯"了一声表示知道了。

安昀轩于是一副乖巧模样坐回到总经理办公室外头的助理小隔间里，眼睛却透过玻璃死死盯着庄墨辰的一举一动，想着一旦庄墨辰喝一口，她就箭一般冲到卫生间里哈哈大笑。

在翘首以盼地等待了两分钟后，庄墨辰终于端起其中一杯咖啡凑到嘴边。安昀轩时刻准备着咧开嘴笑的时候，庄墨辰却忽地动作一顿，随即按下了电话上的内线呼叫键。

听到自己跟前的电话铃声响起时，安昀轩只觉得像刚做好热身运动就被兜头泼了盆冷水似的。她深吸一口气走到隔壁，礼貌地敲了敲门，随后拧开把手走进去："庄总，您找我？"

庄墨辰放下手中的咖啡，抬头盯着面前这个相貌清秀的女孩看了片刻，道："最近你辛苦了……"

安昀轩一愣，心道该不会是这个变态男人觉得这段时间把她整得太过分了所以打算给她点带薪休假之类的小福利吧，如果这男人真这样做的话，说明他本质上也还不那么糟糕……

正想着，就听庄墨辰淡淡继续道："这杯咖啡……还是你喝了吧！"

安昀轩只觉得一个响雷炸在了耳畔。

她虎躯一震，抬头仔仔细细地打量着这个俘获了无数芳心的青年才俊，随后毫无意外地捕捉到他眼中那一抹等着看好戏的兴致。

这摆明了是发现有猫腻才故意报复她的！

"那……那怎么成？这是给您泡的啊！"安昀轩笑得人畜无害。

庄墨辰不说话，只冷冷看着面部表情渐渐僵硬的安昀轩。

安昀轩觉得心里一阵发毛，做贼心虚地退了半步。庄墨辰却干脆端起咖啡走到她跟前，居高临下地递了过去。

安昀轩的眼中立刻蓄满了泪水，她想起了刘胡兰、董存瑞、草原英雄小姐妹……今天，她就要牺牲在这儿了！她简单地回顾了一下自己平凡无奇的人生，正打算接过杯子"壮烈"一下，就听到一阵敲门声。

还没等两人反应过来，执行董事许磊便推门而入。

"哟！这干吗呢？"见庄墨辰端着杯咖啡虎视眈眈地盯着跟前娇小温婉的安昀轩，许磊不免有些好奇。

庄墨辰将视线转与自己位年纪相仿的许磊："我只想让她尝尝特制的咖啡。"说罢一指桌上的另一杯，"你也试试？"

许磊与这个因为父母交好而不得不"青梅竹马"并且常被拿来比较的"挚友"其实是心知肚明地相看两厌，但碍于庄墨辰父亲便是董事长的关系，表面功夫还是要做的，于是许磊走过去，拿起疑似庄墨辰自己泡的另一杯咖啡，只是刚凑到嘴边就闻到一股说不上来的怪味儿。

他狐疑地看看庄墨辰，又看看安昀轩。庄墨辰见他不肯喝，便又对安昀轩道："你先喝一口。"

试毒呢这？

安昀轩心中有一万匹草泥马咆哮而过。

庄总，您好心机！买一送一报复计划通！

但迫于庄墨辰的淫威，安昀轩最终还是忍辱负重地闭眼抿了一口，呕……这味道！当然安昀轩没有笨到真的咽下。

许磊见连安昀轩这样的小女生都勇敢地喝了，便也举起杯子猛灌一口，结果立刻脸绿了，夺门而出直奔走廊尽头的洗手间。

这一场景点燃了其他部门员工的八卦之心，他们纷纷探头探脑地侦查，随后在公司的无领导八卦群里询问究竟发生了什么事。同样也跑到卫生间去吐掉咖啡并漱口后回到自己助理办公室的安昀轩，怀着满腔委屈点开了公司的八卦群，随后在对话框里输入："别担心，许董没事！"

同事们立刻七嘴八舌地包围了疑似情报人的安昀轩，求她爆料，安昀轩故作犹豫地回复道："这……不太好吧？"

被好奇心燃烧得热血沸腾的同事们哪肯放过她，纷纷央求她说个详细。安昀轩接了个电话后重新打开闪个不停的QQ群一口气输入了一段话："好吧，你们可别说出去！其实刚才庄总对许董做了些……很让人意外的事，所以许董震惊之下出去漱口了！"

说完发现刚才还央求她爆料的同事们竟然都没了反应，片刻后就有好几个小窗震了还没搞明白状况的安昀轩："白痴！你发错群了！"

安昀轩抬头看一眼群名，霎时就哭了。

这个竟然是公司的工作群！

而群主正是庄墨辰！

安昀轩惊恐万分地透过玻璃看了一眼，发现庄墨辰正一如既往地敲打着键盘，但谁又能保证下一秒他不会想起上线呢？

这简直就是个定时炸弹！

幸好八卦群里的同事们因为安昀轩发错群的事以及她爆料的"内幕"沸腾了一下午庄墨辰也没有上线，在大家的恭喜声中，安昀轩觉得自己的小命暂时保住了。

下班时溜得稍晚一点的安昀轩接到了来自庄墨辰的电话，安昀轩的心都快跳到嗓子眼了，幸好庄墨辰只是说落下了一份文件让还留在公司的安昀轩帮忙送到楼下给他。

万恶的资本家！

"他的记忆力一定是和良知一起私奔了！"安昀轩一边找资料，一边气鼓鼓地抱怨。然而脚下一个没站稳，身子前倾手按在厚重的窗帘上，竟然摸到一个凸起的东西。安昀轩好奇地拉开窗帘，刚才她摸到的凸起原来是个门把，而呈现在她眼前的，竟然是一扇小门。

安昀轩忽然有了种穿越到侦探小说里的错觉，伸手转动了一下门把——没锁！

安昀轩的心跳瞬间加速，虽然知道这样做不太好，但她真的很好奇这扇"暗门"后头究竟藏着什么，如果说这是 Boss 大人的把柄的话，那么就算 Boss 大人看到了群里她的"造谣"，也暂时拿她没辙吧？

这样想着，安昀轩转动把手轻轻一拉，令她意外的是，呈现在她眼前的一间不足两平方米的房间里整整齐齐地堆满了大大小小的毛绒玩偶，但形象只有一种——熊猫。

安昀轩不禁有些疑惑。

这些都是 Boss 大人的？

如果是的话，他在如此隐蔽的地方藏这么多熊猫玩偶做什么？

Boss 大人住的是别墅，家里藏不下绝对不是理由。

难道说公司里有哪个与 Boss 大人相熟的人的孩子时常会来他办公室玩？

可是……这个数量也太夸张了吧！

"咔嚓——"。

正纳闷的安昀轩慢慢地回过头来，目光撞上了此时手扶着门把的庄墨辰。原来，庄墨辰左等右等都没等到她出现，打她手机又不接，便亲自找了上来。

完蛋！

怎么办？

夺门而出？没有胜算！

杀人灭口？没这熊胆！

"庄总……我那个……我不是故意的。"

庄墨辰不听解释，只阴沉着脸，一步步逼近角落里的安昀轩。背都贴墙上了的安昀轩退无可退，差点想不争气地给庄墨辰跪下说"皇上饶命"。

庄墨辰最终停在了距离安昀轩一步之遥的地方，随后看了一眼那小仓库冷冷道："你觉得，那都是我的？"

安昀轩咽了口唾沫："不……不是！"

"答错了。"庄墨辰一手撑在安昀轩身侧堵住她的去路，"你觉得，我喜欢这些？"

安昀轩瑟瑟发抖道："不……不喜欢！"

"又答错了。"

安昀轩心说：都这种时候了，干脆给个痛快！别再玩智力问答折磨她了！

但显然庄墨辰听不到她的心声，他用一种X射线似的眼神上上下下地扫描了一遍安昀轩，随后一字一顿道："现在给你两条路，一是立刻辞职；二是帮助我在两个月内克服这个心理障碍，并获得五万元的酬金，当然，如果你单方面违约，需要缴纳十倍的违约金。"

阴谋！这是赤裸裸的阴谋！

难怪庄墨辰只参与了半场面试就点名要录取她……原来不是因为看中她的能力！

可五万元实在是太过诱人，而这个看起来并不怎么难治的"病症"也让想要成为专业人士的安昀轩有些蠢蠢欲动。

让庄总当一回小白鼠？

还有钱拿？

这等好事，何乐而不为？

于是本来打算跑路的安昀轩最终接下了这个"治愈太子爷"的主线任务。

但是，"太子爷"并不怎么配合她每天两小时的"治疗"，每次说到关于他家庭和童年的话题，都会被含糊其辞地带过。安昀轩若问得直接了，他便会冷言冷语地表示不知道这些也能治好他才是真正有本事的好医生。

安昀轩气得够呛，不服输地琢磨了几天，终于想出了一个馊点子——用八卦换八卦。

安昀轩先用一顿午饭从同事那儿换来了许磊的手机号码，随后发了条消息给他——"许董，您想不想知道造谣您和庄总的是谁？"随后附上见面的时间、地点。

当晚，从庄墨辰家里出来以后，安昀轩便来到了与许磊约定的那家甜品屋。

"是你！"这几天被八卦折腾得够呛的许磊发现这约他见面的神秘人竟然是同样身为"抹布咖啡"受害者的安昀轩时，不免有些惊讶。

"嗯……是我，我听说，您和庄总的关系似乎并不那么融洽。"安昀轩开门见山道，"您看，我们结个同盟如何？"

许磊饶有兴致地一挑眉："结盟？"

安昀轩十分不客气地点了好几份芒果甜品后道："您看，我在他身边工作也算是尽心尽力了，却总被他当出气筒使，还被逼着喝那种东西……"安昀轩痛苦的表情让许磊也回忆起那令人作呕的味道，因而不知道那"抹布咖啡"的始作俑者是谁的许磊也觉得庄墨辰真是个差劲透了的上司。

"但如今，我手里握着一个关于他的把柄！"安昀轩说着从包里掏出一份与庄墨辰签订的"治疗协议"。许磊接过去看了，不禁一愣，那签名确确实实是庄墨辰的字迹没错。

"现在我是他的秘密治疗师，如果您愿意透露他的隐私给我，那么我也会在治疗结束后将他的秘密告诉您！"

随后如何报复他，便是您的事啦，许董！

许磊抬起头，细细打量了一下跟前这个与他印象中的娇柔截然相反的女孩，随后挂着笑容摸摸下巴道："我没意见，要歃血为盟吗？"

安昀轩笑了，朝许磊伸出手，许磊会意地与她击掌为誓。

"啪"的一声——"复仇者联盟"就此诞生！

之后两人一边吃甜品一边八卦起庄墨辰的种种故事，安昀轩觉得许磊提供的情报可以归纳为以下几点：

一、庄墨辰的父母都忙于事业，庄墨辰小时候是他爷爷带的。

二、庄墨辰的童年很寂寞。

三、庄墨辰小时候有一只很喜欢的熊猫玩偶。

四、庄墨辰是个很枯燥乏味的人。

五、庄墨辰没有女朋友。

六、庄墨辰也没有男朋友。

七、庄墨辰很讨厌胡萝卜和许磊。

根据这些，安昀轩可以推测，庄墨辰对毛绒玩具的喜爱必定与他孤独、缺爱的童年有关！这样就可以对症下药了！

安昀轩得到满意的答案后，便要与许磊道别，许磊很绅士地亲自开车送她回去。

安昀轩在小区门口下车以后，许磊忽然想起什么似的叫住她："你还没告诉我，是谁传了我和庄墨辰的谣言！"

安昀轩回首，嫣然一笑："是我。"

随后撒丫子狂奔而去。

许磊呆呆望着那渐渐消失在暮色中的身影，忽然绽开了一个微笑。

他有多久没有这么开怀过了？

这个女孩，就像是他童年无意间接在掌心的一片雪花，让他情不自禁地想挽留那稍纵即逝的纯真与美好。

这边，自以为通过坑蒙拐骗的方式终于找到了症结所在的安昀轩，在第二天给庄墨辰治疗时，提议他养一只宠物。

"一只宠物？"

"对。"安昀轩一本正经道，"这就像戒毒一样，要逐步减轻摄入毒品的分量，循序渐进地降低对毒品的依赖。要克服您对毛绒玩具的喜爱也需要有个自然而然的过程，和宠物亲近总比对毛绒玩具爱不释手要好些，更何况宠物还能有所回应。"

庄墨辰抱着胳膊思索片刻，觉得安昀轩说得有些道理："但我不一定有这个时间……"

"我可以替您挑选并在力所能及的范围内照顾它。"安昀轩顿了顿又补充道,"不接受信用卡支付。"

庄墨辰原本舒展的眉头再度拧成了"川"字,跟前这个看似柔弱的姑娘真的不是个想捞一笔钱跑路的骗子?

"庄总想养什么?"权当庄墨辰默认这交易的安昀轩一脸"砖家"模样。

庄墨辰也便顺着她的话认真思索起来。冥思苦想片刻,庄墨辰终于抬起头来,用十分肯定的语气道:"熊猫。"

安昀轩的微笑僵住了:"您有更切实际的想法吗?"

庄墨辰又抱着胳膊思索片刻后道:"没了,你看着办吧!"

看着办?怎么看着办?

安昀轩可不想白忙活。

"您看猫咪怎么样?"

"发春吵。"

"小狗呢?"

"没空遛。"

"兔子呢?"

"味道重。"

"鱼儿呢?"

"没长毛。"

"我呢?"

安昀轩说这句纯属是黔驴技穷的玩笑,却没料到庄墨辰十分认真地思索片刻后,回复了三个字:"智商低。"

安昀轩瞬间爹毛!

她发誓拿到五万块以后,要把这个缺心眼儿的上司的毛绒控爱好写大字报贴得满公司都是!

想归想，安昀轩还是不得不承认，她的宠物治疗计划失败了。

说到底，庄墨辰就想要一只长得可爱但不会吃喝拉撒让他觉得厌烦的萌宠！

这简直是不可能完成的任务！

安昀轩不甘心，她咬牙切齿地想，一定要想办法用她的毕生所学降服这个总欺负她的浑蛋老板！

然而回去以后安昀轩辗转反侧了一夜都没想出个新方案来，第二天又因为睡过头而迟到了。

迟到的结果不外乎扣奖金以及被拉到总经理办公室挨批，最可恶的是，庄墨辰还在结束时加一句："留下加班！"

安昀轩深深地体会到了有产阶级的可恶，她泪流满面地和父母发消息说晚上不回家吃饭了，随后去八卦群里继续造谣庄墨辰，说得煞有介事，以至于同事们都起哄让她写一本《庄墨辰传》。当然，安昀轩也只能通过这种消极的方式发泄一下不满，等同事们都走后，她照样得乖乖留下来加班。

说是加班，其实也就是陪着庄墨辰加班。

无所事事的安昀轩也只能开着电脑装腔作势地点点鼠标，实则是在玩连连看。

正无聊，手机忽然响起。

安昀轩一看来电显示便慌了，忙偷偷跑到茶水间去接。

"喂？"

"哟，盟友，干吗呢？"许磊的语调一如既往地透着阳光的气息，然而安昀轩一听他的声音便心虚了，前几天她完全是为了骗取庄墨辰的情报才找许磊的，根本没打算"长期合作"！难道他还没明白自己是骗他的？

"对不起，我还在加班，请问有什么事吗？"公事公办的语气，只希望这位能够知趣地退散。

"哦……加班啊……"许磊直接忽略安昀轩的后半句，兴致勃勃道，"那吃饭了吗？"

安昀轩真弄不明白许磊打这通电话究竟有什么目的，干脆打开天窗说亮话："许董，散布谣言的事我很抱歉，我的本意只是想发泄一下对庄总的不满，并没有想让您躺枪！"

"躺枪？"许磊显然不明白。

"就是躺着也中枪的意思……"安昀轩耐心解释。

许磊琢磨了一会儿，忽然哈哈大笑。

安昀轩将手机拿开一点，头上三根黑线。

真有那么好笑吗？许董的笑点是不是有点低啊？

"你们这些小年轻挺有意思的！"许磊笑够了以后正色道，"说实话，你这么散布我和庄墨辰的谣言，也确实给我带来了不少麻烦，更何况上回你还故意套我的话……"

"这么说，您是想要我补偿喽？"

许磊"啧"了一声："我可不是庄墨辰。"

安昀轩皱起了眉，她实在搞不懂许磊究竟要做什么："许董，我们能不绕弯子吗？"

许磊用手指关节轻轻扣着桌子，颇为惬意地吐出一句："我只是觉得你很有趣，想和你做个朋友。"

"对不起，本人持咨询师证上岗，为了保证资源的充分利用，纯聊天也收钱，一小时五百，买年卡送蒸蛋器。"安昀轩觉得许磊可真是闲得蛋疼！

结果，许磊听完又一阵大笑，笑完后一本正经地问了一句："蒸蛋器什么牌子的？"

安昀轩"嗷嗷"叫着挠墙。

"好了好了，不逗你了！"许磊觉得再这么欺负下去，安昀轩得崩溃了，"你也别太累了，晚上早点休息。真有困难和我说，没别的意思。"

安昀轩觉得许磊纯属就是觉得她好玩来逗逗她的，和富家子弟赏玩花鸟鱼虫是一个道理，于是挂掉电话以后，便把这人给忘了。

等安昀轩装腔作势地端了杯咖啡回到办公室以后，却发现可恶的庄墨辰正在津津有味地吃她最喜欢的咖喱牛肉饭！

本来没什么食欲的安昀轩瞬间就饿了，她死死盯着那碗越来越少的牛肉饭，脸都快贴到玻璃上了。

就在这时候，内线电话响起。安昀轩猛地回过神来，朝电话翻了个白眼。

瞧这个做作的男人！分明只有一墙之隔，吼一嗓子不就完了？

安昀轩慢吞吞地推开总经理办公室的门，有气无力道："庄总，您找我？"

庄墨辰一如既往地面无表情道："打印机没墨了。"

安昀轩乖乖掏出小本子记上一笔，却听庄墨辰又道："晚上少喝点咖啡。"

安昀轩愣了愣，这人刚看着全神贯注的，怎么还会注意到她回来时端着咖啡？

正纳闷呢，又听庄墨辰道："这个你拿去。"

安昀轩顺着庄墨辰手指的方向看去，就看见了搁在茶几上的另一碗热气腾腾的牛肉饭！安昀轩的眼睛瞬间亮了，却听庄墨辰不疾不徐地继续道："拿去喂猫。"

喵了个咪的！

安昀轩孚毛道："老板好胃口啊！"

庄墨辰不明所以地看向她。

"竟然喜欢吃猫粮！"安昀轩说罢扭头就走。

咱不吃嗟来之食！

之后，安昀轩保持着鼓着腮帮子的河豚鱼表情一直到庄墨辰来叫她下班。

"下雨了，我送你回去。"庄墨辰在电梯里目视前方道。

安昀轩看着镜子里两人肩并肩的模样便火大，把头一扭："不用，我打车。"

"从这里打回去很贵吧？"

安昀轩"哼"了一声，就听庄墨辰继续道："这种惩罚性质的加班，我是不会批准报销的。"

安昀轩磨牙，恨不得一口咬死这浑蛋上司。

然而大半夜又下着雨，安昀轩在转角处抱着把伞瑟瑟发抖地等了半天都没等到出租车。这时候，某个开着白色保时捷的"太子爷"便出现在了她的跟前："上车！"

安昀轩不理他。

"今天的治疗还没做。"

安昀轩的杏眼瞬间瞪得滚圆。

还做？都几点了？这是报复她不肯搭车吗？

"怎么？想违反协议？"

安昀轩深吸一口气，打开车门坐了进去。

不断对自己强调——她要有耐心、有爱心、有职业操守。

终于到达庄墨辰家里时，疲惫不堪的安昀轩歪在沙发上道："来吧！速战速决！"

正脱外套的庄墨辰却轻咳一声别开眼道："你先坐会儿。"随后便出了客厅。

强撑着的安昀轩左等右等都没等到庄墨辰回来，不知不觉间就抱着柔软的抱枕睡了过去。

忽然，鼻子捕捉到一阵诱人的香味。

饿过头了的安昀轩猛地惊醒，扭头嗅了嗅，正看到庄墨辰端着一碗什么走过来。

等近了安昀轩才看清，那碗里头分明是用来"喂猫"的咖喱牛肉饭，只是多了两个荷包蛋、一根玉米肠和几颗碧绿的西兰花。

"今天下雨，猫没出来。"庄墨辰将碗筷递到安昀轩跟前时道。

哎，你个浑蛋上司非要提猫吗？

但看看递到跟前的那一大碗显然是庄墨辰加工过的食物，口水都要流下来了的安昀轩决定不再计较庄墨辰逞口舌之快。

嗯？竟然意外地好吃！

安昀轩满足得想要舔碗，却发现庄墨辰正坐在对面看着她，瞬间便脸红了。

刚才是错觉吗？她好像看到庄墨辰在冲她微笑？

"放着吧！我送你回去。"庄墨辰接过安昀轩手里的碗筷搁在一旁。

"呃……那个……不是说要治疗吗？"安昀轩眨巴眨巴眼睛。

庄墨辰看了一眼安昀轩嘴角沾着的咖喱："这就是治疗的一部分。"

虽然说这话时，庄墨辰的神情与平日里没有什么不同，但安昀轩却觉得，这句话宛如有生命般，直直地钻进她的心里……

这个男人似乎也并没有她想的那样糟糕？

回去的一路无话，但却能感觉到一种不同以往的融洽。

只在道别时，男人唤住安昀轩道："银行账号发你手机上了，明天记得把我接送你的油费转到我账户里。"想了想又补充道，"不接受信用卡支付。"

安昀轩张大了嘴望着那扬尘而去的保时捷想，她要收回之前对这个男人所有的正面评价。

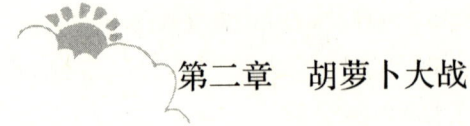

第二章　胡萝卜大战

安昀轩酝酿了几日，终于又想出了第二个治疗方案。

"厌恶疗法。"安昀轩煞有介事道。

"厌恶疗法？"庄墨辰等着安昀轩给他解释。

"比如您想触碰毛绒玩偶时，我给您一个令您不快的刺激，反复操作几次后，您的这种想法就会和我给您的刺激形成条件反射，即使之后我不再刺激您，您也会因为想避免这种刺激所带来的不快体验而放弃这种想法。"安昀轩倒背如流道。

"绕口令不错，年会可以上。"庄墨辰点头道。

安昀轩额上青筋暴起："庄总，请您严肃点。"

庄墨辰向后一靠，长长"哦"了一声："那具体要怎么操作？"

安昀轩就等这句话呢！忙努力绷住脸上表情道："您有什么讨厌的东西？"

庄墨辰摸着下巴道："胡萝卜。"

安昀轩立刻两眼放光道："讨厌生吃还是熟吃。"

庄墨辰用一种十分中肯的语气道："只讨厌别人在我跟前吃。"

于是为了报复之前庄墨辰的"劣迹斑斑"，安昀轩借着替他治疗的名义买了一麻袋胡萝卜,一根根洗净了第二天带到公司,只要透过自己办公室的玻璃看到庄墨辰拉开窗帘试图打开那扇堆满熊猫玩偶的密室门时,她便会冲进总经理办公室"咔嚓咔嚓"地啃胡萝卜。

半天下来,安昀轩吃了整整六根胡萝卜,但除了第一次她冲进去啃胡萝卜时庄墨辰皱了皱眉以外,之后的几次庄墨辰都用一种类似隐忍的古怪表情看着她把整根胡萝卜吃完。

安昀轩总觉得哪里不对,中午前狐疑地跑到走廊里给许磊打了个电话,结果许磊沉默片刻后道:"我从没听说过他讨厌别人生吃胡萝卜,他只是自己不喜欢吃而已。"

许磊的话宛如当头一棒,打得安昀轩险些一口鲜血喷在窗户上。

她飞奔回总经理办公室一巴掌拍在桌子上:"庄总,您玩我是吧?!"

谁知刚吼完就觉得胃部一阵抽搐,安昀轩忙忍着冲动冲进卫生间,一弯腰就吐了个干净。

"安昀轩!安昀轩!"跟过来的庄墨辰在外头喊,"你还好吧?"

还好?您一口气吃六根胡萝卜试试!

安昀轩扶着墙气得想与庄墨辰同归于尽。

这时候被庄墨辰叫来的魏薇走了进来,给安昀轩递上纸巾道:"怎么样?还想吐吗?"

安昀轩摆摆手,示意没事,但从卫生间里出来的时候,她的脸已经惨白惨白的了。

"你去替她收拾东西,待会儿把人扶下来。"庄墨辰对魏薇说着,把车钥匙塞兜里就要去按电梯。

安昀轩虽然难受,但很快便明白了庄墨辰的意思,立刻拒绝道:"不必假好心!之前不还装得起劲吗?"

扶着安昀轩的魏薇觉得她似乎知道了什么不得了的事,回头看了一眼同样从各个办公室里探出脑袋的同事们,不禁兴奋起来。

然而就在众人打了鸡血似的打算看一场好戏时，视察工作的许磊正好路过这里。

"怎么回事？"许磊一见安昀轩这脸色就被吓到了，"身体不舒服？"

"呃……昀轩刚才吐了。"魏薇看另外两个人都不说话，只好好心解释道。

"我送你去医院看看？"许磊走上前关切地道，显然他也被安昀轩的脸色给吓到了。

周围伸长了脖子的男男女女同时倒吸一口凉气。

许董刚说什么？

他要亲自送与他毫无瓜葛的安昀轩去医院？

天哪，这简直是爆炸性新闻！所有人的八卦心都燃烧了起来！

许磊却似乎完全不在乎那些偷窥的视线与庄墨辰不善的脸色，毫不避嫌地扶着安昀轩道："能走吧？"

安昀轩也是真疼得厉害，她不想欠庄墨辰的情，便点了点头，在许磊的扶持下，慢慢走进了电梯。

电梯门合上时，被留在走廊里的庄墨辰绷着脸的模样格外骇人。

"庄总……"魏薇心惊胆战地唤道。

庄墨辰这才冷冷一皱眉道："都回去干活！"

于是无数长脖子都缩了回去，只是八卦群里就安昀轩与许磊的关系的讨论持续了整个下午。

安昀轩被送到医院时，那阵疼痛便过去了。但许磊不肯回去，坚持要陪她做完检查。漫长的等待中，许磊接了好几个电话。

安昀轩终于忍不住道："那个，许董，我真不疼了，您那么忙，还是先……"

"怕被人传闲话？"许磊满不在乎地打断道。

"不是！"安昀轩忙摆手否认。

"那你在担心什么？"许磊将水递给安昀轩。

"呃……我只是觉得，您没必要……"安昀轩脸红了，向来伶牙俐齿的她此时却不知该如何说下去。

许磊看安昀轩这手足无措的模样便心情舒爽了许多："我现在的身份不是许董，而是你的朋友。"

朋友？这只是许董您的一厢情愿吧？

安昀轩在心中泪奔，这莫名其妙欠人情的滋味可真不好受！

"你胃疼是不是和吃胡萝卜有关？"许磊忽然问了一句打断了安昀轩的思绪。

安昀轩没吭声，她实在不想多提这件证明她自以为聪明却被人反将一军的糗事。

"是为了给他治所谓的'心病'？"许磊从安昀轩的表情以及他搜集来的八卦情报中很容易便得出了这么一个答案。

安昀轩捂着胃郁闷道："算是吧！"

"你倒还真用心！"许磊感叹的同时脸上似有些不快。

安昀轩抬起头，觉得许磊可能误会了什么。她压根儿就是为了让庄墨辰不好过才吃胡萝卜给他看的！但此时解释又有些不合时宜……

"说实话……"许磊忽然道，"我有些羡慕他。"

羡慕？

安昀轩些微惊讶地扭过头。

秋风卷了一叶秋色，暂憩在窗台的角落。窗前的男子缓缓合眼，神色间点缀了一缕若隐若现的寂寞。

安昀轩收回视线，此刻的她终于相信，许磊之前说要做朋友的话，或许是出自真心。

检查结果要明后天才知道，医生问了一下安昀轩的情况，知道她平日里也会偶尔胃疼，便嘱咐她饮食要规律，少吃辣的、冰的，随后给她开了点药，说是等拿到检查结果再来确诊。

"这两天在家好好休息！我会和庄说的。"回去的路上，许磊边开车边道。

"谢谢许董！但我现在已经没事了，难受的话我会自己请假的。"安昀轩仍旧不怎么想麻烦许磊。

戴着墨镜的许磊偏首看她一眼："你能别叫我许董吗？"

"啊？那叫什么？"安昀轩眨巴眨巴眼睛想了想，道，"三石兄？"

许磊猛一个急刹车，安昀轩的脑袋险些撞玻璃上，她惊魂未定地抬起头想看看前面发生了什么，却见许磊拍着方向盘很没形象地哈哈大笑。

喂喂！许董！你知不知道你的低笑点很容易引发安全隐患啊？

惊魂未定的安昀轩真是吐槽无能了。

"你怎么……那么有趣？"许磊丝毫没觉得自己的笑点有什么问题，反而将责任推到了安昀轩身上，被"嫁祸"了的安昀轩反复提醒自己，以后可千万不能随便戳人家许董的笑点了。

等许磊把安昀轩送到小区门口时，天已经黑了。令安昀轩意外的是，许磊刚走，她就发现自家楼下停着庄墨辰的车。

安昀轩一退，刚想跑，就被早看到她从车里下来的庄墨辰逮了个正着："你躲什么？"

安昀轩奋力想甩开庄墨辰的手怒道："我惹不起总还躲得起吧！您还想把我气得胃疼是吧？"

理亏的庄墨辰听了这话，手上的力道减轻了许多，但仍是不肯松开："我是来送包的。"

安昀轩看看庄墨辰手中属于她的女式包，她走之前本来是和与她住得近的魏薇说,如果她看医生晚了不回单位就麻烦她送过来,结果竟然给庄墨辰半路"截杀"?

"医生怎么说?"庄墨辰将包递给安昀轩,脸上仿佛写着"我是关心你的好上司,你再责怪我就不应该了"。

"医生说……"安昀轩翻了个白眼,"珍爱生命,远离变态!"

"哦——"庄墨辰深以为然地点头道,"你不用太顾及我的安危。"

安危你妹!安昀轩恨不得一爪子挠在这反咬她一口的"变态上司"脸上,但看在那五万块的情分上,她仍旧是压下怒气冷冷道:"包也送了,您可以走了吧?"

庄墨辰却厚着脸皮不松手,仿佛丝毫未觉察出女下属对他的不满:"不请我进去坐坐?"

安昀轩此时真后悔没让许磊送她到家门口,可骑虎难下,只好不情不愿地掏钥匙开了门,随后撑着门框道:"现在进来了,有什么话就说吧!"

"厨房在哪儿?"庄墨辰手里竟还提着几个塑料袋。

安昀轩忽然有种不祥的预感:"您可别告诉我您那样整我之后觉得过意不去所以特意上门给我做做饭?"

庄墨辰耸肩,坦然承认道:"一半一半吧!"

"那另一半呢?"安昀轩关上门跟着这个自说自话换了拖鞋便开始找厨房的上司。

庄墨辰将装满了食材的塑料袋搁在水斗边道:"另一半吗——我家煤气灶坏了。"

安昀轩真想抄起平底锅照着这男人的后脑勺就狠狠来一下。可眼见这男人挽起袖子开始洗菜,元气大伤也确实没力气做饭的安昀轩心道,她何必赌这口气?平日里都是她伺候这浑蛋上司,现在倒过来,不也挺好?

而且这男人做的菜粥还真不赖啊！

眼见着安昀轩一勺一勺吃得猫儿似的眯起了眼，庄墨辰心情大好地凑近了，用哄骗小孩的语气道："如果我这一个月内天天给你做饭，你是不是可以当今天早上的事没发生过？"

噗——

安昀轩险些把嘴里的粥都喷在庄墨辰的俊脸上。

她没听错吧？

庄墨辰说要给她当一个月的厨师？！

安昀轩抬起头，仔仔细细地观察着庄墨辰的脸，那上头并没有丝毫戏谑的神情。

"需要我写份保证书再签个名吗？"庄墨辰抽出毛巾擦干净被安昀轩污染的桌子，对她的大惊小怪不以为然道。

"不用。"终于接受这个事实的安昀轩从包里翻出手机搁在桌上，道，"就录个音吧！"

不知道是不是安昀轩眼花，她好像看到这个天生扑克脸的上司嘴角微微抽动了一下，但仍旧是清清嗓子把刚才的意思表达了一遍让安昀轩录下来作为凭证。

拿到了保证录音的吃货安昀轩，决定看在酬金和美食的面子上，暂时搁置对这位上司的仇恨。

当晚，等庄墨辰也喝完他那份粥收拾完走后，安昀轩又接到了许磊的电话。

"我没事啊，三石兄！庄总自己提出让我明天休息的……对！我下午去医院拿报告，不不不！真不用！我自己打车就好！你这身价的车夫我可使唤不起！"安昀轩是越说越紧张。

上一份人情还没还呢！又来下一次？档期不断怎么行哟！

许磊在彼端听安昀轩一个劲儿地逞强不禁微笑道："你就当帮我个

忙好了！"

"啊？"安昀轩不明白许磊是什么意思。

"公司之前都在传我和庄墨辰……"

"咳……"

"如今他们传我和你……"

"……"

"虽然都是谣言，但却有着本质区别……"

好吧！自作孽不可活！

如果许磊与她走得近也有想要破除谣言的考虑的话，那么早晚要走人的安昀轩觉得，这也没什么不可。

"那就这样说定了，日勺车干。"许磊最后道。

"啊？"安昀轩觉得自己似乎跟不上许磊的思路。

"'磊'是三石，'昀轩'不就是日勺车干吗？"许磊自以为说了个很有趣的答案。

安昀轩失意体前屈道："能换个名吗？"

许磊深思熟虑了许久，觉得只能在姓氏上做文章，于是吐出三个字："宝盖女。"

安昀轩彻底给跪了。

第二天，安昀轩一直睡到中午才起床，打开手机就发现里头有一大堆短信，除了同事的慰问以及徐磊的关怀以外，其他都是来自同一个人。

08：10　感觉怎么样？开机了给我个电话。

08：12　昨天留了袋面包在你冰箱里，热杯牛奶一起喝。

08：18　那袋面包今天过期，吃不掉就喂狗。

08：20　咖啡机里有半个长毛的鸡蛋，是你掉进去的？

08：27　为什么鱼缸里有一只龙虾？

08：41　你能别把老鼠药灌维生素B的瓶子里再搁我桌上吗？

09：40　我的仙人掌上头为什么开了朵菊花？原本的那个花苞被你吃了吗？

就这样啰里啰唆到中午，最后的一条短信竟然是："我在你楼下。"

真是见鬼了！

安昀轩猛地从被窝里跳起来，拖鞋都没穿就奔到窗边。她小心翼翼地探头一看，果然庄墨辰的车就停在楼下。

安昀轩无语地换了身衣服打手机让他上来，庄墨辰驾轻就熟地进了厨房就给她做饭。

"庄总，您这样出来……公司里没问题吗？"安昀轩这话的潜台词其实是"求求您忙您的吧，别来折腾我了"。

"你昨天没给我做治疗。"庄墨辰头也不回地忙碌道，"所以我只好牺牲午休过来，待会儿你抓紧吃，给你十分钟，别浪费我时间。"

安昀轩此时的眼神快赶上庄墨辰按在砧板上的那条鱼了！

虽然之后品尝到的鲜虾鱼肉粥十分美味，但安昀轩连一句话都不想和对面盯着手机秒表掐时间的庄墨辰说。

收拾好碗筷，便开始了所谓的治疗。治疗的过程也无非是绕圈子，绕到最后安昀轩火了："您什么都不说，简直是浪费我时间！我也掐秒表啊，您信不信？"

庄墨辰低头看一眼手机，一脸无所谓道："那我送你去复诊？"

安昀轩深吸一口气压下怒火道："不用！"

"那你打算怎么去？"庄墨辰斜睨着安昀轩，仿佛她是一只行动迟缓的蜗牛。

安昀轩正要回答，手机便响了。她掏出手机时庄墨辰正巧看到了来电显示的名字——"许三石"。

等安昀轩在阳台接完电话回来，便抱着胳膊摆出一副送客的架势，然而还没等她开口，庄墨辰就一声不吭地起身走了。

重重的关门声后，安昀轩才回过神来。

这又是闹哪门子脾气啊？

真是莫名其妙！

安昀轩坐在许磊的车上把这事告诉许磊时，许磊微笑着喃喃自语道："难怪他刚出来时都没和我打招呼……"

"什么？"安昀轩没听清。

"没什么。"许磊笑着打开音乐频道，"你好像不怎么喜欢他？"

"何止是不喜欢？简直是八字不合！"安昀轩扁着嘴叹息道。

自从她做了庄墨辰的助理，整日提心吊胆的，还总被霉运追着，压根儿就无法对这个身为罪魁祸首的男人生出什么好感！

"那我呢？"许磊半开玩笑地侧过半张脸，那温柔的眼神令安昀轩一瞬间有些失神。

"呃……你……你是个好人……"安昀轩半天才憋出这么一句听起来十分弱智的话。

"你这是在给我发好人卡？"许磊收回目光暗自好笑。

"呃……"听说集满九十九张好人卡，就能换一颗真心。"安昀轩努力给自己找台阶下。

"九十九张啊……"许磊故作忧愁地叹了口气。

"别泄气！"安昀轩拍了拍许磊的肩一副好哥们的架势安慰道，"现在好人太少，所以只要集满二十二张就可以换一个鼓励奖——蒸蛋器。"

许磊猛一踩刹车，再次笑得天昏地暗。

已经做好心理准备的安昀轩死死地用手护住脑袋想，如果每次逗许磊笑都能拿一元钱的话，那么不出三个月，她就会变成百万富翁……

最终，医院的检查结果是安昀轩的胃里有幽门螺杆菌，需要配合药物治疗一段时间。

安昀轩一听这病会传染立刻兴奋地给庄墨辰打了个电话："庄总，我查出来没什么问题！我买了点吃的庆祝，晚上能邀请您共进晚餐吗？"

许磊在旁边险些喷茶，等安昀轩挂了电话他才一脸佩服道："你还真敢做！"

"这有什么？君子报仇十年不晚，可我不是君子不是？如此天赐良机……啊，对了！三石兄，你今晚有空吗？来给我打个掩护？"安昀轩一脸期待地看着许磊。

许磊看她那兴奋的小模样，无可奈何地点了点头。

当晚，鸿门宴。

赴宴者三人，吃食无数。

除了外卖，安昀轩还特意自己下厨做了茄汁鱼片、麻辣鸡翅和牛肉粉丝汤。

庄墨辰对着满桌的菜狐疑道："你是不是得了什么有上顿没下顿的绝症？"

安昀轩恨不得一筷子插庄墨辰鼻孔里："我是为了感谢二位才拖着抱恙的身体下厨的，好吗？"

"哦——"庄墨辰瞥了一眼对面的许磊，压低声音问边上的安昀轩，"这是厌恶疗法？"

安昀轩鄙视了一眼她的上司也压低声音道："不，这其实是催眠疗法，现在您就是一只毒舌的胡萝卜、毒舌的胡萝卜、毒舌的胡萝卜……"

许磊十分有风度地装作没听到两人的对话，随后贴心地给安昀轩夹了一块糯米莲藕。

注意到许磊这一举动的庄墨辰对这种心照不宣的亲密流露出了一种

显而易见的不屑:"你是在用这种方式嫌弃安昀轩的胳膊短吗?"

已将许磊视作己方阵营的安昀轩立刻生出复仇之心,飞快吮了一下筷子,堆着一脸假笑夹了块鸡翅到庄墨辰碗里:"庄总来,尝尝我的手艺!"

庄墨辰盯着碗里那只看起来十分诱人的麻辣鸡翅只说了一个字:"毛。"

"啥?"安昀轩也看向那只鸡翅。

"鸡翅上的毛没拔干净,看着倒胃口。"庄墨辰说着另外夹了一块茄子,将碗里的鸡翅打入了冷宫。

浪费了表情的安昀轩恨不得捏着庄墨辰的鼻子将那鸡翅塞进他嘴里:"那看来您夏天是不能穿短裤了。"

"什么意思?"庄墨辰抬起头。

"不然您看到自己打卷的腿毛岂不是吃不下饭了?"安昀轩磨着牙道。

话音刚落,笑点太低的许磊就"噗——"地一下把可乐都喷了出来。

正针锋相对的安昀轩和庄墨辰都愣住了,片刻后安昀轩才意识到,这满桌的菜就这么毁了!

虽然,安昀轩是抱着把幽门螺杆菌传给庄墨辰的险恶用心才准备的这一桌好菜,但毕竟也花了不少工夫,眼看着都不能吃了,她不禁难过起来。

许磊一见安昀轩这模样立刻起身扯了纸巾道:"对不起,对不起,我真不是有意的!今天我请,出去吃顿好的!"

安昀轩忙低着头道:"没关系,本来我做得就不好吃,这样也省得你们委屈……"

话至一半,就见对面那个刚还说着嫌弃的男人忽地夹起了碗里的鸡翅,随后不紧不慢地咬了一口。

安昀轩和许磊都愣住了,呆呆看着庄墨辰啃完鸡翅,又伸了筷子去夹被"污染"了的鱼片。

"喂！"终于反应过来的安昀轩忙按住庄墨辰的筷子，"别吃了！"

"他小时候为了和我抢东西吃，没少往我碗里吐口水！"庄墨辰的筷子往前伸了伸，不以为然地夹起一块鱼片放到碗里。

"总把我凳子拿走的家伙没资格说我。"许磊说着也拿起碗，盛了一勺牛肉粉丝汤到碗里。

于是，安昀轩就这么怔怔地看着这二位"青梅竹马"的上司，一边你来我往地唇枪舌剑，一边把她做的菜一扫而空。

从头至尾，他们都没有评价过这菜究竟味道如何。但看着满室狼藉与打着饱嗝的两个男人，安昀轩忽然觉得，比吃了任何美食都要心情舒畅。

安昀轩纠结了一整个晚上，最终还是在第二天鼓起勇气戳着庄墨辰的QQ头像道："庄总，其实我那个……查出来是幽门螺杆菌，您还是去医院查查比较好。"

她把这话发过去以后就紧张地透过茶色玻璃观察着办公室里忙碌的庄墨辰，见他敲击鼠标立刻心跳如雷。

然而等了许久，屏幕右下方闪烁的却是工作群的图标。

安昀轩点开来以后，就见庄墨辰忽然在安静的群里冒出一句话："不用去医院检查，我人品没那么差，不至于一次命中。"

安昀轩立刻一口老血喷在屏幕上。

救命！！庄墨辰被她传染的是"一晃眼就找错群"的病毒吗？

安昀轩飞速打开小窗戳庄墨辰道："庄总啊，我的祖宗，您发到工作群里了！"

然而为时已晚，整个八卦群都因为庄墨辰的那句话而沸腾了！

扑克脸禁欲系高富帅疑似和公司里的某位女性发生关系并不负责任

地让对方不用去医院检查是否怀孕!

这等猛料简直是往深水区里投掷了一颗原子弹!霎时就把虾兵蟹将乃至于万年潜水的各路龙王都给炸了出来!

身为高层埋伏在某个群里的许磊自然也知道了这个消息,忙打电话给安昀轩问是怎么回事,安昀轩知道许磊也误会了,万分头痛地把事情叙述了一遍后,许磊十分没同情心地笑岔气了:"你放心,我不会说出去,但董事长那边可就没那么好交代了!"许磊提到"董事长"三个字时,语气明显有些紧张。

"呃……已经知道了吗?"安昀轩是听公司里的八卦同事们说起过庄墨辰有位十分不近人情的父亲。

"早晚要知道的。"许磊换了副严肃的口吻道,"如果被问起,你一概说不知道,保护好自己,明白吗?"

"嗯嗯!我会的!"尽管许磊看不到,这边的安昀轩依旧点头如捣蒜。

正在此时,办公室里的庄墨辰接了个电话,说了几句便面色不善地离开了办公室。

无数双眼睛立刻如聚光灯般投来好奇的目光,随后在庄墨辰背过身时交头接耳地交换着各自的想法。向来喜欢跟着听听那些无伤大雅的八卦的安昀轩忽然有些厌恶这种拿他人隐私娱乐的行为,她看着庄墨辰挺直了脊背消失在转角处,心也跟着揪了起来。

打开刷屏刷了好几页的群情激奋的八卦群,就见几行字浮了上来。

"长江长江,我是黄河,庄总已经到达十二楼!Over!"

"黄河黄河,我是珠江,庄总已经到达董事长办公室!Over!"

"珠江珠江,我是怒江,办公室里已传出疑似董事长的咆哮声!Over!"

安昀轩越看那些"直播"越觉得难受,干脆关了QQ,避开群众雪亮的眼睛爬楼梯到十二楼,随后气喘吁吁地躲在安全出口默默等待着。

过了将近有十几分钟，庄墨辰终于从董事长办公室里走了出来。

他的脸色很不好，一副阴沉的模样走过了安全出口的门，随后停顿几秒，又倒退回来。

"你在这里干什么？"庄墨辰总算明白开了条门缝朝他招手的是躲在暗处的安昀轩。

安昀轩比了个噤声的手势，一把将庄墨辰拉进消防通道内，随后压低声音道："董事长怎么说？"

"怎么？打算去八卦群里直播？"庄墨辰显然对安昀轩的跟踪很不满意。

安昀轩对于庄墨辰知道八卦群的存在一点也不意外，但也因为他这种不信任的语气而心生不悦："虽然这是您自己看错群造成的，但也有我的原因，如果需要我去澄清……"

"不需要！"庄墨辰斩钉截铁地打断道，"我已经解释过了，信不信是他的事，和你没关系。"

安昀轩刚要反驳，就听庄墨辰一本正经地跟了句："晚上吃糖醋排骨？"

"好！"吃货安昀轩激动地回答完才发现庄墨辰已经顺着楼梯走远了。

这家伙！竟然拿她的吃货属性耍她！

当晚，安昀轩大口大口吃着庄墨辰烧的糖醋排骨含糊道："您真不需要我帮忙？"

"你别帮倒忙就已经是帮我忙了！"庄墨辰也夹了些菜到自己碗里，但更多的时候却是在饶有兴致地欣赏安昀轩称不上优雅的吃相。

"我说庄总，为什么您的厨艺如此出色？"安昀轩刷碗时忍不住问靠在门边看她忙碌的庄墨辰。

"一个人住，烧给自己吃，不进步也得进步。"庄墨辰给出的答案听起来有些凄凉。

"为什么不请保姆？"安昀轩奇怪道。

"我不喜欢外人闯入我的私人空间。"庄墨辰理所当然地回答道。

背对着庄墨辰的安昀轩立刻红了脸。

这话的意思是……她不算外人？

不是外人难道算内……内……

"吉祥物除外。"庄墨辰的话猛然戳破了安昀轩的粉红泡泡。

安昀轩当即一个碟子飞过去，被庄墨辰条件反射地接住。

"我觉得您更像吉祥物。"与上司玩飞盘游戏的安昀轩没好气道。

"说起来，你对许磊的印象似乎不错？"庄墨辰在安昀轩给他做治疗时，忽然没头没脑地来了一句。

"我对他的印象和我们的治疗有关吗？"安昀轩十分不乐意在这时候谈及自己的隐私，"反正他在您眼里，也就是根胡萝卜。"

庄墨辰对此深以为然："他和你说起过我？"

"没有，他只是很好奇我为什么和您……八字不合……"安昀轩如实道。

"关于这一点，我也很好奇。"庄墨辰露出一副"如果我们关系不好那原因一定在你"的神情。

"那不如先来做个测试？"显然不这么认为的安昀轩找来水彩笔和白纸递给庄墨辰，"内容是房、树、人，请随意画。"

庄墨辰似乎觉得这个测试像是小学生作业，皱眉盯着那水彩笔看了片刻，才勉强接过了一笔一画地涂抹起来。

半小时以后，安昀轩将那幅画举到跟前睐着眼用江湖骗子的语气道："公子，卖了吧，老衲与您五五分成。"

有必要连个测试用的画都画得如此精致吗？

安昀轩真是败给她这位凡事认真的老板了。

要么不做,做就要做到最好?

"先说说从我的画里看出了什么?""画家大人"显然并不在意这幅画的艺术价值。

安昀轩将画展平,用一种"我是名侦探"的架势,仔仔细细地观察了一番,随后指着画上的某处道:"这气派的小洋房是谁的?"

"我父母的。"

"那小洋房边上的老宅子呢?"安昀轩移动着指尖。

"我爷爷的。"庄墨辰面上很平静,但安昀轩却听出他语气中的一丝紧绷。

"这两栋靠得如此近,是连着的吗?"安昀轩顺藤摸瓜地提问。

"不,是分开的。"

"父母的房子里还住着谁?"

"没有人。"庄墨辰的话里似夹杂着一声若有若无的叹息。

"那爷爷的房子里呢?"安昀轩有些不忍,但仍旧尽忠职守地追问道。

"从前住着我和爷爷……"庄墨辰看着那栋看起来压抑而陈旧的宅子道,"现在,爷爷去世了……"

"我很抱歉……"安昀轩很少看到这个总是自信满满的男人露出那样一种有些落寞的神情。

"没事。"庄墨辰勉强笑了笑。

安昀轩沉默了一会儿,又指着画上的一棵树道:"这棵树上坐着的是什么动物?"

"是一只熊猫。"庄墨辰的目光也随着安昀轩手指的移动而落在了那只黑白相间的动物身上。

"它为什么坐在树上?"

"因为……无处可去。"庄墨辰垂眼说着,仿佛看着的是一个有生命的个体。

"您……不能替它画一个家吗?"安昀轩试探道。

庄墨辰看着那只孤零零的熊猫无力地摇了摇头:"我想象不出……能容纳它的家,会是什么模样。"

它孤零零地坐在那儿,没有人关心它的想法,没有人在乎它的冷暖。

安昀轩听了这话,只觉着一阵莫名的心酸。这张画上,并没有人。而这只熊猫,代表谁,已经是显而易见的事。

在爷爷去世后,庄墨辰离开了那个他成长的地方,随后迷茫而孤独地坐在高处,俯视着从前的记忆,俯视着疏离的亲情,却始终找不到自己的归属。

之后的几天,安昀轩一心想着要怎么帮助庄墨辰走出心理阴影,也因此早把谣言的事抛在脑后了。直到几天后的清晨,照例去茶水间给庄墨辰泡咖啡时,被魏薇拉住道:"昀轩,你知不知道,整个公司都在传你是庄总的秘密情人!"

安昀轩手一抖,咖啡洒出些许。

"有人说,看到你去庄总家,还不止一次……"魏薇语速飞快地说着。

安昀轩愣了许久才结结巴巴道:"谁……谁传的?"

"不知道,但我听他们说得跟真的一样,平时你又经常留下来和庄总一起加班……上次你胃疼去医院以后,庄总也一直坐立不安的,还缺席会议提早下班,有人说看到庄总的车进了你家小区……"

安昀轩忽然觉得这一群同事简直是天生的特务,工作之余还能"一不小心"就发现那么多八卦。

"谢谢你,魏薇,但我觉得我没必要解释。"安昀轩擦着洒出来的咖啡郁闷道。

"唉……现在解释也是越描越黑,我只是怕你哪天知道了会有点接受不了……"魏薇也表示理解。

安昀轩笑了笑,端上那杯咖啡故作潇洒道:"流言止于智者。"

说是这么说,但怎么可能心里不慌?

安昀轩完全没想到这些平日里与她分享八卦的同事们,竟会如此"一视同仁",也难怪这几天八卦群里的话题那么少,多数是另开一个群议论她了!

"怎么,昨晚没睡好?"庄墨辰看安昀轩一副无精打采的模样,接了咖啡问道。

"与其关心'吉祥物'的睡眠质量,不如请您想想如何配合我的治疗!"安昀轩一直在为这件事头疼。

"我不是让你给催眠了吗?"庄墨辰一副"我是好病人"的模样。

"是啊是啊!您在催眠状态下还能偷睁一只眼看我!"说到这个安昀轩就气不打一处来。

"有好奇心才有求知欲,有求知欲才有进取心。"庄墨辰脸不红心不跳地辩解,"这也是我坐在这里,而你坐在隔壁的原因。"

尼玛!当年谁说这男人古板沉闷不善言辞的?

安昀轩瞪了一会儿跟前这位自命不凡的上司,最终咬牙切齿道:"微臣告退!"

"等等。"庄墨辰起身,递给安昀轩一份文件,"杭州合作方的邀请,一共四天,其实就第一天是培训。"

安昀轩低头看了看那份文件,吃得好、住得好、玩得好,但己方参与人员却只写了她的名字。

这不科学!

"您不去？"

"我有事。"

安昀轩放下那份文件，不禁就想到之前魏薇说过的话："您是不是也听到了谣言，想让我回避几天？"

庄墨辰显然对安昀轩的这个想法很不屑："和你传谣言确实我比较吃亏，但我也不会因为这种原因而支走你。"

"那是因为什么？"安昀轩自动忽略了话里令她孥毛的某位上司的自恋。

庄墨辰伸出右手，展示了一下手掌缠着的纱布："被猫咬了，没法给你做菜，去杭州的四天就当补偿吧！"

安昀轩盯着那纱布片刻，忽然不知该从何处开始吐槽了！

"怎么会被咬的？"

"昨晚在楼下看到一只白色的流浪猫，我觉得把眼眶涂黑，可以凑合着当一只熊猫。"庄墨辰一本正经道。

喂喂，庄总，您是被我传染的幽门螺杆菌侵入大脑了吧！

安昀轩在心中咆哮。

"我也是想配合你的治疗。"庄墨辰一脸无辜地看着他所认定的"罪魁祸首"。

"是是是，我代表业内良心感激您！"安昀轩恨不能给庄墨辰跪了，"您去打过疫苗没？"

庄墨辰立刻缩回手傲慢道："我只有被你咬了才会考虑去挨几针。"

话音刚落，庄墨辰就被安昀轩抓了手狠狠咬在虎口，咬完以后，安昀轩抹了抹嘴角，抬头道："现在可以去医院了！"

庄墨辰呆了几秒，低头看看那一排清晰的牙印，忽然觉得他养的这只"吉祥物"真是一点也不可爱！

在医院陪庄墨辰打完针，安昀轩才想起来，今天她匆匆拉着庄墨辰往楼下跑的那一幕肯定又要成为谣言中的新段子了。

可有什么办法呢？

这个男人总是能让她陷入各种抓狂的境地。

"就这样，您还让我去杭州？"回公司的路上，安昀轩忍不住抱怨。

"并不是没了你地球就不转了！"庄墨辰反唇相讥道。

就冲着庄墨辰这句话，安昀轩牙一咬，去了！

庄墨辰边开车边瞥了一眼轻易就中了激将法的小助理想，这只"吉祥物"虽然不可爱，但还是挺有趣的！

当晚，安昀轩正整理行李，就接到了许磊的电话。听他啰唆了一堆，安昀轩终于忍无可忍地打断道："好了好了，三石兄！这些我都知道！等过一阵子他们就会把我忘了的！"

但许磊显然并不这么认为，他用十分严肃的口吻道："你并不了解他的父亲。"

安昀轩反应了半天才明白许磊说的是庄正孝。

"他不是那么好说话的，我觉得你有必要去当面澄清一下，我可以替你先说明情况，然后找个时间一起……"

"谢谢你的好意，可清者自清，我不希望因为我根本没有做过的事情而低声下气地去求得他人的原谅。"安昀轩放下手中的东西一本正经地回应道，"除非你认为，像我这样的小职员是没有资格保有我的尊严的。"

话说到这个份儿上，许磊也不便再劝："你还真是个总能让我另眼相看的女孩。"

安昀轩笑了笑，合上行李箱："我后天去杭州，有什么要带的？"

"去杭州？"许磊显然还不知道。

安昀轩于是把事情原原本本地说了，结果许磊理所当然地来了一句:"那我也去吧!"

安昀轩一愣,就听许磊继续道:"他们的老板是我大学同学,好久没见了,去联络一下感情。"想了想又补充道,"顺便牺牲一下色相,用谣言破除谣言。"

"变石子吧你!"安昀轩觉得许磊也变坏了。

然而后天一早,安昀轩刚把行李交给许磊,就发现后面还跟着一辆十分眼熟的白色保时捷。

"庄总,您是特意来送我们的?"安昀轩对从车里走出的扑克脸"白马王子"道。

"不,我改变主意了。"庄墨辰瞥了一眼显然并不欢迎他的许磊,"我也去杭州。"

安昀轩看着跟前这个善变的上司,一时间不知该说什么好。

"我虽然不能给你烧菜,但你却可以给我治疗,我不想白白浪费这四天。"这是庄墨辰给出的十分冠冕堂皇的理由。

"那您之前怎么没……"安昀轩显然不信这种说辞。

"之前被咬了,受了点影响。"庄墨辰说着看向了安昀轩那一口白牙。

咬不死您嘿!

安昀轩抓狂地磨着牙。

"好了好了,去就去吧!再不走可要让我同学等了!"许磊走过来打圆场道,显然他对庄墨辰的出现并不感到惊讶。

安昀轩听许磊这么说,也便不再和庄墨辰计较。

就这样,两辆车一先一后地向杭州驶去。

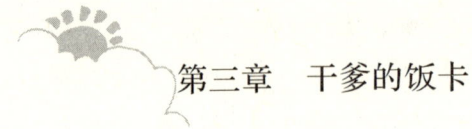

第三章　干爹的饭卡

到达杭州时，已近中午，合作方的老板很是热情，拉着许磊的手一口一个"老同学"，庄墨辰自然也享受到了贵宾级的待遇，只是安昀轩作为助理，只有当跟班的命。吃完丰盛的午餐，借着培训的名义互相吹捧一番，便又开始了晚宴招待。

安昀轩被晾在一旁，看他们你来我往地敬酒，忽然觉得原本模糊的上下级的界限，此时清晰得有些刺眼。

"来！安小姐，我也敬你一杯！"酒过三巡，合作方的二把手"地中海"带着男助理摇摇晃晃地走了过来，那眼神看得安昀轩直起鸡皮疙瘩。

此时，庄墨辰正好出去接电话，安昀轩瞥了一眼正被无数人围着灌酒的许磊，跟前的"地中海"已与他的助理一唱一和地往她杯子里倒红酒了！

"地中海"先把自己那半杯一饮而尽，随后色眯眯地看着安昀轩。

安昀轩只觉得一阵反胃，忙推辞道："对不起，张总，我不会喝酒。"

"不会才要学吗！""地中海"抖着满脸横肉硬将杯子往安昀轩嘴边推，而后头那位身材高大的男助理则从镜片后头射出"别不识抬举"的威胁的眼神。

安昀轩知道此刻不喝的话,很可能会让对方觉得下不了台,因此而闹得不愉快。她虽不是十分顾全大局的人,但也不想让许磊和庄墨辰为她收拾烂摊子,于是接过杯子,大义凛然地打算一口闷,却不料凭空伸出一只手,一把将她手里的杯子夺了过去。

"她酒精过敏,真不能喝,不如我来替她敬敬张总?"不知从哪儿冒出来的庄墨辰说着便就着安昀轩的杯子一饮而尽,随后又自倒自饮了两杯,随后一亮空了的酒杯微笑道,"张总也赏个脸?"

"地中海"本来绯红的脸霎时变得惨白,他虽然也是个总经理,但和庄墨辰这种有后台的大企业的总经理却是天壤之别,更何况连自家老板都要让庄墨辰三分,他又怎能不给面子?硬着头皮干掉了三杯,随后腿一软,被助理扶到厕所吐去了。

庄墨辰将酒杯随意一丢,扭头冷冷看着安昀轩,仿佛她做了什么十恶不赦的事:"你就不能别让人觉得你是个可以随意欺负的小角色吗?"

安昀轩本就满腹委屈,被庄墨辰这么一说,怒从心头起,恶向胆边生,一把勾住庄墨辰的脖子嗲声嗲气道:"哎呀,干爹别生气啦!这不没被人欺负吗!"说完还扭了扭身子。

热闹的包房瞬间静了。

所有人都被这桃色的一幕吸引了注意,并且自动将庄墨辰的面色不善,脑补成是因为安昀轩差点被欺负而引起的不快,于是,再没有人觉得安昀轩是什么可以随意欺负的小角色了……

这叫什么?

狐假虎威?

扔掉酒杯大口吃肉的安昀轩觉得尤其满足。

"对不起,刚没顾着你……"和安昀轩一起被对方的司机送回去的路上，许磊内疚道。

"没事，这不有'干爹'吗？"安昀轩无所谓地打了个哈欠。

"你也真有本事，敢这么折腾，也不怕他报复？"许磊当时也被安昀轩忽然的一句给唬住了。

"没事！"安昀轩闭目养神道，"他报复，我就去贴他大字报！"

许磊笑了，身边这个女孩，总能给他带来许多惊喜。

到宾馆时，许磊送安昀轩到房间门口："你一个人小心点，门锁好，别随便开门，有事打我手机。"

"知道啦，三石兄！瞧你眼睛红的，快去睡吧！"安昀轩知道许磊也累了。

许磊看着安昀轩，欲言又止片刻，终于转身走了。

安昀轩洗好澡已经将近十一点了，正吹头发，就听到了一阵敲门声。

安昀轩一惊，关了吹风机道："谁啊？"

片刻后就听门外响起了熟悉的声音："你干爹。"

安昀轩嘴角一抽，门打开一条缝，却没解保险链。

"都这么晚了，庄总，您不休息？"安昀轩小心翼翼地打量着庄墨辰，仿佛他脸上写着"居心叵测"四个大字。

"还没做治疗。"庄墨辰不带感情的这一句，仿佛大型猫科动物"噌"地亮出了爪子。

"明天给您做吧！"安昀轩把门又关上了一些，只露出一只眼睛，"都那么晚了，状态不太好……"

"开门！"庄墨辰眯着眼一把抵住了门。

安昀轩兔子似的打了个哆嗦，下意识地就关上了门，却听到"嘶——"的一声，低头一看，夹到"老虎爪子"了！忙解开门链道："庄总，您没事吧？"

庄墨辰见安昀轩打开门，也不管手上的痛，二话不说就闯了进去，随后迅速把房间搜了个遍。

"您和谁玩躲猫猫呢？"安昀轩现在终于能确定，庄墨辰不是冲着她来的。可这一举动也太诡异了吧？

"没人进来过？"庄墨辰就差掀地毯了。

"怎么可能？！"安昀轩瞬间怒了。

敢情这家伙是怀疑她屋里藏人！

"哦——"庄墨辰丝毫没有冤枉了安昀轩的歉意，大大咧咧地往椅子上一坐，"那开始咨询吧！"

安昀轩刚想拒绝，就听到外头一阵敲门声："宝盖小姐！你睡了吗？"

庄墨辰听了那声音便脸一沉，安昀轩还以为他要干架呢，却未料到他一个漂亮的滑步遁入了卫生间。安昀轩嘴角一抽，这是干吗？

但许磊还在敲门，安昀轩只好调整了一下面部表情走过去打开了门。

"我还以为你睡了！"门口的许磊见了安昀轩以后微笑道，"你手机落车里了，司机刚送来。"

"哦哦！多谢三石兄！"安昀轩这才发现自己有多马虎，手机不见了都没发现。

"客气什么，我先走了！"许磊看着安昀轩因为不好意思而红扑扑的小脸，真希望她能说些挽留的话。

"嗯好，晚安！"安昀轩却并不知道许磊在想什么。

然而，许磊还没转身，就听到安昀轩身后的卫生间里传出一阵熟悉的手机铃声。这铃声是从某网络原创古风曲里剪辑并拼贴的，是独一无二的只属于庄墨辰的闷骚。

许磊平日里温和的表情，霎时被不可置信所取代。他看着跟前有些手足无措的安昀轩，又看看卫生间半敞开的门。安昀轩知道，如果此时不解释，许磊一定会误会她和庄墨辰有什么，然而这种百口莫辩的境地，她该怎么说才能让许磊信服？

眼看着许磊的表情随着时间的流逝而越来越令人心寒，安昀轩情急之下撒谎道："他把手机忘我这儿了！"

结果话音刚落，某"人形手机"就晃晃悠悠地从卫生间里出来了："哟！谢谢你给我干女儿送手机，没事的话就请回吧！"

许磊沉默地盯着跟前的两人，安昀轩从不知道许磊板起脸来的模样是这样令人不寒而栗。然而许磊并没有给安昀轩解释的机会便转身走了。

"三石兄！"安昀轩情急之下就要追过去，却被庄墨辰一把拽住："刚不还叫干爹叫得起劲儿吗？现在又去追别的男人？"

安昀轩挣了两下没挣开，唯有对这个害得她被许磊误会的罪魁祸首道："你这样做对您有什么好处？"

"他不舒服，我就舒服了！"庄墨辰理所当然道。

噢！这个变态！

"您刚进来……该不会就是在找许磊吧？"安昀轩知道这个男人暂时是不会放她走了，联系之前他那古怪的行为，很容易就做出了这样的推测。

"不懂你说什么。"庄墨辰往椅子上一坐，"好了，别浪费我时间！开始咨询吧！"

庄墨辰也知道他这样很幼稚，可在得知安昀轩是被许磊送回来，并且许磊并没有回房间以后，那种躁动的不安，令他情不自禁地来到了安昀轩的房门口。刚才下意识地躲着许磊，也是想从两人的对话中确定某些事情。

当然这些想法，他是绝对不会让安昀轩知道的！

安昀轩面对椅子上的"无赖"，显然无可奈何，对峙片刻，终于妥协似的走上前，随后一屁股坐在庄墨辰的腿上。庄墨辰还没反应过来，安昀轩就举起手机"咔嚓"一张，随即迅速跳开，将手机调整到密码保护模式紧紧握在手中。

庄墨辰没想到安昀轩会来这招，一皱眉起身道："发什么疯？快删了！"

"凭什么？"安昀轩死死握着手机退后道，"您就仗着您是领导，随意地怀疑我、骚扰我，我就不能留个同归于尽的证据吗？"

"你想怎么个同归于尽法？留着这个，只会对你不利！"庄墨辰并不想吓着安昀轩，努力压下怒气晓之以理。

但安昀轩却听不进，固执己见道："虽然我还没想好留着要怎么用，但总比什么都没有要好。您如果不想我做出什么出格的行为，现在就请回吧！"说完摆出送客的架势。

"安昀轩，你这是自掘坟墓！"庄墨辰临走前回头斥责道。

"哎哟，干爹好凶啊！人家好怕怕！"安昀轩倚着门甩纸巾，把庄墨辰气得内伤。

关上门后，安昀轩松了一口气，随后忙给许磊打电话，然而许磊却关机了。

看来真的是生气了！明天必须得找个机会好好解释一下！

怀着这样的惴惴不安，安昀轩这一晚并没睡踏实。

第二天一早，合作方安排的计划是上午游西溪、下午逛清河坊、晚上赏西湖。

坐在西溪的小船上，听着导游的介绍，安昀轩却没心情欣赏窗外风吹芦荡、鸟语花香的景致。

许磊就坐在她前头，从早上到现在，一句话都没和她说过，更糟的是，"上路"的合作方还总把她和"干爹"庄墨辰安排在一起！害得她始终提心吊胆的，生怕这个小心眼的上司会伺机报复。

"欸？你们看，那小姑娘在给野鸭子喂什么？"许磊的那位老同学伸长脖子道。

安昀轩靠着窗,最先看清那小姑娘手里的包装袋:"她在喂鸭脖子。"

话音方落,哄堂大笑,连带着安昀轩身边的庄墨辰也忍不住嘴角扯了个弧度,可平日里笑点最低的许磊,却依旧不为所动,一副与世隔绝的冷淡模样。

上岸时,安昀轩满脑子想着怎么和许磊解释,结果险些摔倒,幸好看似完全不在意她的许磊眼疾手快地扶了她一把。惊魂未定的安昀轩抬头说了一声"谢谢",许磊却又面无表情地别开眼和她拉开了距离。

哎……怎么办才好?

安昀轩忧愁地望着许磊的背影,而庄墨辰也若有所思地望着安昀轩。

中午大吃大喝一顿以后,一行人便被拉去逛清河坊。清河坊感觉就是个很有文化气息的小商品市场,有不少手工艺人在那儿摆摊。

这可比光看风景要有趣多了,安昀轩逛着逛着,一眼便看中了唯一的一对芦苇编的知了。结果还没问价钱,知了就被"横刀夺爱"了。

庄墨辰爽快地付了钱,仿佛忽略了安昀轩那一脸的愤恨,大大方方地把知了揣进口袋扬长而去了。

可恶!这个浑蛋男人!

安昀轩咬牙切齿地握着拳,扭头正好瞥见另一个小摊贩在卖印着梅兰竹菊的古色古香的明信片。忽然,她想到一个能哄许磊开心的方法。

晚上,吃完饭,一行人便乘龙舟夜游西湖。

晚风习习,夜色正浓,湖面上的烟花随着音乐而舞出一道道绚烂的轨迹,美得令人移不开视线。

安昀轩找到了独自站在二楼船尾的许磊,他的背影在月色下显得冷淡而落寞,不再是记忆中如阳光般温和亲切的模样。

"那个……三石兄……"安昀轩小声唤他。

许磊却依旧保持着远眺的姿势,仿佛压根儿没听见她的声音。安昀轩尴尬地站了会儿，想想来都来了，怎能就这样灰溜溜地回去？深吸一口气走上前，将几张明信片递了过去："这个，给你的。"

许磊这才微微侧了个角度，瞥了一眼她手上写了字的明信片，犹豫片刻后，还是很给面子地接了过去。只见那几张明信片的反面分别写着——

"谢谢你将庄墨辰的事告诉我。"

"谢谢你没有怪罪我传播谣言。"

"谢谢你陪我去医院检查。"

"谢谢你吃完了我做的菜。"

"谢谢你在我被造谣时想着如何替我解围。"

"谢谢你替我送手机。"

"谢谢你总在我讲冷笑话时配合地大笑。"

一共七张，翻过来，都用记号笔写了"好人卡"三个大字。

许磊哭笑不得地抬头看着安昀轩，安昀轩故意叹了口气，无限凄凉道："没办法，你都不想搭理我了……这是说好的好人卡，你拿着留个纪念吧！"说着转身就走。

"等等！"许磊自然如安昀轩预料的那般及时叫住了她，"你来，就只为了给我这个？"

"难道你愿意听我解释？"安昀轩险些要掩盖不住她那阴谋得逞的笑容了。

"我什么时候不愿听了？"许磊自然也察觉到了安昀轩的小诡计，略微无奈地抱怨道，"在该解释的时候，你却用那些话来糊弄我！"

"对不起，我也是不想你误会。"安昀轩委委屈屈道。

她怎么知道事情会发展成这样？

"我在你眼里，就是那种看到什么就信什么的笨蛋？"许磊被安昀轩这话挑起了不满。

安昀轩头摇得拨浪鼓似的。

"所以你也该明白,我气的不是庄墨辰在你房里,而是你编谎话来骗我!"许磊自然是信得过安昀轩的人品的,他气的是安昀轩对他的不信任。

安昀轩被许磊说得一愣。确实,许磊关心她、在乎她,她却以小人之心度君子之腹,拿谎言来敷衍他。

"对不起……"有千言万语在心口,却只憋出这么一句,之前准备的煽情台词,在此刻全都用不上了。真希望昨天的事没有发生过,真希望没有伤害过这个全心信任她的朋友。

许磊看安昀轩低着头一脸歉疚的模样,也是心下不忍,叹了口气,道:"好了,都过去了。"想了想又心软地补充一句,"只是别有下次。"

安昀轩听许磊这么说,一愣后抬起头来。

这是……原谅她的意思?

可她都还没有好好道歉……

"那个……总要让我做点什么来补偿你吧?"不然安昀轩心里会十分过意不去。

许磊看着夜风中,被发丝轻抚着温婉的轮廓的安昀轩,扬起手中的明信片微微一笑道:"你已经补偿我了。"

安昀轩看着许磊手中自己临时抱佛脚的讨好暗暗发誓,以后再不辜负他的信任。

正在这时,手机铃声响起,安昀轩知道,又是某位"太子爷"要传唤她了。

"去吧!"许磊看出安昀轩的欲言又止。

安昀轩说了声"抱歉",便匆匆离开了。

许磊低头看看手中的"好人卡",那称不上娟秀的字迹,却仿佛落笔在心上似的,一字一句,都刻骨铭心。

从没有人，这样念着他那微不足道的恩情。

许磊抬头望向不远处的"断桥"，随后绽开一个微笑。没有同舟归城，没有借伞定情。他们的邂逅，更像是一出拙劣的喜剧，却让他愈加沉迷。

"上哪儿去了？"倚着栏杆的庄墨辰看到安昀轩小跑着回来，紧绷的表情却并未舒展开来。

"二楼风景更好罢了！"安昀轩并不正面回答。

庄墨辰冷哼一声："花前月下的，便和好了？"

"不知道您说什么。"安昀轩一听便来气，又监视她？

她只是他的助理，又不是他的奴隶！

庄墨辰看安昀轩鼓起了腮帮子，心中不是滋味道："真没想到，他那么一个爱钻牛角尖的，被你几张卡就打发了。"

"您的探子汇报得还真仔细！"安昀轩忍不住反唇相讥。

"探子？"

"难道您不是找了人跟踪我？"不然又怎么会知道这些细节？

"我会做那么无聊的事？"庄墨辰抱着胳膊冷冷地道，"是你自己拿东西，那些明信片从包里掉出来了，我还好心帮你塞回去。"

现在想想还真是多此一举！

安昀轩一听，立刻红了脸："哦……那还真谢谢了！"虽然她的语气中没有半点感激之情。

庄墨辰斜睨着安昀轩片刻，随后厚脸皮地一伸手："那我的呢？"

"什么？"正在气头上的安昀轩完全不知道庄墨辰在说什么。

"我帮过你那么多次，你怎么不知道谢我？"连庄墨辰自己都没有意识到，他这话里竟是带了些幼稚的醋意。

安昀轩简直要吐血了！这人还真有脸说！什么叫帮过她很多次？不

害她就谢天谢地了好吗？！

"对不起，给您的那铁定不是好人卡。"安昀轩也抱起胳膊，一副拒人于千里之外的模样。

"那是什么？"庄墨辰追问道。

"是饭卡。"

"……"

"您不说我还没想到，以后就搞张饭卡，您来给我做饭我就在上面打个钩，等满三十天这卡就送您做纪念！"安昀轩故意说着这玩笑似的话。

庄墨辰低头看着西湖倒映着月色的墨玉般的湖面，忽然有种把安昀轩从船上扔下去的冲动。

她对着许磊，必定不是这副可恶的嘴脸吧？

当晚，不知道是不是因为手机里那张"护身符"的原因，庄墨辰并没有和安昀轩提治疗的事，竟然就这么安安分分地回房睡了。只是当安昀轩躺下时，又收到了一条来自庄墨辰的消息，俩字——"开门"。安昀轩吓了一跳，跑去开了道门缝，却只见到地上一对芦苇编的知了。

安昀轩犹豫片刻，捧起那对小知了想，其实这人也没那么可恶……可他就不能好好和她相处吗？总是高高在上、冷嘲热讽的，真不知他在想些什么……

安昀轩将小知了放在床头，随后发了条消息给这个令她不知该如何对待的上司。

在终于等到了安昀轩只有"谢谢"二字的短信后，庄墨辰心满意足地关灯睡了。

没了被庄墨辰骚扰的担忧，没了和许磊冷战的苦恼，没了被合作方小觑的顾虑，后面两天安昀轩都玩得很尽兴。

"真希望以后能在这里养老！"走时，安昀轩依依不舍道。

"我也正有此意。"替她提着行李的许磊接道。

"那你们干脆留下来过老年生活,我一个人先回去。"庄墨辰斜睨着并肩而行的二人一脸不屑道。

"哦……"许磊顿住脚步顺势道,"那我带着昀轩再玩两天好了!"

庄墨辰的脸瞬间拉得老长老长,瞥了一眼一脸震惊地看着许磊的安昀轩道:"随你们!"说罢,大步流星地走在了前头。

"三石兄,算了吧!"安昀轩也觉得这样仗着许磊的身份假公济私不厚道,更何况,这种暧昧的邀请实在是太突然了。

"我只是逗逗他罢了!"许磊笑着道,他就喜欢看别扭的庄墨辰为此不快。

许磊开车回去的一路,说是怕自己睡着,让安昀轩不停和他说话,安昀轩因此讲了许多她小时候的事,把许磊说得笑个不停。

"欸,三石兄,怎么都是我讲?你也来一段?"安昀轩喝了口水道。

"我怕我讲了你不爱听。"许磊其实明白自己的笑点有些异于常人,他并不喜欢安昀轩为了让他高兴而刻意迎合他。

"怎么会?说说看吗!"安昀轩星星眼地期盼着。

许磊于是认真地回忆了一下,道:"幼儿园的时候,我听我喜欢的女孩子说,把蛋糕放上几天,上面会长出一层绿色的绒毛,把那个吃了,她就愿意跟我玩。"

"啊?那是发霉了吧?"

"嗯……"

"你吃了?"

"嗯,后来就进了医院,等我再去幼儿园时,她却带头嘲笑我。"

"……"

"怎么?不好笑吗?"

"哪里好笑了?!"安昀轩扶额,觉得身边坐着的简直是个儿时心灵受过创伤还故作坚强的家伙。

"哦……那我再讲一个好了。"许磊想了想,又道,"读初中的时候,有个女孩说,如果我能连续做一百个引体向上,她就做我的女友。"

"那后来呢?"安昀轩小心翼翼地问,可别又是什么悲惨的结局!

"我每次坚持到五十几个就掉下来,但我每天都在努力……直到半个月后,她带了一个男孩来围观我,并借此炫耀她的魅力。"

"……"

"怎么?还是不好笑吗?看来我真是没有说笑话的天分。"许磊耸了耸肩道,好似他说的是别人的故事。

"我并不认为执着地付出是什么可笑的事。"安昀轩忽然严肃道,"除非你也看轻你自己。"

许磊一愣,望着路口的红灯缓缓踩下了刹车,他忽然意识到,或许他看似无意间和安昀轩说起这段往事,就是希望有个真心待他的女孩,能说出这样一句话。

他一直在等待着,等待有个人能刹住那些痛苦的回忆,随后和他肩并肩地走上另一条通往幸福的道路。

到达时已是傍晚,安昀轩与许磊告别以后,发现庄墨辰又等在她的楼下。

"您不回去吗?"安昀轩一脸防备地捏着钥匙。

"不是说给你做一个月的饭?"庄墨辰双手插在口袋里,一副理所当然的模样。

"今天就算了吧!刚回来,都挺累的……"安昀轩试图说服庄墨辰放弃这个想法。

"谁是上司?"庄墨辰不满道。

"谁有不雅照?"安昀轩使出撒手锏。

她以为,庄墨辰听了这话必定会大发雷霆,甚至丧心病狂。但庄墨辰只是在板着脸逼视她片刻后，举了举手中的袋子道："菜都买好了。"

安昀轩心软了。

庄墨辰一言不发地烧菜，再一言不发地端到桌上。

"我说庄总，您非要给我做饭，就是为了让我看您的脸色吗？"安昀轩可并不喜欢这种压抑的气氛。

"你倒是总能曲解别人的好意。"庄墨辰冷冷道。

安昀轩看在满桌菜的分儿上，没有再与这位难伺候的上司争辩。

吃完饭，安昀轩给庄墨辰泡了壶茶，道："您来都来了，顺便聊聊吧？"

庄墨辰也正有此意，便坐在沙发上道："你随便问吧！"

安昀轩将壶茶搁在庄墨辰跟前："这次您为什么非要跟我们一起去？您是不放心我，还是不放心许磊？"

"下一题。"

下一题你妹！

安昀轩知道庄墨辰是不可能回答她这个问题了，唯有进入主题道："那么，这四天您带熊猫玩偶了吗？"

"带了，在行李箱里。"庄墨辰对此倒是直言不讳。

"能给我瞧瞧吗？"安昀轩很好奇庄墨辰如今究竟严重到什么程度。

"你要看哪只？"

安昀轩险些一口血喷出，回忆了一下庄墨辰那只巨大的行李箱忽然生出个奇妙的想法："您该不会……大半个行李箱里塞的都是熊猫吧？"

"……"

"……"

"这么说，我之前都是在做无用功喽？"安昀轩扶额，觉得这个结果简直是往她脸上抽了一巴掌。

"因为你没找到问题的实质。"庄墨辰似乎倒并不为目前的状况感到焦虑。

"庄总,您那么有能耐的话,为何不自己给自己治疗呢?"安昀轩真是对这个自以为是的上司无语了。

"这和搓澡是一个道理——我看不见,也够不着,所以需要像你这样的……"

"搓澡工?"

"差不多。"

谈话到此为止,之后安昀轩便愤怒地把找她"搓澡"的庄墨辰给轰了出去。

庄墨辰站在月光下耸了耸肩,觉得面对这样一个只会夯毛的下属,自己的脾气真是再好也没有了。

第二天一早,安昀轩给庄墨辰泡好咖啡,顺便往他桌上拍了一张明信片,上头画了个标着日期的表格,抬头写着"饭卡"二字。

"您自己勾吧!我不记得了,勾好还我。"安昀轩用事务性的语气提醒道。

"你还真给我这个?"庄墨辰觉得这东西十分可笑,可当安昀轩离开后,却还是乖乖地用笔勾了,收在了办公桌的抽屉里。

这边,安昀轩等同事都到齐了,便发了圈儿从杭州带回来的特产。同事们表面说着谢谢,却在安昀轩背过身时窃窃私语。

等安昀轩去茶水间的时候,魏薇立刻跟进来关上门道:"哎哟,你可回来啦!最近你都成公司头条了!"

"嗯?怎么?"安昀轩兴趣缺缺,如今她已经对这些胡编乱造的八卦产生了抗体。

"你是不知道,这次庄总把去杭州的机会给你已经有很多人不满了,毕竟你才进公司没多久,照理说是轮不上的。谁知道第二天,许董也说要去杭州,于是很多人都猜测你和他是约好的,庄总不过是做个顺水人情。"魏薇滔滔不绝道,"但没想到后来庄总也要一起去!于是大家都传你们是三角恋。如果把这几天他们编造的故事搜集起来,都可以出一本书了,还分上下册!"

"那敢情好啊!你搜集素材,我联系出版,卖下来的收益我们五五分成。"安昀轩半开玩笑道。

"哎哟喂,大姐,这时候你还说笑!"魏薇是真替安昀轩着急。

"好了好了!等过一阵他们就忘了,谢谢你了,我知道了。"安昀轩敷衍道。

魏薇知道安昀轩听不进,唯有叹了口气道:"你也该和他们去搞搞关系!你瞧你,从进公司就独来独往的,都没人帮你说话。"

"可你也知道,助理不是我的志向,我早晚要走的。"安昀轩是真觉得这种拉拢人的事是没必要的。

"啊?可那么好的工作……"

正说着,就听到敲门声,不等二人反应过来,庄墨辰已推门而入,冷冷看着二人道:"聊够了吗?"

"对不起,庄总!"魏薇立刻丢下安昀轩逃跑了。

安昀轩淡定地背过身,继续倒热水。庄墨辰是真拿她没办法,唯有摆出上司的架子道:"马上来我办公室。"

其实庄墨辰找安昀轩,也就是交代行程变动要改订机票和宾馆的事,安昀轩记下以后,庄墨辰却又叫住打算离开的她道:"刚才魏薇和你说什么?"

"说公司里传我们三角恋。"安昀轩如实相告。

"三角恋?"庄墨辰挑眉,"谁和谁?"

安昀轩抱着笔记本坦然道:"我和您,抢许董。"说完,带上门离开了,留下办公桌前一脸吃了苍蝇般表情的庄墨辰独自消化。

当晚，庄墨辰因为有应酬而没有来安昀轩家，然而安昀轩却迎来了另一位"贵客"。这张脸，她见过许多次，却从没有说过一句话，因为她只是个不起眼的小角色。而如今，这位叱咤风云的传奇人物，正端端正正地坐在她家的沙发上，身后站着两名穿黑衣戴墨镜的男子，霸气十足。

安昀轩给庄正孝泡了壶茶，随后乖乖坐到他对面。庄正孝也是个不爱废话的主儿，他直接把一个信封搁在桌上。安昀轩取过来看，里头是一沓标着日期的照片，简单概括可以分为两个主题：

一、安昀轩经常去庄墨辰家

二、庄墨辰经常去安昀轩家

"董事长，如果您仅凭这些照片就判定那些谣言属实的话……"

庄正孝一扬手，身后的保镖便将一台笔记本电脑搁到桌上，里头是一张安昀轩坐在庄墨辰腿上的照片。

安昀轩愣住了，这张照片该是在她手机里的。她并没有导出过，也没有给任何人看过！

安昀轩仔细回忆了一下，唯一的可能就是她中午去食堂吃饭，手机放在桌上没带走，可她完全不记得留守的是哪几个人了。

此时，观察着安昀轩表情的"太上皇"终于发话道："你去医院做个检查，有孩子就打掉，会给你补偿的。此外，离开公司，任何条件都可以提。"

安昀轩觉得她似乎穿越到了某部粗制滥造的偶像剧里！她显然是被这位"太上皇"贴上了企图攀龙附凤的"灰姑娘"的标签。

这可真是……太狗血了！

安昀轩忙找出之前与庄墨辰签署的为期两个月的治疗协议，以及庄答应给她做饭的录音，又解释了一通杭州之行叫"干爹"的缘由。

这位被外界传得十分可怕的"太上皇"在沉默片刻后，倏然起身，大步流星地穿过客厅走出大门，随后便传来一阵中气十足的笑声。

安昀轩下巴掉了。那两位跟到门口的保镖倒是十分淡定，等庄正孝笑完，恭恭敬敬地将这位"太上皇"再次迎进来。

"不管如何，你还是得去趟医院。"庄正孝看起来与之前并没有什么不同，只是语气缓和了许多，似乎是暂时接受了安昀轩的说辞。

"呃……您的意思是？"安昀轩却不很明白庄正孝的打算。

"你有信心能治好墨辰？"

安昀轩愣了一下，就这一点来说，她还真没什么把握："我只是……不想半途而废，这份工作本就不是我志向所在，一个半月后我自然会离开，不需要任何补偿。"

庄正孝用与庄墨辰如出一辙的双眼打量安昀轩片刻后，终于又道："这些天有什么进展？"

安昀轩于是汗颜地将"宠物疗法""厌恶疗法""催眠疗法"的失败经验都叙述了一遍。结果，庄正孝又出去了……等他笑好回来，茶都凉了。

"希望你能记住今天说过的话。"在安昀轩看来行事古怪的庄正孝最终给出这么一句话。

这个结果让安昀轩十分意外，这位"太上皇"也太好说话了吧？而且那树洞式的笑场是怎么回事？

"怎么？"庄正孝以为安昀轩还有什么要问。

"没……就觉得您和外头传的有些不同……"安昀轩低着头小声道。

庄正孝俯视着这个和他原本的想象不怎么一致的姑娘，没再说什么，"起驾回宫"了。

安昀轩从窗口望着离开的车辆，长嘘了一口气。

真是遇到关于庄墨辰的，就没什么好事啊！

第二天一早，请了一天假的安昀轩便在庄正孝的老助理陈叔陈寅涵的陪同下去了医院。等做完一系列检查后，陈叔客客气气地送安昀轩回家，随后便去庄正孝那儿汇报了情况。

安昀轩睡好午觉起来，就接到了之前在西藏旅游的闺密姚晓琴的电话。

"喂？晓琴！你回来啦？"

"昀轩，我问你，姓庄的是不是逼你去医院打胎？"姚晓琴上来就激动道。

"啊？"安昀轩一下子没反应过来。

"我都听说了，你早上被那什么陈叔押着去我表哥他们医院了。他们这些浑蛋，竟敢这样欺负你！"姚晓琴自顾自喋喋不休地骂着。

姚晓琴的表哥是三甲医院的医生，之前给庄氏父子调配过中药，故而认得陈叔，所以她知道这些也不奇怪，只是这也误会得有点太离谱了……

"晓琴，你冷静点，事情不是你想的那样！是谁告诉你说……"

"不用说我也知道，你是怕我冲动，可这种事怎么能忍？你等着，看我收拾他们！"说完姚晓琴便挂了电话。安昀轩再打过去，已是关机状态。

安昀轩急了，姚晓琴可是空手道教练，她一出手，非死即伤！

安昀轩努力让自己冷静下来，按着姚晓琴的思路推测了一下，恐怕庄墨辰要糟！安昀轩匆忙打电话到公司，那边说庄墨辰已经回去了。于是安昀轩又打了庄墨辰手机，结果也是关机，安昀轩有种十分不好的预感，便立刻叫了辆出租车直奔庄墨辰家。

可千万不要出什么事啊！

安昀轩在心中祈祷。

等安昀轩杀进住宅区时发现庄墨辰的车已经停在门口了，她拼命按门铃喊庄墨辰的名字，却没有反应。正在这时，就听到转角处传来些异样的动静，安昀轩走过去一瞧，只见路灯照不到的花坛角落里，竟然横着一个蠕动着的麻袋。

"庄墨辰！"安昀轩叫了一声，那麻袋立刻大幅度扭动起来。

安昀轩忙钻到花坛里解麻袋上的绳子，正在此时，就听到身后一句："安昀轩？"

安昀轩愣住了，回过头就见到了路灯下好好地站着的庄墨辰。

咦咦咦？！那地上这个是谁？

安昀轩匆忙解开麻袋，结果里头露出的是被堵住嘴的十分狼狈的许磊。

安昀轩险些一口血喷出来。

庄墨辰走过来一看这情景也是愣了一下，立刻把许磊扶上车送去了医院。检查下来的结果是，许磊多处软组织挫伤和皮外伤，并不严重，但十分惨烈。

许磊在接受治疗时，庄墨辰把安昀轩叫到走廊里，用审问犯人的语气道："解释一下？"

安昀轩刚收到姚晓琴表示已替她复仇的短消息，知道这事怎么都说不清了，但又不愿意供出她这位冲动行事的闺密，唯有道："我会和三石兄解释的。"

"解释？还解释什么？要不是我有事让许磊先把车开回来，躺在里头的就会是我！"庄墨辰这番话让安昀轩一怔，原来是因为这样姚晓琴才认错人了？！

"怎么？被我说中了？"庄墨辰误会了安昀轩的表情，"安昀轩，你能耐了啊！连这种手段都使出来了？"

她就那么讨厌他？

安昀轩本来还想在保护姚晓琴的前提下把事情大致解释清楚，结果一听庄墨辰这话便情绪失控了:"您都一口咬定是我了,还惺惺作态什么?直接把我扭送公安局啊!"

"你以为我不敢?"庄墨辰也被安昀轩这嚣张的态度彻底激怒了。

"这世上有什么是您不敢的?就仗着出身好,整日自命不凡!好像全世界人民都欠您似的!都合该围着您转!"安昀轩一口气把心中的不满都发泄了出来。

"那又如何?"庄墨辰总算知道了安昀轩对他的想法,一脸不屑道,"这是我与生俱来的资本,我有理由骄傲,当然,我也能理解像你这样至今单身的毫无魅力的女性对我的微妙的愤恨。"

"哈!"安昀轩不怒反笑,"您该不会是以为,我是因为和您朝夕相处却得不到您的'垂青'故而伺机报复吧?"

"并不排除这种可能性。"庄墨辰高高扬起的下巴让安昀轩恨不得一拳挥上去。

"您知不知道您这种想法在心理学上就叫作'投射',分明是您的想法,却非要认为是我该有的想法。"

"我现在没时间和你探讨你那蹩脚的专业知识。"庄墨辰斜睨着安昀轩道,"你最好给我一个合理的解释,否则……"

"这件事和昀轩没有关系。"忽然插入的一句,让剑拔弩张的两人都回过头来。

额头和手上都包了纱布、嘴角还留着瘀青的狼狈不堪的许磊此时正缓缓走过来:"我知道是谁做的,和昀轩没关系。"

谁信这种鬼话?

庄墨辰冷哼一声,道:"确定不是她的话,你为什么不报警?"

"我自己能处理,不需要报警。"许磊看向安昀轩,那眼神中带着能安抚人心的温柔。

"简直是农夫与蛇!别怪我没提醒你!"庄墨辰觉得自己是名副其

实的吕洞宾。

"不劳费心。"许磊礼貌道,"谢谢你送我来医院。"

庄墨辰没再说什么,丢下这"眉来眼去"的一对便离开了。

此时与许磊独处,安昀轩多少有些尴尬,支吾半晌方道:"那个……三石兄,这其实是个误会,我朋友以为我被庄总欺负了,想替我出口气,谁知道你替庄总把车开回去……"瞥一眼许磊的表情后,才小心翼翼地继续道,"我知道这很自私,但能否请你不要追究她的责任?我会和她一起给你赔罪的!"

许磊听罢沉默了许久,安昀轩觉得她的小心脏都要跳出来了,就听许磊严肃道:"庄墨辰真欺负你了?"

安昀轩一愣。

三石兄,你重点错了!

"不,没有,只是昨天董事长来找我,让我去医院检查,证明我没怀……"安昀轩话未完就被许磊一把抓住了胳膊:"他为难你了?"

安昀轩一惊,忙摆手道:"没有没有!我能证明我和庄总并不是那样的关系,而且我也说了等我和庄总的协议结束就主动离开。"

许磊听安昀轩这么说才稍稍松了口气:"如果他再来找你,一定要告诉我,知道吗?"

"Yes, Sir!"安昀轩并拢脚行了个军礼。

许磊笑了:"找个机会让我见见你那心狠手辣的朋友吧……她毕竟也是为了你好。"

噢噢噢!三石兄,你是小天使!

安昀轩一听许磊这么说便眉开眼笑了。

当然,等许磊回了病房以后,安昀轩立刻打了个电话给罪魁祸首姚晓琴。

"有没有搞错啊亲?你还真打人啊亲?还套麻袋啊亲?还打错人了

啊亲!"

姚晓琴将手机拿开了一段距离,来保护她那惨遭毒害的耳朵:"啊?打错了?"

安昀轩将前因后果一一说了,就听姚晓琴无所谓道:"噢!知道了,下次注意。"

还有下次?!

安昀轩真想掀开这闺密的脑袋看看里头的线路究竟是怎么排的,幸好姚晓琴还是大方地答应了和她一起去给徐磊赔不是。

可别再出什么岔子了啊!

安昀轩暗暗祈祷。

但显然,老天爷那边网速不给力,没有收到这条信息。

"你这模样可真吓人,哈哈哈!"扎了个大马尾的姚晓琴开场白就是这么没心没肺。

安昀轩险些一口盐汽水喷死她,就听许磊淡定地放下咖啡勺道:"拜您所赐。"

"呵呵……那什么,你们要吃点什么?"安昀轩努力想岔开话题,却又听姚晓琴道:"被打的时候不知道护住头吗?"

嗷!救命!

安昀轩欲哭无泪,她就不该让这两人见面!

"可你前一秒还在问我认不认识昀轩,后一秒就一拳上来了。"许磊显然是看在安昀轩的面子上才压下怒火没好气地和姚晓琴探讨这样一个问题。

"这说明你缺乏锻炼、反应迟钝。"姚晓琴用调羹敲着杯缘下结论。

"如果经常锻炼的结果是像姚小姐这样四肢发达、头脑简单的话,那我宁可迟钝一些。"许磊冷着脸毫不客气道。

随后两人便陷入了沉默的对峙,安昀轩总觉得似乎有火光之类的在两人的视线中噼里啪啦地来回。

安昀轩看不下去了，在桌底下掐了姚晓琴一下，姚晓琴这才收回目光，毫无诚意道："说吧，要怎么补偿？我赶时间。"

纵使是许磊这样的好脾气，也被姚晓琴气得内伤。

不给这姑娘一点教训，真是对不起自己这一身伤！

"我听说，姚小姐是空手道教练？"

"怎么？"

"我希望姚小姐能当我一个月的临时秘书，主要任务是保护我的安全，工资按公司标准给。"许磊最终提了这样一个听起来十分合理的要求。

姚晓琴一副"这事早点结了怎样都无所谓"的表情道："可以啊！我们签份协议，注明双方都同意才能终止协议。"

"好，一言为定。"

安昀轩张大了嘴，眼看着姚晓琴把自己卖给了许磊。

"放心好了，区区秘书，难不倒我，保证不给你丢脸！"姚晓琴与安昀轩一同回家时胸有成竹地挥着爪子，"更何况这样一来，我们就可以当同事了，正所谓近水楼台先得月，打狗也要看主人！"

这什么和什么啊！

被比成狗的安昀轩痛苦地扶额。

真希望不要再出什么乱子了！

当晚，安昀轩又接到了陈叔的电话，表示庄正孝已经知道她检查的情况了，请她按照她之前许诺的，竭尽所能地帮助庄墨辰治好他的心理创伤。

安昀轩嘴上答应着，挂了电话想起庄墨辰那可恶的嘴脸便又生起气来。

这家伙自从医院回来，便没再找她做过治疗！甚至连上班的时候都很少召唤她。

咖啡自己泡，鱼自己喂，仙人掌自己浇，连会议材料都自己准备！

"您什么都不要我做的话，干脆让我回去好了！"第二天，安昀轩终于忍无可忍道。

庄墨辰这才从一堆文件中抬起头来："我是怕我再让你干什么，你心生不满，又要伺机报复。"

"这么说，您还认定是我？"这种事分明推敲一下就能明白她不是主使。

"在你没给出合理的解释前，我只能这么认为。"庄墨辰一副冷淡的模样，好像这一切都是安昀轩的错。

岂有此理！

安昀轩撸起袖子就想和庄墨辰理论，却忽听门外大喝一声："人是我打的。"

安昀轩和庄墨辰都是一愣，望过去，就见到了姚晓琴伟岸的身影。

"你是什么人？"庄墨辰皱着眉打量这个穿着职业套装却踩着板鞋的姑娘。

"许董的秘书。"姚晓琴瞥了一眼偷偷瞄着这边的无数双眼坦然道。

"晓琴……你怎么来了？"安昀轩不安地推着姚晓琴道，"有话我们出去说。"

"出去干什么？不是要演戏吗！"庄墨辰斜睨着显然认识的二人道，"你们以为嫁祸给许磊就没事了？"

"不是嫁祸。"忽然一个声音插进来道，"这就是我的意思。"

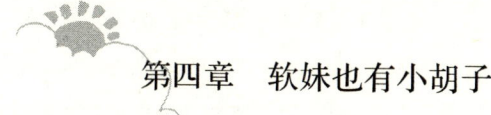
第四章　软妹也有小胡子

安昀轩愣住了，扭过头就见到了额上还包着纱布的许磊。

真是活宝凑一块儿了！还嫌不够乱吗？

"许董！您瞎说什么？！"安昀轩冲过去关上了门，阻隔了无数窥探的视线。

"我原本觉得乌龙比较丢人，但既然他非要怪罪，那还是如实说的好。"许磊一副"我是和你串通好了"的表情。

这什么跟什么？

安昀轩仿佛看到了六月飞雪。

"你也看到了，现在她是我秘书，我希望你不要为难她，也不要为难昀轩。"许磊全然一副保护者的姿态。

"就为了包庇她们两个，你连这种蹩脚的谎话也扯出来了？"庄墨辰真觉得自己之前是白为许磊鸣不平了，他倒好，倒戈到敌方去了！

许磊似乎只是来知会庄墨辰一声他是主谋这件事，并不在乎他有什么反应："给我回办公室！"这话是对着姚晓琴说的。

姚晓琴纵使再想折腾，也看得出替她担了莽撞的后果的许磊此时已经接近了爆发的边缘。不管如何，她也算是来将功补过的，做得太过分也会让安昀轩下不了台。这么想着，姚晓琴耸耸肩，乖乖跟着许磊走了。

被留下和庄墨辰独处的安昀轩有一种想跳窗逃生的冲动。

这是什么神展开啊？这下是跳进黄河都洗不清了！

"庄总，我只问一句，您还打算继续我们的协议吗？"

"你别忘了，如果你单方面终止协议，要赔偿我十倍的违约金。"庄墨辰此时已经断定安昀轩和刚才那位莫名其妙出现的小姐定是串通好的。

安昀轩看庄墨辰那表情就知道他定是又开始了被迫害妄想，今后可有她好受的了！

不行，得想想办法！

"如果是您终止协议呢？"安昀轩先走了一步棋。

"我终止的话，自然不用负任何责任，因为我是甲方。"当然，庄墨辰在心底否定了这种可能。

看安昀轩还能耍什么花样！

"好，我明白了。"安昀轩一脸的凝重。

庄墨辰刚想问安昀轩明白了什么，就见她猛一个箭步冲到窗前，拉开窗帘一把揪出一只大胖熊猫玩偶抱在怀里。

"不许动！"安昀轩抓着那熊猫脑袋一脸凶神恶煞，"再过来我就拧断它的脖子！"

这只熊猫，据安昀轩观察，是庄墨辰最宝贝的一只，虽然有些旧了，却被打理得十分干净！

果然，庄墨辰当时表情就变了，死死盯着安昀轩手里的"人质"叱道："快放下！"

安昀轩自然不从，退后半步紧紧掐着熊猫脖子威胁道："现在！立刻！给我立个字据——说明是您单方面要取消协议，并且保证不追究我的责任。"

"你先放!"

"您先写!"

庄墨辰焦躁地来回踱了几步:"为什么非要解除协议?"

"还能为什么?我们之间连最基本的信任都没有!别说心理咨询了,连工作都是折磨!"安昀轩说到此处便觉得委屈,庄墨辰这样不分青红皂白地冤枉她,竟还让她坐了好几天的冷板凳,真是受够了!

庄墨辰看着仿佛心意已决的安昀轩,只觉得她强词夺理:"不信任我的分明是你!这次的事你不也没对我解释半句?"

"解释有用吗?您会听吗?"安昀轩鼓着腮帮子气呼呼地质问。

"会。"庄墨辰毫不犹豫地回答道。

这回便轮到安昀轩发怔了。

不对不对,这一定是因为顾忌她手中的"人质"!绝不能相信这个劣迹斑斑的上司的话!

打定主意的安昀轩刚想继续谈条件,却忽地听到轻微的线头崩断的声音,随后脚上似乎被什么东西砸了一下。

一低头,就看到了一个熊猫脑袋。

安昀轩下巴掉了。

不……不是吧?

她刚才只是稍微用了点力……

吓傻了的安昀轩呆呆抬起头看着彼端的庄墨辰,依那表情来看,她绝对活不过走出这间办公室!

救命!

被吓坏了的安昀轩捡起熊猫脑袋就猛地推开庄墨辰冲了出去。很神奇的是,沉浸在愤怒之中的庄墨辰竟然没有及时抓住她!

安昀轩一路亡命天涯,在同事们惊疑的目光中顺着楼梯拼命往下跑,随后出了办公楼就拦下一辆出租车,往父母家驶去。

太可怕了！还以为今天要死在那儿！

如果刚才不逃的话，明早就能看到报纸刊登着"女助理因抢走上司玩具而被当场拧下脑袋"的社会新闻了。

惊魂未定的安昀轩来到父母家时，把退休在家的老妈吓了一跳。

安昀轩找了个借口说是有东西要拿便躲到自己房里对着"死无全尸"的熊猫玩偶发呆。

这时候，手机响了，是许磊。

"怎么忽然跑回去了？庄墨辰怎么你了？"许磊显然是听说了她的"越狱"事迹。

"没有没有，是家里有点急事，没来得及打招呼……"安昀轩支吾道，"那个三石兄，我随便问问，庄总很喜欢的一只熊猫玩偶，手里拿着根竹笛的那只，你有印象吗？

许磊回忆了一下，道："你看看那熊猫尾巴边上的标签是不是'Made In Japan'？"

安昀轩翻过熊猫一看，果然有！

"那就是他母亲从日本带回来给他的那只了！"许磊给出了一个安昀轩十分不愿意听到的答案，"他母亲常年在日本打拼，属于要事业不要家庭的类型，一年难得回来一次，也难得给他带可以纪念的东西。"

完蛋！

安昀轩觉得自己做了一件天理不容的事。

"该不会……是因为那只熊猫，你才……"许磊猛然间明白了什么。

"呃……事实上，我不小心把熊猫的脑袋给拧下来了。"安昀轩支支吾吾道。

许磊沉默了许久，许久，随后压低声音道："你在哪儿？他有没有把你怎样？"

"没有没有，我在我爸妈家。"安昀轩听许磊那紧张的语气便十分庆幸当时逃出来了。

"那就好,你别暴露位置,也别轻易出门,我替你劝劝他,下班我过来。"许磊听安昀轩这么说才松了一口气。

"事态十分严峻是吗?"安昀轩最后确认道。

"这么说吧!"许磊想了想,比喻道,"这只熊猫,相当于庄墨辰的命根子。"

安昀轩挂断电话后,呆呆望着窗外想,她恐怕是看不到明天升起的太阳了……

既然如此,就先窥屏一下,看看QQ上把她的事迹都传得如何了吧!

刚隐身登录,就见到八卦群里几个好奇心重的已经在议论这事了。

"昀轩怎么回事?忽然就抱着个东西出去了。"

"好像是什么东西的脑袋……"

"人头?!"

"别那么惊悚吧!"

"庄总好像心情很差啊!"

"是啊!他一直在打电话……难道是在找昀轩?"

"我打过昀轩电话,她关机了!"

"果真是出事了?"

这时候就看到某个窗口弹出来愤怒地抖了抖:"安昀轩!给我滚回来!"

安昀轩吓得手一抖,关了窗口退了QQ,惊魂未定地扭头看着那只被搁在床上的熊猫"尸体"。

如果让庄墨辰逮到了,这就是她的下场啊!

不行!不行!千万不能回去!

安昀轩担惊受怕到傍晚,母亲出去买菜时,她终于接到了姚晓琴的电话："开门！我在外面！"

穿着一身运动装的姚晓琴在安昀轩替她开门后大大咧咧地走进来："听说你工作到一半忽然跑了，躲什么呢？姓庄的欺负你了？"

完全没了主意的安昀轩此时见到姚晓琴就像见到了救星，一把拉住她泪眼汪汪道："我一不小心把庄总的命根子给拧断了！"

说完就发现姚晓琴身后的楼梯上还站着四人——黑墨镜、黑墨镜、陈叔和庄正孝。

"他们说是你同事，路上遇到就一起过来了。"姚晓琴丝毫未觉异样地解释道。

一道晴空霹雳打得安昀轩虎躯一震。

尼玛啊！这四个哪里看起来像她的同事了？！

这世上还有比这更乌龙的事吗？！

不过当务之急是先澄清误会。

"董事长，您好！事情不是那样的，是我和庄总有些矛盾我抓了庄总视作命根子的熊猫玩偶当人质，结果谈判时一紧张不小心把熊猫脑袋拧下来了，庄总一副要吃了我的表情，我头脑一热就逃了回来……"

庄正孝一扬手阻止了安昀轩滔滔不绝的解释，随后在两位"黑墨镜"的护送下走向了安全通道，片刻后，彼端响起了一阵洪亮的笑声。

等庄正孝再次站在安昀轩跟前时，又恢复到之前高高在上的模样。

这时，始终站在门口发呆的姚晓琴终于回味过来："你是庄墨辰的父亲？"

庄正孝瞥了姚晓琴一眼："你表哥是陈梓翔陈医生吧？"

"你怎么知道？"姚晓琴很是意外。

"陈医生之前负责给我开药，我见过你。"庄正孝直言不讳道。

姚晓琴这才明白，为何路上庄正孝的车会正好停在怎么都打不到车的她的边上，还将错就错地让她误认为他们是安昀轩的同事。

"你现在是许磊的秘书？"庄正孝又跟了句。

"嗯……"姚晓琴瞥了一眼安昀轩，觉得自己真是害人不浅。

"你觉得，他为什么会要你当秘书？"庄正孝追问道。

姚晓琴觉得这个问题真是有些莫名其妙，想了想，如实道："因为我打了他。"

庄正孝的脸色当即就变得微妙了。

听了这个回答的安昀轩也要吐血了。

晓琴，你这回答简直是在说三石兄是个抖M啊！！

幸好庄正孝没再继续问下去，只瞧着安昀轩道："你说的是哪只熊猫？"

显然是听到刚才安昀轩对姚晓琴说的话了。

安昀轩只好边祈祷老妈别那么快回来边硬着头皮把几人请进了屋。

当庄正孝看到床上那只身首分离的熊猫玩偶时，一脸了然道："这是他母亲送给他的，没想到这么多年了他还留着。"

这话仿佛提醒了安昀轩的罪孽深重，她低着头内疚道："庄总他十分珍惜，都怪我不好……"

"一个大男人喜欢这种东西本就不是什么光彩的事，坏了正好！"庄正孝却显然并不认为安昀轩做了什么大逆不道的事。

然而安昀轩听了这话，想起庄墨辰当时的表情，忽然觉得此时表现出不屑的庄正孝真是个不负责任的父亲。

"在您看来，这或许只是只没有价值的玩偶，但在庄总看来，却是无可取代的，因为他在乎的不是这只玩偶本身，而是它所代表的至亲的关爱。"安昀轩知道自己没立场说这些，但她忍不住。

庄正孝沉默地盯着安昀轩，片刻后摆出一副"我主沉浮"的架势冷冷道："安小姐，我默许你这段时间可以留在墨辰身边，但这并不代表你可以对我们的家事指手画脚。"说罢一扬手，带着墨镜男先走了。

陈叔故意落在后头，压低声音对安昀轩道："董事长是不放心才过来看看究竟出了什么事，以后别当着董事长的面说这些。"

安昀轩知道陈叔也是好心，乖乖点了点头。

等几人走后，姚晓琴立刻哭丧着脸道："昀轩，对不起……我以为……"

安昀轩揉揉姚晓琴的脸："你啊！总不让人太平！"

姚晓琴见安昀轩没生她的气，立刻喜笑颜开地追问起"熊猫分尸惨案"，安昀轩无奈地把事情原原本本地说了，姚晓琴一挥拳头道："什么大不了的事！他敢找你我就抽他！"

安昀轩看看姚晓琴那有些肌肉的胳膊，叹了口气，转移话题道："留这儿吃饭吧！待会儿许磊也会来。"

"他来干什么？"姚晓琴立刻警惕道。

"他哪里又得罪你了？"安昀轩总觉这两人冤家的味道似乎越来越浓了，许磊今天不还替姚晓琴担了罪名吗？

姚晓琴撇了撇嘴，道："他说我是个惹事精。"

咦？这概括好精辟！

安昀轩真想热泪盈眶地与许磊握握手。

正说着，门铃就响了，许磊看到姚晓琴以后的第一句话就是："你没惹事吧？"

"哎，老板，你脸上有蚊子！"姚晓琴说着一巴掌就糊上去了。

许磊习以为常地接下这一掌，坦然走进来："哪儿呢？被害人在哪儿呢？"

安昀轩扶额带着许磊参观了一下那只棉花外露的断头熊猫。

"嗯……确实很壮烈。"许磊摸着下巴总结道。

"庄总怎么说？"安昀轩更关心的还是这个。

三石兄，你可千万要给力啊！

"你知道,我今天刚得罪过他,所以他说……"许磊一脸凝重地指了指那熊猫道,"让你给它陪葬。"

安昀轩一口血喷出来。

祖国母亲!我不想死!

"这只熊猫叫阿毛,它跟了庄墨辰二十几年了……如果它是活的,他们早就领证了。"许磊火上浇油地刺激着安昀轩,似乎非常喜欢她那嗷嗷叫的有趣模样。

这时候,安昀轩的母亲回来了,安昀轩忙和母亲介绍说许磊是她的同事,和姚晓琴一同路过来送点东西,顺便上来坐坐。安昀轩的母亲立刻热情地招呼二人。

许磊对吃的倒是毫不挑剔的,边吃边夸道:"阿姨厨艺真不赖!都赶上饭店水平了!"

"哎哟!瞧这孩子嘴甜的!快趁热吃吧!"安昀轩的母亲被哄得十分开心,安昀轩的父亲则在不动声色地观察片刻后旁敲侧击地询问起了许磊的个人情况。

安昀轩一见这架势就又内伤了。

爸,我求您了!放过我身边无辜的雄性吧!

然而不理会安昀轩桌底下暗暗拉扯的安父,越问越直白。幸好许磊都礼貌而巧妙地回答了,并未表露出不悦。

饭后,许磊有事要先走,受安昀轩的嘱托送姚晓琴一程。

安昀轩将两人送到楼下时对许磊道:"今天真不好意思,怕你尴尬才和父母说你是我同事的,没想到他们还是……"

"没事!你别多想!替我谢谢阿姨,好久没吃这样美味的家常菜了!"许磊的回答总是很有风度。

"咦?那三石兄平时吃什么?"安昀轩敏锐地捕捉到了他话里的意思。

"吃寂寞。"姚晓琴插嘴道。

许磊也不计较姚晓琴的调侃，只是苦笑了一下，道："我自己住的，笨手笨脚的，一般都叫外卖或者去外面解决。"

"总在外面吃也不是个办法！"安昀轩立刻同情起许磊来，"以后有空，不如来我这里搭伙吧！"

"哦？方便吗？"许磊眼中满是显而易见的欣喜。

"不方便！"姚晓琴叉腰道。

纵使许磊再不计较，此时也有些不悦："姚小姐，你是昀轩的代言人吗？"

"我和昀轩青梅竹马，我要是男人，早就是她老公了，你说我有没有资格替她回答？"姚晓琴也是早就看许磊不顺眼了！

仗着昀轩好说话！这男人就得寸进尺了？

狼子野心！绝不姑息！

安昀轩见两人剑拔弩张的模样，忙劝道："好了好了，时候不早了！你们都早点回去吧！庄总那边我自己会想办法！"

听安昀轩这么说，姚晓琴也便不再盯着许磊不放，一甩辫子拍在许磊脸上，随后趾高气扬地打车回去了。

"对不起，晓琴她就这样……"安昀轩对许磊抱歉道。

"所以我才让她当我的秘书，磨磨性子，不然以后做什么工作都得罪人。"许磊算是给安昀轩找了个台阶下。

安昀轩想到姚晓琴那张牙舞爪的模样便笑了："其实她只是比较护短，从小就不许别人欺负我。"

"我欺负过你？"许磊一脸无奈。

"我想这只是她的……嗯……领地意识……"

许磊"噗——"地笑了，笑了许久才打量语出惊人的安昀轩道："她在你身上做标记了？"

"在心里！"安昀轩眨眨眼道，"好了，三石兄，你也该回去了吧！"

"那你说的搭伙……"许磊说这话时不禁心跳加速。

"当然是认真的！"安昀轩笑眯眯道，"平时你高兴的话就来我家吃饭吧！别嫌弃我糟糕的厨艺。"

许磊看着安昀轩的笑容，只觉得心被猫爪子轻轻挠了一下。

"哦，对了，这个给你。"安昀轩说着又从口袋里掏出一样东西。

许磊接过了，见又是张明信片，上头依旧是"好人卡"三个大字，反面则写着"谢谢你没有追究晓琴的责任"。

许磊笑着将明信片收进口袋里。

安昀轩回到家，始终在窗口张望的父母便开始盘问她关于许磊的事。

"他不会只是你同事吧？"安昀轩的父亲直入主题道。

"咦？老爸，这都被您看出来啦？"安昀轩对父亲的推断能力很是佩服。

二老对视一眼，都激动地等着安昀轩宣布答案，却听她道："他还是我上司，虽然不是直属的。"

二老立刻露出了失望的神情。

"那他和晓琴是什么关系？"安昀轩的母亲显然不想放过这么一个"金龟婿"。

"晓琴是他秘书。"安昀轩如实道。

二老立刻露出了担忧的神情："他俩怎么会认识的？"

"呃……算是因为我而结缘的吧！"

二老立刻露出"我家女儿是笨蛋"的神情。

"他俩关系很好？"

"还成吧！"

"比你和许磊关系好？"

"那倒没有……"

二老立刻露出"我家笨蛋女儿还有希望"的神情。

"女儿啊！你也老大不小了……"安昀轩的母亲又开始了她的老生常谈。

"是啊！我也觉得我该早点睡觉了！"安昀轩说完便逃回了自己的房间。

其实当初她搬出来，一个是为了能更独立更自由些，另一个就是为了逃避父母的"女大当嫁"言论的大规模杀伤性轰炸。

她不是不想嫁，是没遇到合适的人。

安昀轩深深叹了口气，目光又落在那只可怜的熊猫身上。

"阿毛啊，阿毛，我帮你把脑袋接上，你能替我道个歉吗？"安昀轩揉了揉那熊猫天真无邪的脸，"不说话就当是默认喽！"

昨晚，庄墨辰在安昀轩家门口守到大半夜都没见她回来，回去以后又不停地打电话发消息，安昀轩却始终没有回音。

有本事你躲一辈子！

抓狂的庄墨辰咬牙切齿地想着等抓到这小妮子要如何狠狠地教训她！然而，然而第二天一早，庄墨辰打开办公室的门就见到办公桌上放着一只花篮，花朵簇拥的中央，坐着一只穿着小花裙头戴蝴蝶结的微笑的熊猫。

庄墨辰愣了愣走上前，抱起那只熊猫仔细查看。这只熊猫的脑袋被细心修补过，四肢也加固了，外头的小裙子是外面买不到的量身定做的手工产物。

再看那篮子，里头竖着张小卡片，上面写着："爸爸，你别生阿姨的气了！她知道错了！昨天她给我睡软软的床，还给我做了漂亮的小裙子！"署名——"阿毛"。

庄墨辰抱着"女儿"瞧了又瞧，随后放回到篮子里，背着手低喝一声:"出来!"

摆完熊猫没来得及逃走的安昀轩从窗帘后头探出颗脑袋:"有言在先,不许打脸。"

说实话,庄墨辰很惊讶。

他以为,"畏罪潜逃"的安昀轩肯定会选择辞职或者干脆消失不见来应对他的"追杀";可事实是,她不但回来了,还细心照料了他心爱的"女儿",这就是愿意承担责任的表态。

念及此,庄墨辰虽然绷着脸,语气却缓和了许多:"这都是你做的?"

安昀轩乖乖点头。

庄墨辰盯着这个刚还想狠狠教训她一顿的姑娘看了会儿,又看看自家焕然一新的"女儿",随后微不可闻地叹了口气,道:"去泡两杯咖啡。"

安昀轩一听立刻咧嘴笑了。

这算是原谅她了?

等安昀轩泡好咖啡回来,庄墨辰接过其中一杯,用严肃的口吻道:"其实阿毛是男孩子。"

安昀轩一口喷出来。

没人告诉她啊!

更何况庄总您一副凝重的模样只是想告诉我这个吗?

好吧,好吧!这只熊猫对庄总来说确实很重要!

"对不起……"安昀轩为昨天的事道歉道。

她是不该用这只熊猫做人质的,毕竟庄墨辰那样信任她,现在又如此轻易地原谅了她。

庄墨辰默默喝了口咖啡,轻轻"嗯"了一声,算是接受了安昀轩的道歉,片刻后才放下杯子,道:"今晚你过来,还是我过去?"

安昀轩一愣,抬起头来:"您的意思是……"

"协议继续。"

当晚，口袋里揣着饭卡的庄墨辰坐在安昀轩家的客厅里，用下巴指了指对面的许磊："这是怎么回事？"

"许董是来搭伙的。"

庄墨辰从鼻子里"哼"了一声，又用下巴指了指许磊边上的姚晓琴："那这个呢？"

事实上安昀轩也不知道为什么姚晓琴会跟着许磊一起过来，刚想搪塞过去，就听许磊不疾不徐道："她是充话费送的。"

说完就被姚晓琴一巴掌拍过来："好大一只蚊子！"

许磊一把抓住姚晓琴的手腕淡定道："怎么？你打算赶我们走？"

庄墨辰瞥了一眼许磊边上龇牙咧嘴的姚晓琴："我可没这么说过……比起这个，我更感兴趣的是你怎么找了这么个秘书？"

许磊扭过头，用一种"往事不堪回首"的表情看着庄墨辰道："你有兴趣的话，我和你换？"

庄墨辰嘴角一抽，不再多问了。

吃完饭，四个人坐在客厅里等消化。

"昀轩，你是怎么让这个家伙放弃与你同归于尽的？"许磊对于两人的和平相处很是纳闷，同样纳闷的当然还有竖起耳朵在听的姚晓琴。

"这个吗……要问阿毛了……"安昀轩总觉得要告诉这两人自己所做的事有些丢脸。

庄墨辰很配合地对此事保持缄默，只是在安昀轩被逼问得有些抵挡不住时打断道："与其追着这些不放，不如趁着现在好好想想，怎么破除关于我们四个的谣言。"

这谣言，自然指的是四人之间的"桃色新闻"，这也是让四位当事人多少有些郁闷的事。

姚晓琴十分认真地想了想，道："不如杀鸡儆猴？"

"怎么个杀鸡儆猴法？"庄墨辰喝了口茶，觉得也许姚晓琴认真起来还是有点用处的。

"就抓两个传谣言的当着全体员工的面……"姚晓琴比画了一下脖子，"宰了！"

庄墨辰静静地放下杯子，扭头问安昀轩："作为谣言的始作俑者，你有什么建设性意见？"

安昀轩转着茶杯道："流言止于智者。"

"所以全公司都是笨蛋？"庄墨辰挑眉道。

"有传得那么厉害？"安昀轩显然还不在状态。

"我借你几个账号，你自己去群里瞧瞧！"庄墨辰无奈地取来了自己的笔记本电脑。

"庄总，您不做特务真可惜！"安昀轩总算知道为何一有风吹草动庄墨辰就都知道了。

"好了好了，先看看都传了些什么！"许磊其实不担心谣言，他担心的是谣言会让庄正孝出面，对安昀轩不利。

四颗脑袋最终凑到笔记本电脑前，开始了卧底之旅。总结归纳以后，发现群里谣言主要分为以下几个版本。

版本一：

安昀轩怀了庄墨辰的孩子，庄氏父子逼安昀轩打胎，暗恋安昀轩的许磊找了混黑道的姚晓琴教训庄墨辰。庄墨辰认为安昀轩与姚晓琴是同谋，逼她们招供。许磊一不做二不休地承认自己才是主使，许磊与庄墨辰彻底撕破了脸。许家与庄家因此而交恶。

结论：安昀轩是红颜祸水。

版本二：

安昀轩是许家派出的卧底，她潜伏在庄墨辰身边，获取了关于庄氏的商业机密。庄氏父子想杀人灭口，安昀轩向许磊求救，许磊派出豢养的杀手姚晓琴先下手为强，但庄墨辰儿时坠崖曾受高人指点，有神功护体，刀枪不入。姚晓琴任务失败，伪装成许磊秘书伺机而动，却被庄墨辰拆穿。许磊因为安昀轩已将关于庄氏的秘密转交给了他，因而有恃无恐地承认自己才是主谋。庄家的地位很快将被野心勃勃的许家所取代。

结论：商场如战场，远离高富帅。

版本三：

安昀轩怀了庄墨辰的孩子。得知此事的许磊一怒之下令手下姚晓琴去教训庄墨辰。却未料到庄墨辰身手不凡，没有得逞。事后，庄墨辰找到安昀轩和姚晓琴逼问这是否是她们串通一气。此时，许磊挺身而出表示幕后主使是他。

庄墨辰怒道："你为什么要这么做？"

许磊冷笑道："你说是为什么？"

"你喜欢安昀轩？"

许磊笑得上气不接下气，片刻后，却是神色一敛，眼中流露出一抹恨意："我最无法忍受的就是你那自以为是的愚蠢！"

说罢，猛地将庄墨辰按在墙上随后身子压了上去……

"啪！"庄墨辰与许磊同时铁青着脸合上了笔记本电脑。

姚晓琴十分不得体地趴在桌子上哈哈大笑，而安昀轩则别过头去用咳嗽来掩盖憋笑的痛苦。

"最后那个谁传的？怎么还有那么多活色生香的描写？"姚晓琴终于笑够了一抹眼泪道。

"必须查清都是谁传的！"庄墨辰勃然大怒道，"统统严肃处理！"

"可排查什么的费时费力还伤感情，对付流言就要像治水——疏堵结合。"安昀轩十分理智地分析道。

她这么一说，另外三人也都觉得有些道理。

"那你说怎么办？"庄墨辰抱着胳膊等安昀轩的下文。

安昀轩清了清嗓子一副专家架势："老夫的建议是，庄总和三石兄，要疏堵结合——也就是澄清前两个版本，承认最后一个版本！"说罢拉起姚晓琴就往外跑。

姚晓琴还没明白是怎么回事，等一口气跑到小区门口停下时，才发现安昀轩扶着墙哈哈大笑。安昀轩难得有机会欺负一下庄墨辰，笑了很久才停下，随后就发现姚晓琴正一脸震惊地瞪着她。

"怎么了？"

姚晓琴手一指："那是你家……"

一时得意忘形的安昀轩回过头才想起，她和姚晓琴，要怎么回去？

天空中，繁星点点。

安昀轩捋着并不存在的胡子摇头晃脑道："贫尼夜观天象，觉得可以去施主家借住一宿。"

姚晓琴斜睨着"贼尼"道："施主刚旅游回来，还没找到合适的租房，这几日都赖在朋友家。"

"啊？你怎么不早说？"安昀轩可没听姚晓琴说过这事。

"给你惹了那么多麻烦，哪里好意思说？"姚晓琴最不想麻烦的就是安昀轩了。

安昀轩直接一巴掌拍在姚晓琴脑门上："二货！快搬过来！你当不当我是你闺密啦？"

姚晓琴揉揉可怜的脑门，吐了吐舌头，随后笑了起来。

于是两人干脆手牵手地去姚晓琴朋友家收拾行李去了。

当然，她们也被留下的那两个短暂地讨论过。

"哎，我说，你家那两个怎么办？"

"你不是给他们发过消息了吗？就让他们以群众喜闻乐见的方式好好培养感情吧！"

随后便是一串无节操的"哈哈哈"。

等安昀轩帮着姚晓琴收拾了两大箱子东西打车回来时,见到的却是许磊拽着庄墨辰的衣领将他按在沙发上。

"哇——"姚晓琴立刻掏手机拍照,安昀轩则捂脸露指缝道:"哎哟哎哟,我们什么都没看见!你们继续!你们继续!"说着拉上姚晓琴就要开溜,却听松开手的许磊喝道:"站住!"

安昀轩惊得立刻刹住了脚步。

"这张照片是怎么回事?"许磊放开庄墨辰,拿着安昀轩之前落在桌上的手机走到了安昀轩跟前。

安昀轩一瞧,那手机里放大的,正是她勾着庄墨辰脖子坐在他身上的那张"护身符"。

糟糕!怎么会被许磊看到的?!

安昀轩看向沙发上的庄墨辰,而后者只是淡定地坐起身整理了一下衣服。

在安昀轩边上也看到这张照片的姚晓琴也是一脸不可置信道:"不是吧,昀轩!这怎么回事?你怎么会和这个风韵犹存的老男人拍这种照片?"

"这有什么好奇怪的?""风韵犹存的老男人"走过来一把夺过手机道,"这干爹可不是白叫的!你敢说这姿势不是你主动?"

此时的安昀轩简直是百口莫辩!

只怪当年自己脑残,还留着这样的照片。

庄墨辰一定是想趁她不在删照片结果被许磊逮了个正着。

可她该怎么解释才能让许磊相信她不是那种轻浮的女孩并且让庄墨辰这个浑蛋上司不那么尴尬?

安昀轩绞尽脑汁地想了一番后,终于带着破釜沉舟的勇气对许磊道:"这一切都是——我妈逼的。"

许磊:"……"

姚晓琴:"……"

庄墨辰:"……"

"我妈逼我去相亲,我不想去,就谎称已经有男友了,可我妈非要我带人回去或者拿证据,我就恳请庄总让我拍这么一张亲密照,好敷衍过去。"安昀轩是豁出去了!

总之先混过去再说!

"噢——我就说吗!阿姨越来越凶残了!"姚晓琴立刻恍然大悟道。

"是这样?"许磊狐疑地看看笑得僵硬的安昀轩,又看看边上好整以暇的庄墨辰。

庄墨辰本来就因为不小心让许磊发现了这个"罪证"而有些过意不去,接收到安昀轩恳求的眼神,便也配合道:"算是吧!"

安昀轩总算松了一口气,许磊看起来却依旧不怎么高兴,看着安昀轩一伸手道:"拿来。"

"什么?"安昀轩莫名。

"明信片。"许磊口吻难得地强硬。

安昀轩茫然地将之前用作好人卡的明信片找出来递给许磊,许磊抽出一张,刷刷写了一行——"感谢许磊同志愿意牺牲色相,假扮安昀轩同志的男友,替她躲避母亲逼迫的相亲。"

安昀轩看到那递过来的明信片便愣住了。

不是吧?什么情况?!

"如果你觉得没问题,就签个名交给我,"许磊毫不避讳旁边伸长脖子的二人,"我不希望你再做这样的事。"

说完便板着脸转身离开了。

安昀轩拿着这张卖身契一般的明信片愣在原地,直到姚晓琴先反应过来，拍案而起道："不行！绝不能答应他！"

安昀轩刚想说我还没说什么呢！就听姚晓琴咬牙切齿道："他就是个两面派！你都没看见他怎么教训我的！如果你答应了，他一定立刻换一副嘴脸！"

安昀轩刚要反驳，手里的明信片突然被抽走了。

庄墨辰手指夹着那"卖身契"扫了一眼，不屑道："这种骗小姑娘的把戏，只有沉迷偶像剧的人才会答应。"

安昀轩一把将明信片夺回来："对不起，答不答应都是我的私事！"

没有斥责立场的庄墨辰只好收起他的不满转移话题道："那好，请你小姐妹回避一下，例行公事。"

姚晓琴早就从安昀轩那里得知庄墨辰在她这儿治疗，边将自己的行李箱拖上楼边嘟囔："不就是有难言之隐吗？改天介绍个老中医一针见效。"

安昀轩："噗——"

庄墨辰用眼神杀了她千百遍。

安昀轩汗如雨下道："那什么庄总您坐吧！我们再试试催眠！"

这次庄墨辰倒是让安昀轩十分意外地没有发作，配合地脱了鞋躺在沙发上听安昀轩的放松指令。

安昀轩的声音还是很好听的，小溪潺潺，有种能让人静下心来的魔力，然而庄墨辰听着听着就发现声音越来越小，最后干脆"静音"了。

庄墨辰睁开眼睛，就发现安昀轩竟然坐着睡着了。他很有些哭笑不得，却只是静静地仰视着这温婉、清秀的睡颜。平日里总针锋相对的，很少见她如此安静的模样。看着看着，竟觉得心也跟着沉寂下来，身子仿佛漂浮在海面上，忘却了所有的焦躁与烦恼。

等庄墨辰再次睁开眼时，已经是第二天早上了。

庄墨辰一愣，猛地坐起身才发现身上还盖了条毛毯，而安昀轩和姚晓琴都已不在了。

茶几上有一盒生煎和一碗豆浆，下头压着张纸条，上书："庄总，我们先去公司了，您吃好早饭也快点来吧！"

庄墨辰揉着酸痛的脖子后知后觉地想，安昀轩竟然让他留宿了一晚？是因为不舍得叫醒他？

庄墨辰脑补了一下安昀轩轻手轻脚替他盖毯子的画面，瞬间就觉得之前的不快都烟消云散了！

看看时间，上午有个重要会议快来不及了，于是带上早饭便开车赶去了公司。

然而一路上都想着会议内容的庄墨辰并没有发现，今天他的回头率似乎有些高得离谱。

等被偷拍了无数次的庄墨辰到了办公室，用内线电话召唤了安昀轩，才从安昀轩那有些扭曲的面部表情中读出了某些不寻常的信息。

"怎么？"

"没……没什么……"安昀轩放下会议材料就想出去。

"等等！"庄墨辰叫住她，清清喉咙道，"昨天你怎么不叫醒我？"

安昀轩却不看庄墨辰的脸："我看您似乎很累的样子……"

果然是不忍心吗？

这般想着的庄墨辰自动将安昀轩回避他视线的举动变换成了"娇羞"二字。

"会议材料都准备好了？"转移话题的庄墨辰才不会承认他也有些不好意思。

"是……是的！"安昀轩立刻答应道。

"那你先过去，我马上来。"庄墨辰说着开始收拾文件。

"那个……"安昀轩抱着文件夹犹豫道。

"什么？"庄墨辰关了电脑，却在屏幕黑了时看到里头映出的自己的脸。

他的额头上赫然写了一个"王"字,嘴边则左右各画了三根猫胡子。

庄墨辰愣了许久以后才明白过来是怎么回事,猛然抬头咬牙切齿道:"安……昀……轩!"

可跟前哪还有安昀轩的影子?

开会的时候,庄墨辰毫无意外地迟到了。

安昀轩低着头给他端了杯咖啡,庄墨辰倒也没为难她,只在会议结束时点名道:"你留一下。"

安昀轩等人散后,乖乖等着挨批,结果庄墨辰走到她跟前,温柔地扣住她下巴,轻轻抬起,深情注视。

等等!这标准的调戏良家妇女的姿势是怎么回事?

还没等反应过来,安昀轩就觉得脸上一凉。

随后她的人中处多了两撇尾端上翘的小胡子。

做完这幼稚举动的庄墨辰坦然地收起记号笔,退后一步欣赏了一下自己的杰作,随后一脸坦然道:"好了,你可以走了。"

走你妹啊!

安昀轩在心中咆哮。

这要她怎么出去?

"你不走,那我先走了。"庄墨辰似乎也料到安昀轩不可能就这样离开,于是故意大摇大摆地走了出去。

安昀轩捂着心口把涌到喉头的血又咽了回去,打电话给姚晓琴,问她有没有卸妆油之类。结果姚晓琴带着一听安昀轩的名字就硬要一起来的许磊一同进了门。

姚晓琴十分不仗义,一见到安昀轩那副尊容便首先笑趴了,还颤颤巍巍地掏手机拍照留念。

"禽兽啊你！"安昀轩立刻去夺姚晓琴的手机，却被她躲开了。

两人就这样绕着会议桌开始了"猫捉老鼠"的游戏。

"好了好了，都别闹了！"许磊一把夺下姚晓琴的手机，问安昀轩道："这谁画的？"

"还能有谁？"安昀轩无奈地接过姚晓琴递来的卸妆油。

"他怎么那么无聊？"许磊为安昀轩鸣不平道。

"呃……事实上是我先给他画的。"安昀轩觉得这个事情还是不要冤枉庄墨辰，"昨晚我给他做催眠，结果他在我家睡着了，所以我开了个玩笑……"

许磊听了却一皱眉："他在你家过夜？"

"不是过夜吧……只是他睡着了……呃……"安昀轩也不知该如何解释。

许磊的脸已经沉了下来，在压抑的氛围中与安昀轩对峙片刻，忽然来了句："昨天我说的事，你考虑得怎样了？"

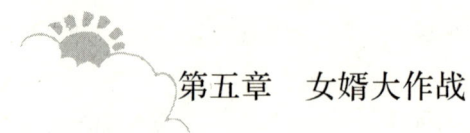

第五章　女婿大作战

安昀轩摸着被自己擦红了的人中愣了一下，随后别开眼道："那个……感谢你的好意，但我觉得这对你的名声不利！"

"我已经没什么名声可言了，更何况只是在你母亲跟前做做样子。"许磊说这话时一副公事公办的口吻。

"哈！黄鼠狼尾巴露出来了！"姚晓琴在边上抱着胳膊嘲讽道。

安昀轩拉拉姚晓琴的衣角对许磊道："我觉得还是不要麻烦你比较好。"

"那你就是不把我当朋友喽？"许磊的表情更不悦了。

可朋友也不会做到这个程度啊！

安昀轩无奈地在心中泪奔。

"那这样。"许磊也看出安昀轩的为难，"我再去几次你父母家，如果你父母旧事重提，我就顺势承认'我们的关系'。"

安昀轩压根儿没想接受许磊假扮她男友的提议，见有台阶下，立刻点头道："好！好！谢谢三石兄。"

这事儿便这么敲定了，即使安昀轩认为，她的同意只是缓兵之计。

安昀轩忧心忡忡地回到办公室时，却发现庄墨辰不在。

"哦，庄总说他有事出去一下。"同事们被问起时这样回答。

出去？上哪儿去？照理说今天下午没有需要他离开公司的日程安排啊！

安昀轩对着日程表纳闷，但也并不想主动联系这个睚眦必报的上司。

反正她是他的助理，又不是他的保姆。庄墨辰不在的话，她也自由许多。

安昀轩这般想着便用了庄墨辰的特务号上公司群里卧底，结果大家都在八卦庄墨辰脸上被涂鸦的事。有人认为这是小情人干的，也有人认为这是庄墨辰为了取悦小情人自我装酷。归根结底，安昀轩这个绯闻女友是逃不掉的。

安昀轩叹了一口气，觉得这群同事可真是闲得慌！

庄墨辰回来时，已经是快下班的时候了。

他看起来似乎心情不错，在安昀轩眼中，就是报复了她的小人得志！

这样小心眼儿的男人，必定成不了大器！

安昀轩在心中吐槽完毕，就收到了来自许磊的消息，问今晚能否去她那里蹭饭。

安昀轩和父母说好今天和姚晓琴一起回去吃饭的，如果答应了许磊，必定要带他一起去，可这样一来，许磊八成会变成她的"男友"。但如果找个借口欺骗他，安昀轩又会觉得是辜负了他一片好意。

抬头看看跟前这个可恶的老板，忽然就生出一种报复他的快感，头脑一热就答应了许磊。

至于庄墨辰这边，安昀轩的交代是："朋友临时约我和晓琴出去，大概九点到家，您今天就别给我做饭了！差不多时间来吧！"

庄墨辰狐疑地打量了一下安昀轩道："如果你回来晚了呢，让我在你家楼下等你？"

安昀轩想了想，摸出自己的钥匙道："那您先进去坐着呗！"

庄墨辰盯着那串钥匙看了会儿,才心满意足地接过来,放安昀轩离开了。

安昀轩为了避嫌,下班后和姚晓琴先一起走到公交车站,再让许磊开车过来接。等到了安昀轩父母家楼下,许磊竟然从后备厢里拿出好些礼盒来。

安昀轩忙拦住他:"三石兄,你这是干吗?"

"哪有上你家吃饭两手空空的道理?"许磊放下礼盒就锁上了后备厢。

"别啊你,上次你已经送过了,这多不好意思!"安昀轩跟在后头着急道。

"没什么不好意思的!反正这群有钱人就爱摆阔!"始终抱着胳膊在边上观望的姚晓琴插话道。

"你只会以这种方式刷存在感吗?"许磊瞥了一眼总坏他事的姚晓琴。

姚晓琴冷哼了一声走在了前头。

"买都买了,你总不至于要我原封不动地拿回去?"许磊继续和安昀轩探讨这个话题。

"好了好了!那下不为例!"安昀轩更担心的是与他们拉开好一段距离的姚晓琴。

然而许磊的周到,却并未换来安昀轩父母的肯定,他们始终用一种防贼的眼神打量着许磊,在吃完饭以后,将安昀轩拉到一边道:"女儿啊,你这上司怎么那么殷勤?"

安昀轩以为父母又要来上次那套"抓紧机会"的论调,忙敷衍道:"人家只是客气。"

安父看一眼许磊,又看看安昀轩,以算命先生的架势摇头道:"不像!"

安昀轩哭笑不得道:"不像什么?"

她是真无法理解父母的思路了。

这时候安昀轩的母亲急了，拉着安昀轩的手道："女儿啊，就算追你的好小伙多，你也不能脚踏两条船啊！"

安父在一旁使劲点头。

安昀轩简直是一头雾水："什么跟什么？我什么时候脚踏两条船了？"

老两口对视一眼后，安昀轩的母亲道："别再瞒了！我们都知道了！"

"知道什么？"安昀轩觉得父母说的每个字她都听得懂，但合起来就不明白了。

"今天你男友来过了！"母亲的话简直是一道晴空霹雳。

"我男友？！"安昀轩觉得她整个人都不好了！

她哪儿来的男友？！

这分贝，自然后头竖起耳朵的许磊和姚晓琴都听到了，同时惊讶得回过头来。

"他说你是想等感情稳定些再告诉父母，可最近我们催你催得紧，他怕你有压力，便自作主张地先上门来见我们，还让我们别告诉你！可你看你……"说着安昀轩的母亲瞥了一眼不远处僵坐着的许磊，仿佛他是安昀轩的外遇对象。

安昀轩的父亲也误会了女儿的眼神，语重心长道："爸一接到你妈电话便回来了，那小伙子好啊！知道我们家没米了，脱了西装就去超市扛了袋米回来，客厅这灯泡也是他爬梯子换的！这么踏实能干的男孩子哪里找啊！"

"女儿啊，照我说，人好才是关键！你瞧这个，那么爱显摆！送这一大堆贵得要死的补品！妈根本不稀罕！"

此时的安昀轩，眼睛瞪得快脱窗了！

救命！！这到底哪个石头缝里蹦出来的女婿啊？！

"他是……怎么自我介绍的？"安昀轩祈祷这一切只是一场噩梦。

"说是你领导,姓庄,公司有制度不许内部谈恋爱,所以你们也没让其他人知道,但他每天都去你那儿给你做饭!他还给我们看照片呢!在你厨房里拍的,他做菜还真是有模有样的!"安昀轩的母亲欣慰道,"有这么好一对象你怎么不早说呢?白白让我们着急!"

安昀轩听了"姓庄"二字就虎躯一震,听母亲说完以后扶着墙半晌没回过神来。

不不不!这一定不是真的!庄总怎么可能溜出去做这种无聊的事?!

之后父母说的话,安昀轩都听不进了,直到和另外两人告别父母到了门口,才无助地向两人求救。

许磊和姚晓琴听了安昀轩的诉说也是瞠目结舌,许磊这才明白,为何之前还格外热情的二老,今天会用一种防火、防盗、防色狼的眼神盯着他,原来是生怕他一口将自家已有对象的女儿叼走了!

"你们说,他为什么要这么做?"安昀轩长长叹了口气。

许磊看着安昀轩,有些欲言又止。

"啧啧,红颜祸水。"姚晓琴显然已经明白了许磊的想法,拍着安昀轩的肩膀啧啧摇头。

"瞎说什么?"安昀轩红着脸否定了这种猜测,"他充其量也就是想整我……"

"别管他是为了什么,现在阿姨叔叔都认准他了,你打算怎么办?"姚晓琴难得认真地纠正了谈话主题。

"那就公平竞争吧!"许磊忽然道。

公平竞争个毛线?又不是竞争上岗!

安昀轩觉得许磊的思路也要被庄墨辰给带过去了!

"这……不用了吧?你平时也挺忙的。"安昀轩都不知道该如何劝许磊。

"这么说,你觉得庄墨辰成为你名义上的男友也没什么不妥?"许磊的话一箭穿心。

"不行!"安昀轩麥毛了,这种假设,想想就不寒而栗!

"那不就结了?"许磊似乎找到了支持自己的论调,"你该支持我才是!"

"那我也参加竞争好了!"姚晓琴举手道。

安昀轩"啪"地拍掉唯恐天下不乱的姚晓琴的手:"这事……从长计议。"

许磊送二人回安昀轩的家,到了楼下就发现安昀轩家的灯都亮着。

糟糕!安昀轩发现她忘了一件十分重要的事!

"谁在家?"许磊早就发现了这诡异的情况。

"可能是出门时忘记关灯了!"安昀轩笑着打马虎眼。

正说着,窗户就开了,一颗脑袋从里头探出来,对着安昀轩道:"这么快就回来啦?"

他是故意的!绝对是故意的!

安昀轩恨不能一口咬死这可恶的男人!

许磊一见庄墨辰,脸色立刻就不好看了。

"是他说要来咨询,不想在门口等我,我才把钥匙给他的……"安昀轩仿佛做错了事的孩子,小声辩解道。

许磊却是完全听不进她的解释,转身就上了车。安昀轩连挽留都还没来得及,眼见着许磊掉转车头扬长而去。

安昀轩看着那车消失在视野中,心中满不是滋味。

刚是谁信誓旦旦地说要竞争上岗的?现在却连她的解释都不听……男人真是一种难懂的生物!

安昀轩负气地想。

"我就说了吧!他这人才没你想得那么好呢!遇上事就只会摆脸色!"姚晓琴显然对许磊的逃避行为十分鄙视。

安昀轩叹了口气，她该说什么好？

扭过头，庄墨辰正看好戏呢！

都怪这家伙！

安昀轩气呼呼地开了门，却是刚进去就闻到一股红烧肉的香味。

"霉干菜烧肉。"系着安昀轩的粉色围裙的庄墨辰指了指厨房道，"趁热吃？"

"谁要吃！气都气饱了！我父母那边是怎么回事？"安昀轩咄咄逼人道。

"哦，你不是说你父母逼着你相亲吗？"庄墨辰解下围裙一脸理所当然道，"我不过是悄悄做了点好事，你不用感谢我。"

谢你妹！

安昀轩觉得自己真是脑子被驴踢了！就没必要给庄墨辰什么解释的机会！

"庄总，就算您是我领导，也没有权利这样介入我的生活！"安昀轩决定对这个男人发出严重警告。

"好吧，我承认，刚开始确实是怀着某些不可告人的目的去的。可你的父母都那么和蔼可亲，我就为他们做了点力所能及的事。"庄墨辰难得好脾气地解释道。

"要满足不能找您自己的父母吗？"安昀轩觉得庄墨辰的这个理由根本不能称之为理由。

"我父母什么都不缺，母亲在日本，而我父亲这边根本轮不到我动手伺候，他甚至觉得有这些精力不如用在公司的业务上，多赚点钱才是真的……更何况他从不服老也从不示弱，我根本没有孝顺他的机会……"庄墨辰不带感情的口吻仿佛在诉说他人的故事，可听在安昀轩耳中却像一声接着一声的叹息。

安昀轩联想起之前庄正孝的架势，这两人在一起，更像是君臣，而不是父子，也难怪庄墨辰会说出这样一番话。

不过，这也许是一个不错的突破点？

安昀轩这般想着，便顺着庄墨辰的话道："我想董事长他未必不愿享受天伦之乐，只是放不下这端了多年的架子……"

"不，你不了解他。"庄墨辰打断道，"对他来说，每一分每一秒都可以换算成金钱，他宁愿和工作相伴也不愿和我这个总忤逆他的不孝子共进晚餐。"

嗯？听着似乎有戏！

安昀轩决定想个法子，来弥补这对父子间的感情。

几日后。

主谋：安昀轩

帮凶：姚晓琴、姚晓琴的表哥陈梓翔

内应：陈叔以及陈梓翔的同事们

道具：一张肺部带阴影的X光片

成本：安昀轩、姚晓琴、庄墨辰的节操

"你觉得我父亲会信？"庄墨辰对着那张伪造的X光片很是哭笑不得。难道安昀轩这几天闭门造车想出的就是这么不靠谱的法子？

"令尊不是定期去梓翔哥他们医院体检吗？"安昀轩却似乎胸有成竹。

"万一他去其他医院复查呢？"庄墨辰觉得这馊主意真是没有什么可行性。

"有钱能使鬼推磨。"安昀轩眨巴眨巴眼睛，一副"少年啊，这就是社会"的过来人模样，"董事长如果真以为自己得了不治之症，一定会十分珍惜与您共度的时光的。"

庄墨辰摇摇头，依旧觉得安昀轩这是异想天开："可你想过被揭穿的后果吗？"

安昀轩一摊手道:"您撒个娇不就一笔带过了?"

"……"

"阿毛,你也觉得阿姨的想法很不错吧?"安昀轩抱起一边的熊猫玩偶掐着嗓子道,"阿姨最聪明了!"

庄墨辰忽然觉得他就不该和安昀轩争论这些,安昀轩根本就没打算听他的意见!但如果真能按照安昀轩说的,让父子关系有所改善的话,无论什么后果他都担了!

"你可以试试,但如果出了什么纰漏……"

"我写个声明!证明这都是我的主意!"

庄墨辰想说,就算到时候安昀轩拿了这声明出来,估计庄正孝也会认为是庄墨辰逼她写的。但看安昀轩如此信誓旦旦的模样,庄墨辰决定权当头脑发热地信她一回!

安昀轩一得到庄墨辰的首肯,立刻兴致勃勃地让姚晓琴和陈梓翔去打点好关系。伪造道具,编好台词,签署了各种各样的生死状,一切准备就绪。

庄正孝去医院,是几天以后。照例的全身检查,却忽然查出了肺部有阴影。

被买通的医生很负责地背诵着台词:"庄先生,恕我直言,您的情况不容乐观。"

庄正孝是完全没有心理准备的,他对着那X光片上的阴影摇头道:"不,不可能,我半年前刚体检过。"

"您最近是不是经常熬夜、抽烟,郁结不畅?"医生一脸凝重。

庄正孝沉默了,这三样可都说中了。

"庄先生,如果您不信任我院,也可以去其他医院复查,但我的建议是尽快通知家属,并住院治疗。"

庄正孝身体向来硬朗,不信自己会得这样的重疾,带着忐忑的心情又去了另外几家三甲医院复查,结果都是一样的。

庄正孝拿着报告坐在车里半晌没说一句话,直到陈叔红着眼劝道:"董事长,不能再拖了!"

于是当天,庄墨辰接到了陈叔的电话,说庄正孝今天胸闷气喘,暂时住院。

庄墨辰挂了电话以后,边上的安昀轩冲他比了个V字。

"你别得意得太早!我父亲可没那么好糊弄!"庄墨辰打击了一下安昀轩胜利在握的自信。

安昀轩却不以为然,买了些补品、水果跟着庄墨辰一起去医院探望庄正孝。

"爸,您好些了吗?"庄墨辰刚进病房就一脸焦虑道。

安昀轩偷偷朝他竖大拇指,这不挺入戏的吗?

庄正孝瞥了一眼安昀轩,"嗯"了一声算是答应,随后父子俩便没话说了。

安昀轩忙挺身而出道:"董事长,庄总说今晚要给您陪夜,我去买些日用品!"

谁说过这种话?!

庄墨辰愤怒地瞪了擅作主张的安昀轩一眼。

庄正孝十分意外地看向自己的儿子,后者只好硬着头皮承认道:"我是想等您检查结果出来。"

安昀轩看庄墨辰配合,咧嘴一笑,便出去了。

关上门前,安昀轩听到庄正孝怒道:"谁要你陪了?该干吗干吗去!我还没到等死的年纪!"

陈叔站在走廊另一头,已经将安昀轩该买给庄墨辰的日用品准备好了。

安昀轩笑眯眯地走过去接了:"谢谢陈叔!"

总是一脸严肃的陈叔也难得表情松动了些:"董事长就这脾气,之前还等得着急。"

安昀轩自然知道庄正孝的口是心非,附和道:"董事长的脾气和庄总一样——吃软不吃硬。"随即一鞠躬,"谢谢您帮我们!"

陈叔忙摆手道:"别!我也是有自己的考虑。"

为了董事长和少爷,难得和这些年轻人疯上一回!

安昀轩笑着又说了一声"谢谢",正巧瞥见转角处走来一人。

糟了!

安昀轩忙迎上去拦住那人道:"三石兄,等等,我有话和你说!"

"我现在不想听。"许磊冷漠地说了句狗血的台词。

安昀轩一愣,一不留神就让许磊绕过她往病房去了。

陈叔看出两人之间有些别扭,帮着上前拦住许磊道:"董事长正休息……您……"

"谁在外面?"病房里的庄正孝却已经听到了外面的动静。

"是许少。"陈叔只好回应道。

"让他进来。"庄正孝下了命令。

屋漏偏逢连夜雨!陈叔和安昀轩对视了一眼,只好眼睁睁看着许磊进了病房。

房里的庄墨辰也是很有些措手不及,见了许磊皱起眉道:"你倒是消息灵通!"

"是我让他来的!"庄正孝斜睨了一眼话里带火药味的儿子。

庄墨辰可不想惹父亲不高兴,唯有无奈地看着这个没有事先"通过气"的发小坐到庄正孝病床边:"庄伯伯,您感觉怎样了?"

"没什么,只是之前有些胸闷,医生非要我留院观察两天。"庄正孝对许磊的态度和对自己儿子的简直天差地别。

"那就好,待会儿我父母过来!"许磊欣慰地握着庄正孝的手道。

"你告诉他们了？"庄正孝显然有些不悦。

"您可别怪我！如果我不告诉他们，他们日后知道了指不定就得与我断绝关系！"许磊半开玩笑地解释道。

庄正孝听许磊这么说，才缓和了语气斥责道："油嘴滑舌！"

又说了会儿话，许磊的父母便到了。

之前安昀轩也听说过，许磊的父亲是局级干部，母亲是大学教授。两人都与庄正孝是老朋友了，一上来就握着庄正孝的手嘘寒问暖。

庄正孝始终只说自己是一时气闷并无大碍，随后便一个劲儿地夸许磊能干，仿佛今天是许磊同志的表彰大会！

始终被晾在一旁的庄墨辰终于听不下去了，板着脸转身就出去了。

安昀轩见庄墨辰出来，忙追上他道："庄总，您上哪儿？"

"回去！"

"啊？"

"他儿子在里边呢！我留着有什么意义？"

啊……原来是吃醋啊！

安昀轩忽然觉得这样的庄墨辰有些可爱……

"好了好了，董事长也是为了给人面子，才使劲夸三石兄的！"

"那能从小夸到大吗？"庄墨辰气不打一处来。

"可董事长心里未必是这么想的……"

"难道你比我更清楚他是怎么想的？"

哎！这火气冲她发什么？

安昀轩无奈地一摊手道："您非要回去的话，那我来替您陪夜吧！"

"你是在威胁我？"

想也知道庄墨辰这嘴硬心软的是不可能让安昀轩一个姑娘家代替他操劳的。

"臣不敢，只是君子言而有信，更何况他是您父亲。"

庄墨辰瞪着安昀轩看了片刻,最终一甩手道:"我出去走走。"

出去走走就是待会儿还回来喽?

安昀轩偷笑着看庄墨辰走下了楼。

"其实少爷自幼便很上进。"不知何时就等在转角的陈叔走上前道,"董事长看在眼里,却怕他自视甚高,所以夸许少更多些。"

"那庄总岂不是很可怜?"安昀轩脑补了一下小小的身影拿着张满分卷子兴高采烈地回来,却得不到半句赞许时的失望模样。

"董事长其实一直很关心少爷,也很认可少爷,只是少爷心里总有这么个疙瘩,见面便没几句中听的。"

安昀轩听罢心里生出些酸涩。

她知道少言寡语的陈叔忽然和她说这些,其实是一种带着托付意味的信任。

"陈叔,我会尽力的!"

陈叔点了点头,便又回到病房门口守着了。

等庄墨辰绕一圈回来时,许磊的父母已经离开了,而许磊和安昀轩却在楼梯口说些什么。

庄墨辰走过去,却又想了想,脚步一转,躲在一边偷听。

"三石兄,我保证,一有消息就通知你!"这是安昀轩稍显焦躁的话语。

"庄伯伯一直都很照顾我,我自然要等到报告出来才走。"许磊却很坚决。

"哎哎!董事长吉人自有天相,不会有什么事的……"

"刚才我问过医生,情况不容乐观,要等报告出来才能下结论。"

再说下去肯定会穿帮!

安昀轩这般想着,只好迂回道:"庄总、陈叔都会留下来陪着的,您就放心回去吧!公司里总要有人主持大局!"

"你是不是又瞒了我什么?"许磊忽然的一句把安昀轩给噎住了。

怎么他会知道?难道自己又露了什么破绽?

许磊看安昀轩那不自然的表情便知道自己又猜对了,刚想说什么,就听安昀轩委屈道:"我不瞒你,你也生气啊……"

不提这个还好,一提许磊立刻就参毛了:"你随随便便地把家里钥匙给别的男人,难道还不许我生气?"

"可你为什么要生气呢?"安昀轩抬起头来,一双清澈的眼睛看得许磊心跳漏了一拍。

为什么生气?

还能为什么?

许磊红着脸别开眼道:"不说这个了,你今天是要留下来陪夜?"

"看来是的,但我走得急,什么都没带。"安昀轩假装不经意道。

"那正好,我待会儿回公司一趟,你钥匙给我,我帮你带过来。"

"那可不行!"安昀轩拒绝道,"三石兄,你不是说不能随随便便把家里钥匙给别的男人吗?"

我是别的男人吗?

很想吼出这句的许磊只能吃瘪。

安昀轩看他那模样便笑了起来,将钥匙递过去道:"我待会儿列个清单,就麻烦你啦!"

"知道了!"许磊将钥匙揣进兜里便去和庄正孝道别。

那脚步轻快的模样,看得庄墨辰一阵不快。

"喂!你怎么在这里?"

庄墨辰回过头来,正对上姚晓琴的脸。

安昀轩听到了姚晓琴的声音,转过头来与庄墨辰大眼瞪小眼。

"庄总……您……该不会是在听墙角吧?"安昀轩看着庄墨辰躲藏的那个小角落自然而然地想到了这个可能。

"这医院是你家开的?我不能站在这里看风景?"

她与姚晓琴同时环顾着四周的墙壁。

庄墨辰脸红了,安昀轩走上前一脸严肃道:"是您的总是您的,别整日担心会被抢走。"

抢走什么?

庄墨辰惊讶地扭过头来看着安昀轩,就听她继续道:"其实我知道,许董生气是因为吃醋,您听墙角也是因为吃醋……"深深叹了口气,"我就一炮灰啊!"

说完拉着姚晓琴便走了,庄墨辰站在原地反应了半天才明白安昀轩的意思,恨不能一掌毙了这总开他玩笑的姑娘。

庄墨辰进病房时,正遇上被买通的几位医生神色凝重地将庄正孝围了个严实。

带头的那位医生手里拿着份报告,显然已经"宣判"过了:"庄先生,您还好吧?"

庄墨辰走过来,一把夺过医生手里的报告,匆匆翻了几页,眉头越皱越紧:"这不可能!你们一定是搞错了!"

几位医生都配合地叹了一口气,为首的那位用同情的眼神看着庄墨辰道:"我们不会拿病人的病情开玩笑,您如果要申请复查,请便。"

庄墨辰立刻将此时矛盾的心情在那捏着报告微微颤抖的手上演绎得淋漓尽致。

然而姜还是老的辣,庄正孝似乎已经从那震惊中回过神来,抬头看一眼儿子,挺直了背道:"不必复查,今晚就出院吧!"

"董事长!"

"请三思啊!"

庄正孝将脸转过来,看着忽然出现的表演得略有些激烈的姚晓琴:"你怎么在这儿?"

姚晓琴很想说她是来烘托气氛的一天五十块的群众演员，但看了一眼刚进来的紧张的安昀轩，还是编了个谎道："哦，其实我是和许董一起来的，刚下去替许董买点东西。"

庄正孝算是接受了这个答案，环顾了一圈几人，一脸严肃道："都不许说出去！"

三人立刻一脸悲壮地劝庄正孝留院治疗。

庄正孝摆摆手，示意他们停止无意义的轮番炮轰："都这样了，还治什么？狼狈地苟活倒不如逍遥几日。"说着一扭头看向眼睛都红了的庄墨辰，"公司里的事，我能出面的就出面，其他的由你全权负责。好了！去办出院手续吧！"

"出院可以，但您必须住我那儿。"庄墨辰坚持道。

"怎么，怕背上不孝子之名？"庄正孝嘲讽了一句，却还是接受了庄墨辰的这个提议。

于是，三人"眉来眼去"地庆贺了一下第一阶段的胜利。

当许磊处理完公司的事务时，才知道庄正孝确诊为肺癌，并且决定放弃治疗，并住到庄墨辰家度过最后的日子。他赶到庄墨辰家里时，庄正孝正坐在书房里看陈叔递来的文件。

许磊一把握住庄正孝的手哽咽道："庄伯伯，您……"

"别说了！老天爷就爱开这种玩笑。我这把老骨头，也是该让位给你们这些年轻人了！"庄正孝拍拍许磊的手背，反过来安慰道。

"您别这么说！如果治疗的话……"

"让我走得有点尊严吧！"庄正孝说得温和，却是十足地坚决。

许磊知道庄正孝是说一不二的脾气："可您叫我们怎么忍心？"

"你只要答应先别告诉你父母就是了，我不想让他们这把年纪了，还为我的事操心。"

许磊哽咽着答应了。

"公司里的事你要多担当，墨辰他性子比较急，为人处世方面你要多带带他。"

"您放心，我会的。"许磊心疼不已。

这边两人说着话，厨房里正忙着的三人也在低声商议。

"你怎么知道我爸会放弃治疗的？"庄墨辰问安昀轩。

"我只是根据对您的了解来推断的。"安昀轩一点面子都不给。

父子俩都是这种自尊心极强的别扭、傲娇性格，自然不愿意别人看自己狼狈的模样。故而对这个结果，安昀轩还是很有把握的。

"我觉得，我跟他并没有什么共同点。"他说完却看到安昀轩、姚晓琴以及路过的陈叔都用一种"别再欺骗自己"的眼神看着他。

庄墨辰闭嘴了。

庄正孝和许磊从书房里出来的时候，几样热菜都已经端上饭桌了。庄正孝却并没有表现得多么感动，反而是对系着围裙的儿子十分不满意地指责道："大男人穿成这样成何体统？做菜不会让吴嫂来？有这点时间还不如……"

此时，他被姚晓琴捏着他鼻子塞进他嘴里的一筷子炒牛肉给噎住了。

"废话那么多干吗？就说好不好吃？！"姚晓琴忍无可忍地拍案而起。

周围人都石化了。

"晓琴，你快坐下！"安昀轩抓狂了。

姚晓琴却当没听见，指着庄正孝数落道："别以为得了个绝症就了不起了！你儿子给你做饭是一片心意！哪有你这样当父亲的？"

庄正孝被姚晓琴给说蒙了。

其实原本他答应跟庄墨辰回来，就有着享清福的打算，可父子俩针锋相对惯了，他还是改不掉挑剔的毛病，故而将儿子的一片心意习惯性地说成了多余。姚晓琴的这番话，其实说得一句也没有错。

安昀轩惊慌失措地冲过来道:"对不起啊,董事长,她今天没吃药,您别和她计较!"说着,一把捏住庄正孝的下巴伸出手指就往他嘴里塞,"来,我帮您抠出来!"

庄墨辰、许磊和陈叔险些同时喷出一朵血花来。

三人扑上去阻止了安昀轩的不敬,尴尬的气氛瞬间凝固。庄正孝咀嚼了一下,把那牛肉咽了下去,随后老脸红了红,道:"看什么看,都坐下吃饭!"

几人都震惊得面面相觑。

"太上皇"竟然就这样饶过姚晓琴和安昀轩了?!

"我现在没精力和你们理论,都先记在账上!"庄正孝被几个年轻人看得有些尴尬,只好撂下一句狠话给自己一个台阶下。

因为这茬,这顿饭吃得多少有些压抑,但对这对向来隔夜仇人似的父子来说,能聚在桌边心平气和地吃顿饭已经算是很大的进步了。

饭后,许磊一副心意已决的模样对庄墨辰道:"我今天就留下来陪庄……"

话未完,就笔直地倒下了。罪魁祸首姚晓琴收回手,淡定地扛起许磊道:"我们先走了。"

我们……

庄墨辰和安昀轩吐槽无能了。

当然,计划还是要继续。

安昀轩单独找了庄正孝道:"董事长,我很抱歉在这种时候来和您谈这些,但其实之前我就想邀请您参与到庄总的治疗中来。"

"什么意思?"庄正孝打量着安昀轩狐疑道。

"其实,庄总对毛绒熊猫的喜爱和他童年的经历有关,但他一直抗拒去谈论这些令他不快的记忆,因此我无从得知他的心结究竟是什么。而您作为他的父亲,在他心中的地位是举足轻重的,如今您却得了这样令人揪心的病。"安昀轩顿了顿,"我想您一定不希望看到庄总从此一蹶不振……"

"那你有什么打算?"毕竟是自己的儿子,庄正孝不可能对他的事漠不关心。

"请您配合我的治疗,与庄总一同面对过去。"安昀轩言简意赅道。

庄正孝并不觉得配合治疗会是什么难事,他担心的只是安昀轩会将这些隐私透露给别人,由于许磊之前反复和他保证说安昀轩的人品是值得信任的,于是和她签署了一份象征性的保密协议后,庄正孝便在当晚坐在了庄墨辰的边上。

"能请二位先聊一聊阿毛吗?"安昀轩直入主题道。

庄墨辰看着安昀轩抱在手上的已经换了条背带裤的毛绒熊猫道:"挺耐用的。"

耐用你妹啊!

你用这只熊猫干什么了啊,庄总?!

结果轮到庄正孝时,也好不到哪里去,他一脸严肃地略一沉吟道:"是个男孩?"

喂喂,董事长!您也重点错了好吗?

安昀轩在心中吐槽完,却也明白父子俩是不愿多谈这只熊猫,于是换了个话题道:"能否请二位分别写下,小庄总童年时,二位最想和对方一起做却没有做的十件事?"

父子俩对着安昀轩搁在茶几上的纸笔犹豫片刻后,分头拿去写了。

看着两个人认真奋笔疾书的样子,安昀轩嘴角扯出一个好看的弧度。

等父子俩都准备好了各自的答案,安昀轩便道:"现在,请你们交换这张纸,并勾出纸上五件,如果时光倒流你也愿意和对方一起做的事。"

父子俩于是交换了彼此的心愿,随后神情都有些复杂,但还是认认真真地勾出了其中五项。

安昀轩接过两张纸,把十个愿望抄写到同一张纸上:"时光无法倒流,但好在你们都还保留着对彼此的情义,为了能达到我们共同的目标,希望二位能在一个月内,共同完成这纸上的十个心愿,没有异议的话,请在下方签字。"

父子俩看看纸上列着的那些怎么看都不适合他们这个年龄去做的事,都有些犹豫。安昀轩此时又说:"恕我直言,二位相处的日子也不多了,二位是想带着遗憾告别,还是迟到地成全彼此的心愿?"

"还是算了吧!我父亲估计一条也做不到。"庄墨辰故意使出了激将法。

若在平时,精明的庄正孝是绝对不会被这种低级的激将法给套进去的,但如今,面对自己的儿子,他那股不服输的劲儿却冒了上来,精神抖擞道:"臭小子,你敢这么和我说话?"

庄墨辰一副无所谓的模样道:"我看您还是别逞强了!"说着就要去拿那张心愿纸,却被庄正孝一把夺去,刷刷两下签下了大名。

庄墨辰立刻露出了惊讶的表情:"您这又是何必?"

庄正孝把头一扭不理他,庄墨辰挣扎了一番,便也"勉为其难"地签下了自己的名字:"有言在先,您随时可以反悔!"

庄正孝冷哼一声作为回应,这事便这么定下了。

"好,从明天开始,我会监督二位完成这些任务,谁反悔我就嫁给谁。"说罢,安昀轩收好"卖身契"便离开了。

回去以后她才想起来一件事,立刻打个电话给庄墨辰:"庄总,我钥匙。"

庄墨辰淡定地掂着手里的钥匙道:"许磊不也有吗?"

"这是两码事!"

"是两码事。"庄墨辰赞同地点头道,"但我不还你,你能拿我怎么着?"

安昀轩挂断了电话想,她拿到钱的第一件事,就是要买凶杀人!

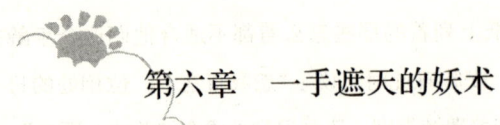

第六章　一手遮天的妖术

庄正孝说他忙惯了，忽然闲下来便浑身不舒服，于是还是照常去了公司。

中午时间，毫不知情的公司员工们发现他们那高高在上的董事长，竟然坐在员工食堂里，给他的儿子庄墨辰喂饭……

当场就有好几个人吓得嗷嗷叫着逃走了，还有一两个心理素质差的腿一软就跪地上了，让在边上拍视频的安昀轩差点想说"众爱卿平身"。

不过跟前这对父子也太僵硬了吧？

喂喂，董事长，您都把调羹戳庄总鼻孔里了！

喂喂，庄总，您不要总一脸想死的表情，好不好！

这不是您的心愿吗？快表现出很感动，很享受的样子啊！

突然，庄墨辰站起身跑到卫生间吐了，回来时对庄正孝道："老爸，您戳我小舌头了……"

庄正孝却毫无歉意地说："你说你长这些碍事的东西干什么？"

"……"

安昀轩淡定地把父子愿望清单上的"在员工食堂喂饭"这一任务勾掉。

于是，公司群里又沸腾了起来。大家纷纷猜测这对向来关系不好的父子究竟是吃错什么药了才会在员工食堂做这样亲密的举动。

最终，大家一致认为这个跟在一边拍摄的安昀轩有着莫大的关系。或许，她因为之前父子俩对她的不仁不义而对父子二人施了某些邪门的妖术，于是一个结合了之前流言蜚语的灵异故事在公司群里悄然走红。

安昀轩看着群里同事们煞有介事地你一句我一句的脑补，笑得前仰后合。

"你好像乐在其中？"庄墨辰在安昀轩来与他核对会议议程时道。

"庄总，您怎能这样怀疑我的良苦用心？我可是一心向着您和董事长的啊！"

庄墨辰皱了皱眉，显然不敢苟同，但却并没继续这个话题。

"你去企划部收一下行销计划书。"

"哦！"

"顺便到下面买碗小米粥。"

"啊？"

"小、米、粥。"庄墨辰发音标准道。

"哦……"

安昀轩抱着文件夹出去的时候，顺便翻了个白眼。

哼，还真会使唤人！

她想起姚晓琴和许磊都很喜欢吃锅贴，于是买粥的时候又多打包了两份锅贴上来。

等提着外卖抱着企划书跑到许磊办公室门口敲门时，却听里面传来姚晓琴的声音："许董正在系统修复，请勿打扰。"

安昀轩嘴角一抽："开门！是我！"

片刻后，姚晓琴开了一条门缝，确定安昀轩身后没人后，这才让她进来。

"三石兄呢？"

"他……在睡觉。"姚晓琴比了个小声点的手势。

"睡觉？"安昀轩狐疑地跑到许磊办公室的里间，发现许磊果然躺在那张沙发床上。

"他在午睡。"姚晓琴忙跟过来道。

安昀轩知道每当她做出这个表情，就说明她在撒谎。于是，她放下打包盒，上前推许磊："三石兄，你醒醒！"

许磊任凭安昀轩怎么推，都没有反应。

安昀轩慌了，颤颤巍巍地伸手去试，幸好，还有呼吸。

"你对他做了什么？！"安昀轩知道肯定又是姚晓琴干的。

"没做什么！昨晚打车带他回去，半路他又醒了，我就又劈了他一下……"

不是吧？难怪昨天问姚晓琴许磊回去的事她支支吾吾，发消息给许磊也没有得到回复，敢情这是从昨晚晕到现在啊？

"不行，得送他去医院！"安昀轩总有种自己闺密已经杀了人的错觉。

"可等他醒了，我是不是要坐牢啊？"姚晓琴帮着安昀轩把许磊扶起时问。

"你现在还有心思关心这个？如果许董有个三长两短，你可得一辈子伺候他！"

"嗯……冥婚什么的听起来也略带感！"

救命！

"求你别开玩笑了，大小姐！"安昀轩忍无可忍道，"快去下面打辆车，我悄悄把人带下来。"

"你一个人能行？"

"不行也得行啊！"

"我倒有个办法。"姚晓琴指了指许磊道,"如果一整个人运起来很麻烦的话,那就分开运吧!"

分开你妹,这是要分尸吗?

"好了好了,我下去打车!不行你就借辆铲车,麻袋一套扔车里。"姚晓琴看安昀轩一副想要撞墙的表情,无奈之下只好先行一步。

等姚晓琴一走,本来还一动不动的许磊就奇迹般地"复活"了,他一把夺过安昀轩塞在口袋里的手机道:"为什么她要打晕我?你们究竟瞒着我什么?"

从许磊狰狞的表情以及防止她与姚晓琴联系的举动中,安昀轩已经能猜到姚晓琴昨晚下手有多狠了。

"对不起啊,三石兄,你没事吗?我们先去医院瞧瞧?"安昀轩觉得这下事情要败露了。

"先回答我!"许磊怒道。

她还是第一次看到许磊如此疾言厉色的模样,忙把事情的前因后果都交代了。结果许磊听罢后道:"我不信,除非你把他们签过字的那张心愿单给我瞧瞧!"

安昀轩还真怕许磊一气之下报案把姚晓琴给抓了,只好从口袋里掏出那张复印的"心愿单"。

许磊看过以后,严厉的面容犹如被小熨斗熨过一般,慢慢地舒展开,他总算信了安昀轩的话。

等了半天没见他们下来的姚晓琴打电话来问怎么回事,安昀轩说许磊醒了让她赶紧上来。

"他什么时候醒的?"姚晓琴上来后低声问安昀轩。

"呃……套麻袋的时候。"安昀轩只好撒谎。

"哦,那我让他再睡过去?"

"消停点吧,大小姐!"安昀轩看许磊看着她们,忙招呼两人吃锅贴。

"你昨天打晕我不应该道歉吗?"许磊问欢乐地拿过一盒锅贴的姚晓琴。

"哦……对不起。"姚晓琴毫无诚意地夹起一个锅贴,"给你多吃几个好了。"

碍于安昀轩在场,许磊也不好多计较,转过头问她:"你们真的要帮庄伯伯他们完成这些心愿?"

"他们中午已经在食堂喂过饭了。"安昀轩回忆了一下就觉得有趣。

许磊被刚咬的一口锅贴呛到,咳了很久才缓过来。

"真的,不骗你,你去群里看看,他们都说我对他们父子俩施了妖术呢!"安昀轩似乎很是自豪。

许磊脑补了一下,也是忍俊不禁:"可就我对他们的了解,这里面有很多项估计他们是完不成的。"

"放心好了,他们较着劲呢!谁退缩就会被另一方嘲笑,这世上最不可容忍的就是来自亲人和仇人的鄙夷,所以他们会豁出去。"安昀轩信心满满地说。

"这倒是,你还真有一套!"许磊想想那对针锋相对的父子要合作完成那么多亲密的任务就觉得有趣,"放心好了,我会保密的,还会协助你们演戏的。"

"谢谢三石兄。"

"当然,账还是要算的,扣你半个月工资。"这话是对姚晓琴说的。

"你干脆扣光,让我再劈你一下。"姚晓琴翻了个白眼。

许磊当作没听见,对安昀轩继续道:"我知道这件事,你不能让庄总知道,否则他又要怪你了。"

"放心,我知道!"安昀轩说罢,夹着计划书走了。

等把计划书交到庄墨辰手中时,庄墨辰一皱眉道:"你去吃锅贴了?"

"庄总，神机妙算啊！"

"别跟我开玩笑，你自己瞧瞧！"

安昀轩低头一看，发现计划书的彩打封面上有好几点锅贴油腻腻的汤汁以及几个油指印。

惨了！

"庄总，这个……您急着要吗？"

"待会儿就开会了，你说急不急？你要我怎么向下属解释，他们送到我手上的计划书为什么沾着可疑的油渍？"

"呃……有个外星人在您办公室里吃锅贴？"

庄墨辰瞪着跟前的"外星人"道："外星人是不需要地球人的工资的，以后我发给你游戏币。"

安昀轩的脸都绿了，她猛地冲到庄墨辰身后拉开窗帘打开暗门抱出"阿毛"哭诉道："阿毛阿毛，你爸爸要拖欠农民工工资啦！阿姨要去顶楼讨薪啦！什么什么？你舍不得阿姨！可阿姨没有办法啊！你别拉着阿姨的手不放了啊！"

庄墨辰沉默地看着安昀轩紧紧拽着他"儿子"的手，露出一种同归于尽的眼神，终于妥协道："给我在半小时内把封面弄干净。还有，把小米粥喝了！"

咦？小米粥是给她的？庄墨辰知道她中午没吃饭？

她疑惑地抱着阿毛找了块磨砂橡皮开始擦油渍。结果擦着擦着，"刺啦——"一声，一个洞。

"什么声音？"庄墨辰缓缓地抬起头。

她灵机一动，把阿毛放在了那个洞上："没什么……没什么……"

庄墨辰去会议室开会了，时间一分一秒地过去，安昀轩终于低着头把计划书送了过来。他看了一眼手中的文件，封面上贴着一只被压扁的飞蛾。他静静地翻开计划书，谈了一下对市场动向的把握以及产品独特性的问题。

随后,在个别几个眼尖的盯着封面上的那只大飞蛾看时,淡定地装作没看见。

事情就这么过去了,企划部的同志们宽面条眼泪地向其他部门解释说,分明给出去的时候是没有那只奇怪的飞蛾的。

庄墨辰问安昀轩:"这么恶心的东西你哪儿弄来的?"

安昀轩欲言又止,片刻后才下定决心道:"您的杯底……"

于是,庄墨辰的那个马克杯从此再也没有出现过。

"庄总,您能说说今天董事长给您喂饭时,您的感受吗?"

庄墨辰本来想说"生不如死",但看看父亲那紧绷的脸,改口道:"鼻孔很痛……"

安昀轩喷了。

确实很痛啊!

一直被调羹戳怎么会不痛啊?

"哦,我没戴眼镜。"庄正孝毫无歉意道。

"这……董事长,您为何不戴眼镜呢?"

庄正孝瞥了一眼儿子,实话实说道:"怕做噩梦。"

我去!

董事长,对您来说给儿子喂饭是噩梦吗?宁愿朦胧也不要清晰,是吗?可您都把饭喂到您儿子鼻孔里了,好吗?

安昀轩扶额,但能怎么办呢?事到如今,她绝不想半途而废!

"咳,不管如何,第一个任务还是在二位的同心协力下完成了,那能否请庄总说说,为什么会有在食堂喂饭的心愿呢?"

庄墨辰沉默片刻后道:"爷爷年纪大了,中午那顿一般都是带我去我爸单位里吃,尽管离得近,但我爸因为工作忙,从没在午休时和我一起吃过饭。我每天都看着另一位父亲在食堂里给他坏脾气的儿子喂饭，很耐心、很温和……"

或许是那羡慕的语气刺痛了庄正孝的神经，他解释般咕哝道："我当时只是跑腿的，自己都没时间吃饭，哪里顾得上你。"

"是啊，没有爸您当年的操劳，就没有今天让我沾光的成就。可我当时还小，我羡慕的只是那些微不足道的事情。"

庄正孝沉默了。

安昀轩知道，在这样的沉默中，有什么正在悄悄改变。

安昀轩发现上班时，同事们见到她都绕道走，她纳闷地披了庄墨辰给的潜伏皮去各类八卦群里一看，同事们竟然都说昨天那只出现在计划书上的蛾子其实是安昀轩"施法"的媒介，她就是通过那个来控制庄墨辰和庄正孝的。

她真的笑瘫了，建了个群，把那些话截图给了姚晓琴、许磊、庄墨辰和庄正孝，随后去网上买了五个巴掌大的飞蛾标本。

于是，谣言出现后的第二天，同事们发现，许磊、庄墨辰、庄正孝和姚晓琴的各类办公用品上，都不约而同地出现了一些风干的飞蛾。

被同事们指出飞蛾时，他们都十分惊讶地反问："什么蛾子？在哪里？"

玩得最起劲的竟然是看起来古板的庄正孝，他甚至会当众训斥提醒他文件夹上头贴着只蛾子的下属道："少在那儿神神道道的！哪儿有什么幺蛾子？谁再提就给我滚回去！"

传言愈演愈烈，已经到了"安昀轩用妖术控制了整个公司之后，将会利用这些被控制的人传播邪术进而称霸全球"的地步。

她神清气爽至极，现在公司里再没有人敢"忤逆"她这个小助理了。之前，需要其他部门配合的要被拖上几个月的工作，如今只要她一个眼神、一个微笑、一句"温馨"的问候,就能得到高效的回应。

为此,庄正孝题了"一手遮天"四个大字送给安昀轩,以表彰她的娱乐精神。庄墨辰、许磊和姚晓琴一同端详着那幅被安昀轩裱起来挂在家里的墨宝。

"这不可能,像父亲这样一个古板的人怎么会做这种无聊的事?"

"是啊,像庄伯伯这样一个严肃的人怎么会跟着我们一起疯?"

"我觉得题'臂上能走马,胸口碎大石'更恰当。"

随后,姚晓琴与安昀轩玩起了"来啊来啊来追我啊"的益智游戏。

众人的确发现,他们的董事长最近十分反常。他不再抓着手里的权力不放;不再板着脸挑剔下属的工作;不再认为那些与工作无关的消遣是浪费生命;而最离谱的是有好几个公司职员看到庄正孝满手血淋淋地在缝制一个熊猫玩偶⋯⋯

这个事件一传十十传百,成了又一个"安昀轩是个会妖术的"这一说法的力证。

事实上,庄正孝正在完成庄墨辰的第二个心愿。可问题是他根本不会针线活儿,更别说是完成做一只熊猫玩偶这种高难度的任务了。

安昀轩和姚晓琴帮着庄正孝作弊,从网上买了DIY的材料,让庄正孝照着做,可是即便如此,在商场上叱咤风云的他还是把自己的十指扎得鲜血淋漓。但他一直都没有放弃,他的坚持源于那一晚的谈话⋯⋯

那晚,安昀轩指着"希望父亲亲手给我缝一只熊猫玩偶"的心愿问庄墨辰:"能问一下庄总,为什么童年会有这样的心愿吗?"

"哦⋯⋯是这样的。"庄墨辰仔细回忆了一下,道,"我想给阿毛找个媳妇。"

安昀轩一口血呕出来,又咽了回去。

"那为什么希望董事长亲手做呢?"

"因为儿媳妇吗,总归是要得到家里的认可,但你也知道阿毛性格比较内向。"

我不知道啊，庄总！您熊猫儿子的事我为什么要知道？！

安昀轩在内心咆哮。

"所以我就想，让父亲给我做一个儿媳妇，这样我父亲和我肯定都认可，得到我们的祝福，阿毛就能幸福了。"

是可以瞑目了吧！

"也只有你那么有出息，才会把这种东西当人来看待。"庄正孝还是忍不住要鄙视庄墨辰这种"娘娘腔"的爱好。

此话一出，安昀轩吓了一跳，她觉得庄墨辰听了必定要生气，一生气就要说伤人的话，让之前的努力都前功尽弃。然而，让她意外的是庄墨辰竟然心平气和地说："因为爷爷虽然照顾我的起居，却根本没有可以和我交流的话题，小时候能陪我说说心里话的，只有'阿毛'。"

庄正孝不吭声了，第二天便开始血淋淋地缝着熊猫。

令庄墨辰意外的是，在他生日的前一天，一只脑袋方、身体扁、头戴大红花的熊猫静悄悄地出现在了他的床头。

真是丑得可以，但这却是庄墨辰在这些年里收到的最令他感动的生日礼物。

庄墨辰把阿毛从公司里带回来，搁在了这只方头熊猫的边上。

安昀轩连夜给"阿毛"做了套西服，给"阿花"做了套婚纱，随后在庄墨辰生日的那天，它们结婚了。

到场的嘉宾有：庄正孝、庄墨辰、安昀轩、许磊、姚晓琴和陈叔。

大家都给予了这对"新人"真诚的祝福，随后安昀轩在"希望父亲亲手给我缝一只熊猫玩偶"的愿望后头打了个喜庆的钩。

从此，阿毛再也不用躲躲藏藏了。它和它的新娘在庄墨辰的卧室里，静静守护着它们的主人。

"老爸，谢谢您……"庄墨辰别扭地道谢。

"这种上不了台面的小玩意儿,有什么好谢的?"庄正孝将贴满了创可贴的手藏在了身后。

这时候姚晓琴走上前,一双食指一抠,将庄正孝的唇角拉扯成微笑的弧度。安昀轩掏相机"咔嚓"一张,随后两人一起逃之夭夭。

随后,在庄墨辰和庄正孝桌上,出现了一张庄墨辰一脸呆滞,而庄正孝被人扯着嘴角微笑的照片,吓死了一干下属。

安昀轩正为父子俩关系的改善而感到高兴,却意外地接到了父母的电话:"昀轩啊,你那个追求你的上司天天往我们这儿跑啊!又送东西又干活的,拦也拦不住啊!你快和他说说,一女不能嫁二夫!让他死了这条心吧!"

安昀轩万万没有想到,许磊那句"公平竞争"竟然是认真的。

她抱着台蒸蛋器找到了在办公室的许磊,往他桌上一放,道:"谢谢你这么照顾我父母,已经集齐二十二张好人卡了,这是说好的蒸蛋器。"

许磊看着那台蒸蛋器笑了:"你来真的?"

"牌子喜欢吧?"

"可我更在意之前那张你没有给我的好人卡。"

安昀轩听许磊又提那张感谢他假扮她男友的好人卡,有些尴尬道:"既然我爸妈认准了庄墨辰,那就暂时由他来替我打掩护吧!反正这也是权宜之计……"

"那么长远之计呢?"

"长远之计吗,就说我和姚晓琴是真心相爱。"

"……"

"好吧!我只是开个与时俱进的玩笑。"

"那么连你也觉得,我做的这些事是多余的?"

"怎么会,这些恩情我都会铭记在心的。"

许磊耸肩道："可我不甘心。"

"不甘心什么？"

"任何事都被他抢先一步。"

"没有吧？你的生日不就在庄总前头。"

许磊喷了："你这样的安慰，还真让人哭笑不得！"

"哭笑不得的话那还是笑吧！三石兄，你笑起来特阳光特别好看。我一直特羡慕像你这样有酒窝的人，小时候我还用筷子戳腮帮子戳了一晚上呢，结果脸颊戳肿了，还被我妈打一顿。"

许磊脑补了一下，于是又笑翻了。

"哎，其实我觉得吧，庄总也特羡慕你，只是他不承认罢了！"

"哦？他能羡慕我什么？"

"你和董事长的亲密，还有睫毛长。"

许磊笑着说："你倒是观察得很仔细。"

"是啊，我一直觉得三石兄的睫毛又长又好看，像两把刷子似的。"

"这是什么比喻？"

"意思就是说，你一眨眼，就能扫去别人心上的浮躁。"

许磊收敛了笑容定定看着安昀轩："那你呢，被我扫过吗？"

"已经被扫得连节操都不剩了。"

"节操是什么？"

"一种容易掉且不能吃的东西。"

"听起来很无用？"

"装点门面的。"

其实，许磊还不是很理解安昀轩这话的意思，直到她对替父亲完成"一起包汤圆"的心愿的庄墨辰道："庄总，您揉面粉的模样，可真像一只推粪虫啊！"

许磊在和姚晓琴一起没心没肺地笑得肚子疼以后，终于意识到，或许安昀轩的节操,就是这样掉的。

一群人里,只有陈叔和庄正孝在认认真真地在包汤圆,其他四个年轻人不一会儿便开始玩起了面粉,一会儿捏只小兔子,一会儿捏只熊猫,最后安昀轩猜拳输了,几人便照着她的模样捏面团,最后作品一字排开。

庄墨辰捏出的安昀轩是只嘴角沾着芝麻的圆滚滚的猫。

许磊捏出的安昀轩是个扎着俩小辫子的小姑娘。

姚晓琴捏出的安昀轩是个软柿子。

结果下锅以后,胖猫少了尾巴和耳朵,小姑娘少了俩小辫子,唯独姚晓琴的柿子完好无损。

汤圆上桌,几个人开心地吃了起来。

"哎哟!"庄正孝捂着嘴巴,吐出了一颗假牙,随后又吐出了一枚五角钱的硬币。

"哦……我是想谁吃到谁吉利……北方人包饺子不都这样吗?"姚晓琴不好意思地说。

于是,一群人浩浩荡荡地陪着庄正孝去医院补假牙。姚晓琴一直喊着:"要金的,下次掉了直接给我!"

安昀轩无语地塞了她一杯珍珠奶茶,她这才安静下来。

回来的路上,庄墨辰问正勾掉任务书上第三项任务的安昀轩:"为什么这几天许磊都没有提我爸的病情?你们是不是告诉了他什么?"

"我知道您肯定不想让他知道!所以我……"安昀轩脸不红心不跳地回答,"我绝对是不小心才告诉他的。"

庄墨辰黑着脸说:"这事儿越少人知道越好,你不经过我同意就把事情都和他说了?"

"当时也是瞒不下去了我才说的,更何况三石兄看起来那么紧张,万一他告诉他爸妈那该怎么收场?告诉他,他还可以配合我们一起演戏。"

"你倒是理由多得很！"庄墨辰抱着胳膊斜睨着安昀轩。

"没办法啊，庄总！我一要称霸世界的人，总要从统治者的高度把控全局吧？"

"……"

庄墨辰觉得，他的这位助理才是最需要心理咨询的反社会高危人群。

安昀轩在给庄墨辰准备会议材料的时候，顺便递给庄墨辰一张表："庄总，老规矩。"

这张自评量表是安昀轩自己做的，主要是用来每周一次地记录庄墨辰对于熊猫玩偶的依赖程度。

量表涵盖了每天见面次数、每天抚摸次数、每天拥抱次数、每天抱上床次数等几项指标，庄墨辰每日都会自己做记录，再誊写到这张安昀轩给的表格上。

安昀轩拿到表格以后，结合之前几周的数据，画了一张一个多月以来的频率折线图，很明显地，总体的依赖趋势是向下走的。

她松了口气，拿去给庄墨辰看："庄总，请您看看，没问题的话麻烦签个字，证明这结果的真实性。"

庄墨辰看了看那张表，略一点头，道："总算还有些本事。"

尾巴翘上天的安昀轩想，她一定要再接再厉，在剩下的不到一个月时间里帮助庄墨辰彻底改掉喜欢毛绒玩偶的癖好。

"好了，准备准备去会议室吧！"

安昀轩应了一声，复印好材料便跟着庄墨辰到了会议室。将会议材料分发给各部门同事的时候，安昀轩十分享受他们那毕恭毕敬的态度。本宫要统治世界了，哈哈哈！

然而，安昀轩却发现翻看资料的同事们表情都有些扭曲。她看到庄墨辰从资料里抽出一张表，随后投来一个杀气腾腾的眼神。

她仔细一看，随即一愣，翻看自己的资料才发现，她竟然多复印了一张纸。而那张正是庄墨辰签过名的近一个月来他对熊猫玩偶依赖程度的折线图……

安昀轩宕机了。她略一走神，竟然犯下了这种低级错误！

可想而知，毫不知情的同事们在看到那逐日降低的见面频率、抚摸频率、拥抱频率、抱上床频率的折线图时会联想到什么了。

"庄总性冷淡？"

"不不，这就是传说中的采阳补阴！"

"安昀轩一定是故意的！"

"对，她一定是为了警告我们才给我们看这份报告的！"

"说不定她现在正在用她的妖术边窥屏边阴笑！"

"哎哟，你别说了，我背后一阵凉啊！"

庄墨辰沉默地看着群里的一片刷屏，扭头问边上确实在一同窥屏的"妖孽"："元芳，你怎么看？"

"大人，属下以为，此中必有冤情。"

"你若能七步成诗，我便信你有冤情。"

安昀轩听罢连退七步，随后直接打开办公室的门一路狂奔到楼上的许磊办公室大喊："救命啊！庄总要杀我灭口！"

说完，发现一屋子西装革履的高管正目瞪口呆地看着她，许磊则坐在中间一副不明所以的模样。

安昀轩暗道不好，一鞠躬说了声"对不起"扭头就跑。

正想着这下又闯祸了，就见从楼梯口走出来的一人，正是庄墨辰！

可问题是，他手里还提着一把桃木剑。

等等，桃木剑？

"庄总，您……"

庄墨辰猛地拔剑道:"妖孽,往哪儿逃?!"

安昀轩还没反应过来,就被庄墨辰刺过来的一剑擦过耳畔。她下意识地躲开,还没来得及站稳又是一剑。

危难时刻,一个身影挺身而出,黑影挡住了她的视线。他徒手接下庄墨辰刺来的剑锋道:"你干什么?别伤了昀轩!"

八卦暴涨的"热心"的员工们纷纷围成了一个包围圈,伸长了脖子看热闹。

搞不清状况的安昀轩呆滞地站在原地充当着这狗血一幕的女主角,刚想问个究竟,就听庄墨辰厉声道:"道长说必须以此桃木击中她天灵盖方能驱逐附身的妖孽!你让开,我来敲醒她!"

嗷嗷!庄总,您这是演的哪出啊?

"非要这么做的话,还是我来吧!你下手向来重。"

嗷嗷!三石,你也拿了出场费吗?!

庄墨辰思索片刻,还是把桃木剑递了过去。

许磊接过桃木剑高高举起,在安昀轩下意识闭眼的时候轻声说了句"别怕",随后轻轻用剑身敲打了一下她的脑袋瓜子,紧接着,一指窗外道:"看,那妖孽走了!"

群众纷纷回头,果真见了窗外一阵白烟飘散而去。

庄墨辰似乎还不放心,走上前问安昀轩:"你是谁?"

安昀轩知道自己如果回答是搓澡工之类的,一定又会被不知道再演什么戏的庄墨辰敲打天灵盖,于是乖乖配合道:"安昀轩。"

"你还记得之前发生了什么吗?"

"不记得了。"

"你现在感觉怎么样?"

"有点疼。"

"哪里疼?"

"蛋……"

"你没有这样的零配件。"

"那就乳酸好了。"

庄墨辰和安昀轩的话题开始走黄暴风格时,不知从哪儿冒出来的姚晓琴激动地扒开人群一把握住安昀轩的手道:"太好了,昀轩!你终于又恢复成 2B 青年了!"

"哎?你这是夸我吗?"安昀轩忽然觉得自己的形象猥琐了起来。

"我说的吧,叫你不要乱点什么报复网站!这不,把楼里的恶灵给招来了。"

"不是妖孽吗?"

"你那样子真吓死我了!幸好庄总他们请了高僧来救你!"

"不是道士吗?"

"你以后可千万别随便点开那些可疑的网站了!我们办公楼以前可是坟场啊!!"

"不是农场吗?"

"啊,你能回来真是太好了!"姚晓琴大声地总结道,随后紧紧地拥抱了安昀轩,压低声音道,"记得提醒我把楼上窗边的那台加湿器给拿下来。"

搞半天是你放的雾啊!

安昀轩张大了嘴。

这时候庄墨辰清了清嗓子,道:"好了好了,都散了吧!下个月让和尚……咳……道长再来做做法,这个月,暂时禁止使用外网!"

众人立刻一片哗然,大家经过安昀轩被附身事件的惊吓后,都不敢提出任何反驳意见了。

回到办公室,安昀轩叉腰怒道:"好啊,你们,合起伙来整我是吧?"

"要骗过敌人,先要骗过战友。"许磊摊手道。

"我们是将计就计地替你破除谣言,这样你就不再是同事们眼中的妖孽了,收起飞蛾好好干活吧,年轻人!"庄墨辰语重心长地拍拍安昀轩的肩膀。

"您还真为我考虑啊,庄总!"

"不用谢。"

"……"

"他们也真会信!"姚晓琴想起来就觉得好笑,"果然和昀轩说的一样,传谣言的都是笨蛋。"

"不过昀轩,你平日里也该和同事们处好关系吧?你看你这次被妖魔化,也和你的群众基础不够扎实有着莫大的关系。"许磊半开玩笑地说。

安昀轩心道我到月底就滚蛋了,要处好关系做什么,嘴上却说:"这些谣言传得我心都冷了,哪里会有这种积极性。"

"这就是个恶性循环,这不,这次也有没传你谣言的吗?"许磊继续循循善诱道。

安昀轩仔细想了想,确实平时最喜欢和她一起聊八卦的魏薇就没有参与传播关于她的任何谣言。

"算了,你们别劝她了!我看她是根本做不到的!"庄墨辰一锤定音道,"她的心理咨询师也就是一纸证书,只能对别人有点效果,对她自己可是半点帮助也没有!"

"庄总,您这种幼稚的激将法根本无法挑起我的好胜心。"

"如果你能在本月获得中秋节颁发的最佳人气奖,我就送你一个免费去厦门旅游的机会。"

"成交!"

于是,安昀轩开始为了她的免费旅游而努力成长为一朵盛开在公司里的交际花。

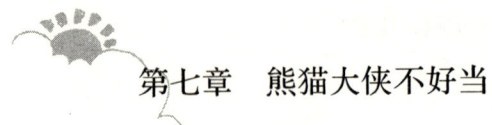

第七章　熊猫大侠不好当

安昀轩的小宇宙熊熊燃烧，她要证明她只是懒得交往，而不是不擅长交往。于是她开始对周围的同事们展开热情的攻势。最先被她的火力波及的是离总经理办公室最近的项目部的同仁们。每天早上，安昀轩都会早早地站项目部门口微笑着发她买的"爱心早点"。

"您辛苦了，思密达！您也辛苦了，思密达！"

然而，无功不受禄，更何况项目部的同事们还留有安昀轩"被附身"时阴笑着跟他们收项目书的阴影。她连着站了三天，没有一个人敢从她手里接过东西。

于是，她整整三天吃了早中晚的"爱心早餐"后，最终痛定思痛决定改变策略。

她去网上买了个熊猫面具，随后只要一得知同事有困难，哪怕是芝麻绿豆的小事，她都会戴着面具出现，替同事解决这样那样的问题。什么换桶装水、拖脏了的地板、拼凑不小心放进碎纸机里的文件、贴手机贴膜、替人递情书……这些全都在"熊猫大侠"的服务范围内。只有你想不到，没有她做不到！

当然，她做好事不开口，同事们也很快就知道了这"熊猫大侠"的真实身份。

于是群里开始有人说:"安昀轩也挺可怜的,之前被附身了才会变成那样,其实她人挺好的。"

"是啊,我上次咖啡打翻在键盘上她立刻从楼上冲下来给我擦了,弄得我很不好意思的。"

"是啊,我之前抱怨家里有事要早走她就来帮我一起复印文件了呢!"

"昨天她竟然跑了好几家店替我集齐了一整套起司猫的玩具啊!我送了她一只愤怒的小鸟的玩偶作为谢礼,她可高兴了!"

"其实我觉得安昀轩挺可爱的。"

"我也觉得!"

"我们中午约她一起吃饭吧!"

"好啊,带我一个!"

于是本来对安昀轩有些心理阴影的同事们,都渐渐地改变了对她的看法,主动与她亲近起来。

庄墨辰却在安昀轩尝到甜头以后泼她冷水道:"你不觉得有些人是在利用你吗?"

他最了解某些好逸恶劳的下属的,同样有着窥屏爱好的庄墨辰常常看到这几个家伙故意在群里说自己遇到困难,把安昀轩当免费劳动力使。

"请不要用您的尺子来度量别人的节操!"安昀轩对于他的这个说法十分不屑。

几天后,众人发现熊猫大侠的身材有了显著的改变。"她"变得高大威猛,气势逼人,甚至还长了喉结。"助人为乐"时,他总是抱着臂膀道:"哪个浑蛋说要熊猫大侠给搬箱子的啊?"

那想要偷懒的男助理立刻就给跪了:"大侠饶命!大侠饶命!"

"还敢不敢有下次?"

"不敢了！不敢了！"

等安昀轩拖着小推车千辛万苦地赶到现场时，就见了那男助理跪在地上给她磕头道："大侠饶命！小的再也不敢戏耍大侠了！小的现在就圆润地滚出大侠的视线！"

于是，安昀轩呆滞地看着这个向来狐假虎威好吃懒做的关系户，前滚翻着离开了她的视线……

她开始还只是觉得事情有些蹊跷，但当几次面对"圆润地离开"的想占她便宜的同事时，她终于意识到事态的不寻常。

"魏薇！你知道这是怎么回事吗？"在群里得不到解答的安昀轩找到了向来帮着她的魏薇。

魏薇想说不知道，但又觉得这样有些对不起安昀轩，内心一阵挣扎后，她最终还是偷偷告诉安昀轩道："其实是庄总啦，他每次都在你之前赶到，教训那些想要占你便宜的人，好替你出气！"

安昀轩听了气不打一处来，在下午又有企图偷懒的同事在群里哀号说想吃开在两站路距离外的麻辣烫时，第一时间冲到现场逮住同样也戴着面具的"熊猫大侠"道："呔！你个山寨货！竟敢冒充我！有本事就来和我决斗吧！"

"山寨货"抱着臂膀端详了一会儿这个不领情的下属道："比什么？"

"比力气！"

"怎么比？"

"拔河。"

"规则？"

"一根绳子，一人一头，但前提是任何人都可以参与比赛，不限人数，哪方赢了就可以成为本公司唯一一个熊猫大侠，你敢不敢接受挑战？"

"我没问题，但你要找个裁判。"

此时，众人身后传来了一个声音："我来做裁判。"人群中走来几乎隐退江湖的庄正孝。

庄正孝后面跟着许磊和姚晓琴，姚晓琴朝安昀轩吐了吐舌头。

安昀轩心道糟糕，以为庄正孝是来阻止她和庄墨辰的胡闹的，却没料到庄正孝站定后道："每个企业都有自己的文化，为其他员工无私奉献这一点是很值得肯定和嘉奖的，但一山难容二虎，既然你们要一决雌雄，那就由我来做裁判吧！"

等等，您这段话前后有什么关联吗？

还有董事长您不是向来不苟言笑地树立威信的吗？

来当裁判是怎么回事？

"谁有绳子？"庄正孝是来真的。

于是立刻有好事者去物业借了保险绳，随后一群人浩浩荡荡地到了商务楼楼下的广场上，开始准备拔河比赛。

箭在弦上，不得不发。

种子选手安昀轩硬着头皮拉住绳子的一端，而她的对手庄墨辰也拉住了绳子的另一端。

不少想溜须拍马的，以及把庄墨辰视作白马王子的，都迫不及待地站在了庄墨辰的身后，成了他一方的队员。

而站在安昀轩这边的只有许磊、姚晓琴和魏薇。安昀轩回过头，三人齐齐冲她点了点头。

安昀轩摘掉面具，感激地冲他们绽开一笑，道："有你们，输了也值！"

这句话、这个微笑，深深触动了在场的其他人，不少曾受过安昀轩帮助的同事，纷纷勇敢地走上前，站到了安昀轩的身后。

她愣了一下，随后绽开了一个微笑。

她的容貌只能算得上是清秀，但这一发自内心的笑容却令她整张脸都生动起来,让人一时间移不开眼睛,连庄墨辰也看得呆了。

直到庄正孝举起手说:"预备——"

"开始"的尾音刚落下,双方就展开了激烈的竞争。

庄墨辰这一方男性居多,所以在开局时占据了压倒性优势。

但眼看着安昀轩这一方就要输了时,那些没受过安昀轩帮助,但并不希望她输的职员们也都撸起袖管冲了上去。

法不责众,他们就是要帮助安昀轩这样不起眼但很真诚的"小角色",对抗庄墨辰所代表的特权阶级。

拔河比赛的限定时间为一分钟,到最后十几秒时,势均力敌的双方都用尽了吃奶的力气。

最终,庄墨辰一方以微弱的优势胜出。

庄正孝对着那偏向庄墨辰一方的中点线慎重宣布道:"左边一组胜出,自此以后,熊猫大侠只有这一位。"说着,他举起了庄墨辰的手,左边一组立刻欢呼起来。

接着,他转向右边沮丧的安昀轩道:"当然,你也可以继续当你的狸猫大侠、花猫大侠或者小浣熊大侠!"然后,拍了拍安昀轩的肩,"年轻人,你输的只是个名号而已,你看你身后有那么多支持你的人,他们根本不在乎你叫什么,不是吗?"

话音刚落,安昀轩一组就响起了盖过另一组的欢呼声,安昀轩还没反应过来就被一群支持者抬起来抛上了天空,蔚蓝的天空,宁静而美好。

她忽然发现,她离她的梦想是那样近,触手可及。

从前,她死脑筋地以为非要专业对口才能学以致用,才能证明她的价值。原来,认可本身就是价值的肯定。一股温暖从心底涌起,弥漫开来。

"走走走,请大侠吃饭去!"

同事们将安昀轩放到地上，便簇拥着她，浩浩荡荡地往马路对面的饭店走去。

安昀轩回过头，看见庄墨辰也摘下了他的熊猫面具。不知道是不是她的错觉，她似乎看到这个可恶的上司正在对着她微笑。

吃饭时，同事们纷纷拿着饮料杯敬安昀轩。

"昀轩，上次谢谢你和我换鞋子穿，不然我那天脚就废了！"

"昀轩，那天谢谢你帮我一起拼不小心被我碎了的客户资料，不然我卖了自己都赔不起。"

"昀轩，之前谢谢你送我去医院，不然我真不知道该怎么办才好！"

一拥而上的谢谢之后，又有人开始向安昀轩道歉："昀轩，真对不起，之前我也有跟着传过你谣言……其实你是个很好的姑娘。"

"昀轩，我也要向你道歉，其实有些话都是我自己编的，我只是觉得好玩，并不是故意针对你的。"

"昀轩，那也请你原谅我到处打听你的八卦，其实我知道你和庄总是清白的。"

安昀轩潇洒地一挥手："有毛线关系，以后你们有八卦也告诉我，就算补偿我了！"

"好啊好啊！回去就把你加到群里！"群主和副群主立刻表态。

她偷偷地一吐舌头，其实她早就用庄墨辰的号窥屏好多天了，不过能够"转正"真是再好不过了，以后可以光明正大地在群里说话了。

"不过，你被附身那几天可真吓人！"有一年纪小的妹子忽然道。

"是啊是啊！能给我们讲讲当时的感受吗？"

"哦……那个啊……"安昀轩瞥了一眼紧张的许磊和瞪大了眼睛的姚晓琴，清清嗓子说，"事实上，很多事我都不记得了，我唯一记得的是当时我点开了一个群里不知道谁贴的复仇网站，说是只要在里面输入复仇愿望就能够亲自实现，没想到这事会那么邪门，我当时啊只不过……"安昀轩一说便一发不可收了。

怎么夸张怎么来，同事们都听得聚精会神，连火锅里的粉条煮烂了都没发觉。直到姚晓琴在桌底下踢安昀轩的脚提醒她午休时间差不多了，安昀轩这才总结陈词道："这世上玄乎的事情啊……真是一言难尽！"

同事们犹未尽地兴表示希望安昀轩回去开个语音房间继续给他们讲故事。

安昀轩刚想答应，这时又被许磊在桌底下踢了一脚，这才含糊其辞地一笔带过。

回到办公室后，她收到许磊的一条短消息："一个谎话，往往要用更多的谎话去圆，总有一天会被拆穿的，别得意忘形。"

安昀轩觉得许磊说得很对，她刚才有些兴奋过度了，险些就让同事们发现了破绽。

"怎么，还知道要工作？"安昀轩刚进总经理办公室，就听正在浇花的庄墨辰来了这么一句。

动作凝固的她觉得刚才看到他的笑容也许只是一种幻觉吧。

"迟到了两分钟，按规定这个月的全勤奖没了。"庄墨辰装模作样地瞥了一眼墙上的挂钟。

"有没有还不是您说了算？"

"So what？"

安昀轩走上前，一把勾住庄墨辰的脖子嘟着嘴娇嗔道："哎呀，干爹，人家只是和朋友吃个饭您就吃醋成这样！"她的手指在庄墨辰的鼻子上轻轻一刮，"真是个小……讨……厌！"说完，她烟跑了，留庄墨辰在原地石化。

她回到自己办公桌前拍着桌子足足笑了三分多钟。

这一招还真是屡试不爽啊！谁叫他气她？

他气她,她就恶心他!来而无往非礼也!

折腾尽管折腾,正事还是要做的,比如实现庄正孝的下一个心愿——希望庄墨辰替他剪头发。剪头发的一整套工具安昀轩早就带来了,可问题是……庄墨辰他不会啊!

他站在围着件旧衣服的庄正孝身后,比画了半天,都没下手。

庄正孝从镜子里看着身后拿着理发剪刀的儿子道:"不会就别勉强。"

庄墨辰立刻倔脾气上来了:"谁说我不会了?"

"这样,庄总!"安昀轩把庄墨辰拉到一边道,"我爷爷以前是剃头师傅,我耳濡目染得多少会一点,只要您答应不扣我全勤奖,我就示范给您看,如何?"

庄墨辰不想让自己老爸看不起,也没打算真扣安昀轩的全勤奖,这个买卖自然是稳赚的,于是问道:"但你要怎么示范?"

许磊和姚晓琴去饭店打包吃的了,陈叔出去办事,目前家里就他们三个。

"您看您头发也长了,要不,我帮您修剪一下,您从镜子里看我的动作和步骤。"

庄墨辰狐疑地打量一下他这位向来不靠谱的女助理:"你真会修?"

"真会!这套理发剪刀就是我家的啊!"

庄墨辰觉得她说得有道理,姑且相信她一次,于是让庄正孝先靠在沙发上闭目养神,自己则坐在了凳子上,跟前放面台式镜,看着安昀轩的动作。

安昀轩确实是跟爷爷学过些手艺的,她给庄墨辰修起头发来有模有样的还附带解说。

他看着镜子里安昀轩全神贯注的表情,感受着她轻柔的动作,忽然觉得心也跟着柔软起来。

她也为自己难得给庄墨辰当一回老师而感到满足，说着说着两人便开始聊起了别的。只那么一走神，她就错将平剪当成了打薄剪，手起刀落，庄墨辰的后脑勺就秃了拇指大的一块。

惨了！安昀轩心中警铃大作。

庄墨辰还不明白为什么安昀轩手上的动作忽然顿住了，回头看了她一眼："怎么了？"

"没……没什么！"她心道今晚她估计是竖着进来横着出去了！

他的注意力一直都放在如何剪发这个主题上，等安昀轩剪完，他照了照前头感觉挺好便去自家老爸跟前班门弄斧了。

他是个十分聪明的人，剪起来也是有模有样，有些地方若是不会看一眼安昀轩，她就会用挤眉弄眼来解释，虽然一直想笑，但总体上还是顺利的。结束时，庄正孝站在镜子前左照照右照照，随后略一颔首，表示还过得去。

庄墨辰立刻便朝着庄正孝一伸手道："老板，小费！"

庄正孝打掉儿子伸来的手，脸上却多了一丝笑意。

安昀轩将心愿单上"希望儿子替我剪一次头发"的心愿勾掉了，成就感有木有！

这时提了外卖的许磊和姚晓琴进来了，大家围在一起吃饭。安昀轩却提心吊胆的，生怕庄墨辰脑袋上秃了一块的事会被发现。许磊和姚晓琴一个劲儿地在夸庄墨辰给庄正孝修剪的发型好，直到要送庄正孝去医院复查的庄墨辰先起身准备时，姚晓琴和许磊同时对着庄墨辰的后脑勺愣住了。

两个人默默地对视了一眼，又一起看向安昀轩，她恨不得将脸埋进碗里。

此时，庄正孝正要转过头，安昀轩一个箭步冲到庄墨辰身后，想用自己的身高挡住庄正孝的视线，但为时已晚！

庄正孝先是一愣，然后眨眨眼，随后用目光询问安昀轩。

安昀轩双手合十拜了拜，那可怜巴巴的小眼神，像极了一只讨食的小松鼠。

他轻笑一声，随即装作没看见，继续低头吃饭。

咦咦咦？

董事长，您的节操呢？！

庄正孝夹了一筷子节操到自己碗里，若无其事地吃掉了。

"老爸，我把车开到外面等您！"换好衣服的庄墨辰走过来道。

他点了点头，顺手捞了衣架上的帽子按在了庄墨辰头上："外头冷。"

庄墨辰不太习惯父亲如此直接的关心，这迟来的父爱，令他愣了一下，才有些不好意思地扭头走了。

望着儿子离开的背影，他的眼中流露出了一丝难以形容的情感，他拿了大衣也准备跟出去，回头意味深长地看了安昀轩一眼："墨辰，其实还是挺在乎个人形象的。"说罢，留下一个离去的背影给她。

安昀轩听着庄正孝的话，一瞬间仿佛觉得他在说：墨辰杀人的时候基本是不眨眼的。

她简直吓坏了，立刻拉着许磊和姚晓琴求救。这两个没良心的听了她的叙述先笑了足足一分多钟，这才开始给她出馊主意。

"你可以让他戴帽子。"许磊觉得刚才庄正孝的法子可行。

"但到了办公室总得摘掉吧？这不能解决根本问题！"

"那要么你直接给他找顶假发骗他戴上？"

"他那么自恋，肯定觉得自己的模样再帅气不过，压根儿不需要什么假发。"

"那要么你拆东墙补西墙，找点他的体毛给他补上？"

"晓琴，这提议口味略重。"

"那你干脆一不做二不休，把他剃成个和尚。"

"然后让他直接超度我?"

"我看,你还是直接和他说吧!"许磊凭借自己多年以来对庄墨辰的了解,给出了中肯的建议,"别人告诉他,必定比你亲自告诉他更糟糕。"

"你们觉得他会原谅我?"

两人同时摇头。

"但至少能保住性命。"许磊的安慰简直堪比恐吓。

姚晓琴却表示赞同地说:"你要有章鱼自断命根的觉悟。"

"是自断触须好吗?"

"反正都一样。"

安昀轩深深地叹了口气,看来她是逃不过这一劫了。

医院。

庄墨辰面色伤感地叹了口气。庄正孝拍了拍他的肩膀,一副无所谓的表情说:"先做心理咨询吧!"

许磊和姚晓琴看着也没什么事情了,走前同时投给安昀轩一个"来生再见"的眼神。

安昀轩深吸了一口气,问道:"这个……还是先请董事长说说,为什么希望庄总为您剪一次头发?"

庄正孝端着杯茶,回忆道:"小时候家里穷,为了省钱我爸都让我妈给剪头发,我那时候每次都抢着给我爸剪,就站在个小板凳上,认认真真地一刀一刀地剪,那时候能为我爸做点力所能及的事是很自豪的,尽管刚开始剪得坑坑洼洼的,害得我爸被人嘲笑,但他总是夸我能干。"

"听着好温馨啊!"安昀轩想象了一下,不禁感叹道。

"可您工作以后,就忙得连回家的时间都没了,爷爷时常说起您小时候的事,说得最多的就是您替他剪头发……他节约惯了,头发长了就去小区的个体户那里修剪一下,一次才五元,您给他办的那些个什么美发卡他都退了，把钱存着说是以后还您。"庄墨辰说到此处顿了顿，"爷爷他需要的根本不是钱，他只希望你能多陪陪他……也多陪陪我。"

庄正孝听罢又沉默了，许久后，才低声道一句："是我不好……"

庄墨辰别过头去没有说话。

安昀轩知道在这一刻，庄正孝终于开始反思，他曾经鄙视的儿子因为寂寞而产生的癖好，有多少是他的责任了。

"好在还有时间来弥补。"安昀轩用一句总结结束了今天的谈话。

父子俩互相看了眼，庄正孝道："送安丫头回去吧！"

回家路上，安昀轩时不时偷瞄边上沉默地开着车的庄墨辰。

"怎么？"感觉到她视线的庄墨辰奇怪道。

"没……就觉得您似乎不太高兴。"

"我只是想起了我爷爷。"庄墨辰难得如实道，"他去世时，我爸还在飞机上……"

安昀轩想起自己的外婆去世时，自己因为住校而没见到她最后一面的遗憾，感同身受道："那岂不是要终身遗憾了？"

"我不知道他是否遗憾，至少爷爷葬礼时，他仍旧是那副古板模样，一滴眼泪都没有掉过，我当时就觉得他是这世上最绝情的人。"

"那现在呢？"

庄墨辰沉默了。

他想起这段时日，庄正孝对他别扭的关怀与孩子气的埋怨。

这个曾经让他觉得十分遥远的父亲，如今却变得有血有肉，仿佛触手可及。

安昀轩见庄墨辰不回答，便自言自语道："物质上的富足并不能保证精神上的满足。对更好的物质生活的追求无可厚非，但有时候，当财富积累到一定程度，也会成为一种负累。"

"哦？所以呢？"庄墨辰饶有兴致地等着安昀轩继续，却听她道：

"所以庄总您把您的钱都给我，让我来承受这精神上的痛苦吧！"

"早点洗洗睡吧！"庄墨辰将车停在安昀轩家门口，对她做了个"请"的手势。

果然是不能期待这个满脑子馊主意的助理说出什么人生哲理来的。

安昀轩刚要推开车门，随即又想到一个问题："庄总，如果说，我做了一件不是故意但却十分对不起您的事，您会怎么做？"

庄墨辰盯着安昀轩人畜无害的表情看了片刻，道："你现在告诉我是什么事，我就赏你全尸。"

"哦——那再见！"

左右一死！

要死得其所！

独乐乐不如众乐乐！

安昀轩抱着这样牺牲自我娱乐大众的伟大想法，放弃了最后一个坦白从宽的机会。

翌日，安昀轩刚到公司就被被下属们偷偷嘲笑了的庄墨辰给堵住了，他锁了办公室的门，在桌上放了两样东西——一把剪刀和一张报名表。

"给你两个选择，一是把自己也剪秃一块，二是报名参加中秋晚会的指定节目表演。"

"指定节目？"

"对，公司有规矩，谁的下属参加了指定节目的表演，就可以赦免一位高层，让他不用在年会上表演节目。"

安昀轩明白了："您是想让我去表演，然后帮您躲过一劫？"

庄墨辰把表递给她默认了："勾选一个，然后早点准备起来吧！"

安昀轩接过报名表一看，差点吐血，指定节目能选的只有五个：钢管舞、生吞巨蟒、高空走钢丝、和董事长跳恰恰、随便选一位观众蒙眼对表演者射五枚飞镖。

救命！这都什么节目？！

"就是因为难以完成，所以至今为止，没有几个高层能逃过在年会上表演节目的命运。"

"那为什么还有和董事长跳恰恰这样的节目？"

"因为我爸，不会跳恰恰。"

"……"

"其实在年会上表演也没什么，但是你知道……"庄墨辰面不改色道，"我这人比较害羞。"

害羞你妹啊！！

糊你满脸不害臊啊！

庄墨辰拍了拍表情扭曲的安昀轩的肩，道："勾一个吧！我会照顾好你父母的。"

安昀轩看了看锁上的门，又看了看跟前的浑蛋上司，最终迫于他的淫威，做出了一个屈辱的选择。

安昀轩无精打采地回到自己的办公室，打开QQ群，就见各个八卦群里正聊得欢，大家都在讨论庄墨辰秃了的那一块是怎么回事。

罪魁祸首安昀轩坐在电脑前看着那群聊记录真是哭笑不得。

秃了一块算什么！她还要跳钢管舞呢！

估计等到那时候，本打算投给她的最佳人气奖的票数，都要落入别人口袋里了。

她的免费厦门游铁定是要泡汤了。

说不定这个浑蛋上司压根儿就没想给她这个机会。

只是想让她尝尝从希望过渡到绝望的滋味。

垂头丧气的安昀轩，在中午吃饭时将这一消息告诉了许磊和姚晓琴以后,许磊愧疚道:"对不起。"

安昀轩疑惑道:"对不起什么?"

"当年制定这规矩,也有我的份。"

"……"

"当然,董事长也参与了。"

"……"

"为了拉近员工和管理层之间的距离,也为了不让管理层逃避年会上的表演,才想出来这么一个办法。"

"那么请问,有人成功表演过这五个节目中的任意一个?"

"有。"

"他现在在哪儿?"

"在烈士陵园。"

"……"

"开个玩笑。"

"这一点也不好笑啊,三石兄!"安昀轩咆哮。

"事到如今,也只有一个办法了。"始终一言不发的姚晓琴忽然道。

两人同时看向她,就听她一字一顿道:"做、了、他!"

安昀轩扶额:"晓琴,请你想一个在法律与道德允许范围内的常规办法。"

"那只能去找我表哥了!他兼职教钢管舞。"

"什么?你表哥不是医生吗?"

"医生就不能兼职钢管舞老师吗?"

"还剩不到一个月,能行?"

"能行。"

"那拜托你了,小琴!"

"包在我身上!"

"真幸福啊！"许磊在一旁撑着脑袋感叹，"我也不想在年会上表演啊！"

姚晓琴和安昀轩异口同声道："活该！"

姚晓琴的表哥陈梓翔如今已被调到了干保科，每天就跟一群老干部打交道，连带着说话也慢条斯理柔声细语的，十分温和。

但当姚晓琴带着安昀轩到了陈梓翔每周一次表演的那家酒吧看他现场演出时，安昀轩下巴掉了。

回旋、倒勾、劈腿……这一系列极具难度的动作令人目不暇接，无不感叹于那惊人的爆发力与身体的柔韧性的结合，这刚柔相济的极具张力的表演，引得观众们叫好连连。

"怎么样？我哥帅吧！"

安昀轩呆呆地点头，随后在一身皮衣还戴了面具的陈梓翔走到跟前跟她握手时，险些鼻血流下来，颤颤巍巍地伸出手，结果偶像的手却被一旁跟着来凑热闹的许磊给握住了。

"久仰久仰！我是许磊。"

"哦——你就是我妹妹说的那个领导！"

许磊微笑着点头，却听陈梓翔继续道："你真的得过小儿麻痹症？看不出来啊！"

许磊静静地把脑袋扭向姚晓琴。

姚晓琴静静地观赏着天花板上的雷射灯。

安昀轩忙打圆场道："梓翔哥！好久不见！我都不知道您还有这等能耐！"

陈梓翔微微一笑，道："听晓琴说，你打算拜我为师？"

"是的！"

虽然只有一个月。

"先劈个腿我瞧瞧！"

安昀轩一愣，随即抱歉道："我还没有男朋友，没法劈腿。"

姚晓琴和许磊同时吐了一口血。

还是陈梓翔功力深，毫不受影响地爽朗大笑道："很幽默，那你这个徒弟我收下了。"

安昀轩立刻抱拳叫了声："师傅！"

陈梓翔抚着不存在的胡子哈哈笑道："好徒儿，入了本门切记勤学苦练！"

安昀轩拱手道："谨遵师父教诲！"

于是姚晓琴张罗着四人一起吃了顿饭。

这事便这么定下了。

庄墨辰从他的特务那边得知安昀轩拜师学艺以后十分不屑道："一个外科医生教出的钢管舞，能有什么看头？"

然而安昀轩却学得十足地认真。

每天下班后，她先去庄墨辰家蹭饭，再给父子俩做咨询，随后火速冲到陈梓翔那边学钢管舞。

当然，不管她练舞练到多晚，出来时都会发现一辆熟悉的车在门口等她。

而那位车主，总戴着一个熊猫面具，风雨无阻地送她回家。

安昀轩看着熊猫大侠后脑勺秃了的一块，心里升起一股暖意。

这个别扭的男人哟！

不过也多亏了他，安昀轩才能早些回家休息。

怀着这样感激的心态，安昀轩在工作以及咨询上都更加卖力了。

庄正孝的下一个心愿，是和庄墨辰一起放风筝。

庄墨辰看不上市面上那些花花绿绿的风筝，他想亲手给庄正孝做一个，准备在庄正孝生日那天和他一起去草坪上放。

当然，做风筝这种十分费功夫的事，对于工作繁忙且有些完美主义倾向的庄墨辰来说是很有难度的。于是他叫来了安昀轩、姚晓琴和许磊一起帮忙。

首先是风筝的设计。

许磊说："设计成雄鹰吧！雄鹰展翅，壮志凌云。庄伯伯看着心情会好很多。"

安昀轩说："设计成阿毛吧！这样您会比较有创作灵感和积极性，而且胖嘟嘟的阿毛在天上自由自在地飞的场景，一定会很有趣。"

"都太没有创意了！"姚晓琴摇头啧啧道，"照我的意思，应该做个夜光风筝，悄悄地系在董事长透过卧房窗户能看到的地方。"

庄墨辰觉得姚晓琴这个提议难得地靠谱："那你说设计成什么模样的？"

"一颗人头什么的！"姚晓琴端着下巴道，"保管董事长终身难忘！"

其他三人同时嘴角一抽，都别过头去不再搭理姚晓琴。

最终，讨论结果是做一个夜光的蝴蝶风筝，让庄正孝在生日的前一晚，看到一只七彩的蝴蝶飞过窗口。

这般决定以后，四个人便开始着手买材料。

其实说是夜光风筝，也就是在普通风筝上装上 LED 灯。

要下功夫的地方还是降落伞布的拼接和与碳杆的组合方式。

许磊和庄墨辰负责风筝造型与结构的设计，姚晓琴负责按照比例来剪裁布料，安昀轩负责踩缝纫机拼接布料。

但是几个人都没什么经验，做坏了几个之后才终于有一个相对成功的作品。

"我怎么觉得，这只风筝有点像许董？"姚晓琴对着那只蝴蝶风筝端详道。

"哪里像了？"许磊看了半天也没觉得这只风筝和自己有半点相像。

姚晓琴指着许磊头上那两簇总是不听话地翘起的头发道:"都有两根触须!"

安昀轩"噗"地笑出了声:"你观察得还真仔细!"

姚晓琴不说,她还没注意呢!

姚晓琴耸肩道:"没办法,不得不看啊!说起来这两根还是许董的探测器呢!"

"什么探测器?"

"当然是你一出现在方圆百里就会发出……"

话未完就被许磊捂住嘴给拖走了。

两人走后,庄墨辰就盯着安昀轩瞧。

"干什么?"安昀轩被庄墨辰看得有些发毛。

"没什么,只是觉得你也有些像这个风筝。"

"哪里像?"

"眼大无神。"

"谢谢庄总夸奖。"安昀轩翻了个白眼把风筝收好道,"没事的话我先出去了。"

"等等。"庄墨辰叫住她,随后递给她一封邀请函,"我爸的生日宴会。"

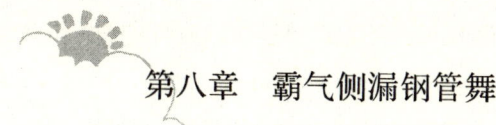

第八章　霸气侧漏钢管舞

安昀轩接过那张精致的生日宴邀请函仔细看了看。

关键词——国际宴会厅，礼服出席，社会名流。

"董事长以为这是最后一次，所以才那么大排场？"安昀轩合上邀请函，只觉得那金边亮瞎了她的狗眼。

"或许吧！"庄墨辰耸了耸肩，似乎并不认为这有什么值得大惊小怪的。

"哦……那有邀请其他同事吗？"

"只请了公司的部分高层。"

"这……谢谢您和董事长的好意，我这种平民似乎不太适合出席这种隆重的场合，我会用我的方式送上给董事长的祝福的。"安昀轩端着露出八颗牙的专业微笑道。

"我父亲点名要你去的，反正我话已经带到了，去不去随你。"庄墨辰瞥了安昀轩一眼，一副"给你面子别不要"的嘴脸。

"到时候再说吧！"安昀轩嘴角一抽，却是打定主意不去的，只是当着庄墨辰的面不好直接拒绝。

庄墨辰也不逼安昀轩给一个明确的答复，只转移话题道："最近看你和其他人走得挺近?"

"是啊,我现在是'狸猫大侠'了!"安昀轩挺了挺胸道。

只是,"狸猫大侠"再不用戴面具了!

经过上次的拔河比赛,她与同事们的关系也有了一个转折性的变化。

如今,她不用再窥屏再刻意地示好了,总有同事拉她一起吃饭,抓她一起活动。

而她那本来冷冷清清的小办公室如今也可谓门庭若市,总时不时地有同事过来找她闲聊或者送些吃的。

庄墨辰就曾对着安昀轩桌上堆得有些夸张的零食山道:"你看,他们都知道你是吃货。"

吃货又如何?

要做个人见人爱的吃货才是本事!

可被庄墨辰忽然问起和同事关系的事,安昀轩又忧愁了。

忧愁的是她之前和庄正孝有约在先,等任务完成,就要滚蛋。

从前自然可以洒脱地一走了之,而如今,却多了许多的不舍。

"怎么不说话?"庄墨辰看安昀轩一会儿露出满心欢喜的表情,一会儿却又一副苦大仇深的模样,不禁好奇道。

"没什么……"安昀轩并不想让庄墨辰知道她和庄正孝的约定,否则也许庄墨辰会认为庄正孝之前多管闲事,让好不容易建立起来的父子关系又倒退到从前。

可这事要怎么办呢?

安昀轩深深地忧愁了。

中午,安昀轩没有饭局,便拉着姚晓琴一起吃饭。

"欸,晓琴,最近你怎么都那么晚回来?"安昀轩问正吃得津津有味的姚晓琴道。

"哦……我那个……在学英语。"姚晓琴努力咽下吃的,避开安昀轩的视线道。

"学英语?"安昀轩皱了皱眉。

"是啊!现在好多外国人来我们道场训练,要学会和他们交流。"嘴角挂着颗芝麻的姚晓琴,尽量使自己的笑容显得真诚。

安昀轩一看姚晓琴说话时皱鼻子的标志性动作就知道她在撒谎,可就算是闺密也该给彼此留一定的私人空间,于是便没有再追问下去。

"那你来给三石兄当秘书了,你的道场交给谁管?"

"一个韩国大帅哥,我师兄!会说中文的!"

"哦!"

"改天介绍给你,他比我哥还帅那么一点点。"姚晓琴眉飞色舞地比画道。

"不用了,我对帅哥这种抗生素过敏。"安昀轩垂着眼帘搅拌跟前的汤。

"哈!那我哥呢?"

"你哥?"

"对啊!你不是一直都很喜欢他?"

"崇敬!那是崇敬好吗?"安昀轩咬着调羹道。

"我哥可是很多人喜欢的啊!你不知道他班上有多少人嫉妒他给你一对一训练!"

"师傅不是看在你面子上?"

"哎哟,你是不知道,其实他从第一次见你就……"

"就什么?"

姚晓琴却不说了。

安昀轩顺着姚晓琴的视线看去,就见了忽然竖起的一本菜谱,和两颗企图隐藏在那菜谱后头的硕大的脑袋。

安昀轩沉默片刻后,叫来服务员道:"买单,让那对躲在菜谱后面接吻的付。"

于是庄墨辰、许磊和服务员同时喷了。

庄墨辰一脸君子地放下菜谱道:"我们只是来吃个饭,碰巧遇上你们。"

"遮遮掩掩的算什么英雄好汉?"安昀轩斜睨着庄墨辰道,"您敢说您没偷听我们说话?"

"是你们自己说得太大声。"庄墨辰脸不红心不跳地反驳道。

"好了好了,别吵了,这顿饭我请,算赔不是。"许磊打圆场道。

吃货安昀轩与吃货姚晓琴欣然答应。

于是又叫了好些个菜,四个人坐到了一起。

等吃到一半,许磊又问姚晓琴道:"你表哥那边,我也可以去学吗?"

"可以啊!"姚晓琴爽快答应道,"老中医一针见效吗!"

庄墨辰和安昀轩同时喷了。

许磊满脑袋黑线道:"我是说钢管舞。"

姚晓琴一愣,咬着筷子道:"你学这个干什么?"

安昀轩也疑惑地看向许磊。

"是这样的,现在车多路堵,有时候我会乘地铁,可地铁太挤,有时候还急刹车,所以我想和你表哥学学,怎么才能稳固地盘在扶手上。"

安昀轩和庄墨辰同时喷了对方满脸,再互相丢纸巾嫌弃对方恶心。

还是姚晓琴比较淡定,她用死鱼眼看着许磊道:"我觉得我哥的功力不足以帮助你,不如我给你介绍个瑜伽师傅!正宗喝恒河水长大的!"

"不用麻烦,昀轩学的时候我在边上顺便学学就可以了。"许磊一脸偷师的正直。

"原来是为了这个……"姚晓琴嘀咕了一句,随后撇撇嘴道,"随你。"

然而晚上,安昀轩去练钢管舞时,边上多的不只是来学如何盘地铁扶手的许磊。

陈梓翔看了一眼穿着运动装的许磊，又看了一眼戴着熊猫面具的庄墨辰，一拱手道："二位大侠不期而至，不知所为何事？"

"在下许磊，之前见过的，我听昀轩说您老人家武艺非凡，特来偷师。"

"哦——好说好说！"陈梓翔又转向庄墨辰道，"那这位……？"

"熊猫大侠。"庄墨辰抱拳道。

安昀轩一把拉住庄墨辰就往外拖："庄总，您干吗？"

"谁是庄总？我是熊猫大侠。"

安昀轩一把摘掉庄墨辰的面具："谢谢您啦，我的活祖宗！您就别添乱啦！"

"许磊可以待在里面，我为什么不行？"庄墨辰一脸不悦。

"您也怕在地铁上站不稳？"

"不，我只是……"庄墨辰顿了顿道，"忘穿秋裤了。"

"啊？"安昀轩眨巴眨巴眼睛。

"在车里等很冷。"

"那您可以不等啊！"安昀轩斜睨着这位金贵的上司道，"我可以自己回去！"

"不行。"庄墨辰断然拒绝道，"你都没给过我好人卡，我要接到你想起来给我好人卡为止。"

拜托！有您这么要好人卡的吗？

安昀轩真觉得无比头疼："您要好人卡干什么？"

"换蒸蛋器，你不是给了许磊一台？"庄墨辰一副理所当然的模样。

"得！我改天给您买一台去！求您先回去吧！"安昀轩觉得她的耐心都要被磨光了。

"那我不要蒸蛋器了，还是要好人卡，屯着兑点油、米、卫生纸什么的。"

当我商家促销啊！

安昀轩在内心咆哮。

"成成成！您要多少张都给您！"

"我都听到了。"

安昀轩一愣，就见说这话的许磊面色不善地从里面走出来："原来你的谢意是这么廉价的东西？"

"不不，不是的！我只是想让庄总回去！"安昀轩脱口而出。

"很抱歉，我没这个打算。"庄墨辰的眼神已经接近冰点了。

"你如果是担心昀轩的安全问题，那放心好了，从今天起我会送她回家。"许磊丝毫不怕得罪庄墨辰，温和地表态道。

"轮到你送了吗？她是我雇的搓澡工！"庄墨辰忍不住爆发道。

你妹的搓澡工！

眼看着两人剑拔弩张地随时可能干架，安昀轩翻白眼道："你们先打着，我去练舞。"说完人一闪，门一关，"咔嚓"上锁。

两人便都愣住了。

如果他们这时候干架，就是脑袋被驴踢过了。

他们任何一个都不希望看到安昀轩和可能对她图谋不轨的陈梓翔独处一室。

于是暂时握手言和，一同敲门道："昀轩，开门！我们和好了。"

片刻后，门开了，穿着紧身衣的安昀轩探出个脑袋："你们怎么证明你们和好了？"

"还要证明？"庄墨辰听了就大感不妙，不知道这古灵精怪的助理又要想什么法子整他。

"当然啦！不证明你们能好好相处，我怎么能把你们放进来呢？万一打扰了我和师傅练舞可怎么办？"安昀轩振振有词道。

"那你说要怎么做？"许磊爽快道。

于是安昀轩在陈梓翔的教导下练舞时，庄墨辰与许磊黑着脸在边上手拉手看着。

面对这两个虎视眈眈的看客，陈梓翔压低声音问他的好徒儿安昀轩："徒儿，这两个都是你上司？"

"是啊！"安昀轩又尝试了一下在柱子上倒挂。

"他们这样守着，算什么意思？"

怎么看那眼神都不对劲吧？

"别理他们，秀恩爱呢！"安昀轩倒看着那两个被她这句话说得一脸黑线的上司。

陈梓翔恍然大悟，便再也不管他们了。

当然，这对"秀恩爱"的也看到了安昀轩有多努力、陈梓翔有多用心。只是安昀轩与陈梓翔共舞时，会有一种这两人很般配的错觉，这让庄墨辰和许磊都很不舒服。

当然，两人抢着送安昀轩回去的时候更不舒服。

最后决定，一人一周。

让姚晓琴大叹："昀轩，你太给我长脸了！"

可怜的安昀轩却并不多么高兴，她被迫记下两人送她的次数，随后乖乖做好发放好人卡的工作。

当然，许磊也问过庄墨辰："你就这么把庄伯伯一个人丢在家里？"

"他有他自己的事情要忙，根本不希望我知道！"庄墨辰一脸无奈道。

许磊很纳闷庄正孝在忙什么，但毕竟是别人的私事，也没多问。

安昀轩练舞的这些日子里，好些八卦的同事已经知道她要上台表演的事，纷纷询问起安昀轩来。

安昀轩自然不好说她是因为把庄墨辰剪秃了才被迫上台表演的。只卖关子道："到时候你们就知道了，绝对是个惊喜！"

或者说惊吓？

终于到中秋晚会的那天，公司将会场布置得别具特色。

以银色金色为主色调的舞台，被雷射灯烘托得如梦似幻。背景板和墙上镶嵌着立体的月桂、玉兔、金蝉等形象，舞台两边还放了两面遮挡后台的屏风，上绘太阴星君，下绘捣药玉兔。

通往观众席的走道铺上了喜庆的红地毯，两边摆满了金橘盆栽。

开场前，职员们便都三三两两地聚着，吃着任意取用的饮料和点心，一派欢乐气氛。

而此时，安昀轩则紧张地在后台对着镜子深呼吸。

她是领导讲话后的第一个节目。

被问起为什么她排第一个时，得到的答复是："庄总说，早死早超生。"想了想，那同事又补充一句，"阿弥陀佛。"

安昀轩满头的黑线啊！但她对自己也确实是没什么信心。

她在舞蹈方面算不得有天分，只能靠勤来补拙。

那些天，庄墨辰和许磊在边上看她练舞。偶尔她动作失误，庄墨辰便会先冲过来扶她说："别那么拼了，反正都是上去丢人的。"把安昀轩气得连休息都放弃了。

还是许磊体贴，总是给她递水递吃的，从来不为她的失误而大惊小怪，只说让她放平心态慢慢来。

至于安昀轩的师傅陈梓翔，虽然对安昀轩十分严格，却也会在她没信心时给她足够的鼓励，让她重新振作起来。

为了这次安昀轩的演出，陈梓翔还特意为安昀轩编了一套花哨但难度不高的动作，但安昀轩想不蒸包子争口气，暗地里偷偷加了些高难度的动作，让早就看透此中玄机的庄墨辰瞧瞧她的实力！

当然，这次能否成功，还是一个未知数。

安昀轩看着镜中全然陌生的自己举起手臂道:"臂上能走马,胸口碎大石!熊猫大侠吃胡萝卜去吧!免费旅游和最佳人气奖都是属于我——狸猫大侠的噢,哈哈哈!"

说完礼仪小姐就进来递纸条道:"庄总给你的。"

安昀轩打开一看,纸条上只有一句话:"声音小点,第一排都听到了!"

安昀轩脸红了,随后发现纸条反面还贴了两张机票——厦门往返,不限时间。

安昀轩愣了愣。

这人啊,鼓励人也这么别扭!

正在此时,礼仪小姐又进来递了枚白煮蛋,道:"许董说是用你给的蒸蛋器蒸的。"

安昀轩接过来一看,那白煮蛋上用油性笔画了张八字眉的苦逼笑脸,边上还写了个"疼"字。最下头写了句:"昀轩加油,让他蛋疼!"

安昀轩被逗笑了,知道坐在第一排的许磊必定也听到了她的豪言壮语,故意在逗她呢!

片刻后,礼仪小姐又进来了,手里拿着一只方脸的穿着小裙子的熊猫进来,那熊猫手里拿着条小横幅,上头用草书题了四个大字:"旗开得胜",下头还用小楷注了一句:"气气你那小心眼的上司。"

安昀轩笑了,狠狠地拥抱了一下那只方脸熊猫。

董事长其实也是个很可爱的老人家呢……

最后,礼仪小姐进来时,递过来一个保温瓶:"姚小姐给的。"

安昀轩打开盖子闻一闻,又喝了口,觉得挺鲜,但有点腥,看了一眼保温瓶,才发现上面还贴了张纸条,上书——"牛鞭汤"。

安昀轩一口喷出来。

姚晓琴,你个死丫头!

给我等着!

当然,得到了这么多人的鼓励,安昀轩霎时觉得轻松许多。

即使这次表演不尽如人意,她也能坦然接受这样的结果。

在领导发言后,主持人开始报幕,灯光暗下时,安昀轩踏着音乐走上了舞台。

台下黑压压的观众们先是一愣,随后立刻爆发出了一阵热烈的掌声。

安昀轩向来是以乖巧温婉的形象示人的,平日里也不怎么化妆,通常都是盘发和职业套装,显得很朴素也很清纯。

而如今,站在舞台上的安昀轩,一身低胸的紧身皮衣皮靴,性感的猫女面具遮了半张脸,只露出一张娇艳欲滴的红唇,帅气的大波浪马尾辫一直垂到腰际,手上还拿了根皮鞭。

随着鼓点响起,安昀轩手上鞭子一甩,便猛然一跃而上倒挂在了钢管上。

全场都为她这个动作而屏息数秒,随后掀翻了屋顶的尖叫和口哨声此起彼伏。

而此时表情被隐藏在面具后的安昀轩却十分紧张。

她的心跳声盖过了现场的音乐,她匆匆看了一眼台下,就见许磊和庄墨辰坐在第一排正目不转睛地看着她。

许磊的眼神中带着鼓励的期待。

而庄墨辰的眼中,还多了一种拭目以待的挑衅意味。

安昀轩想起庄墨辰说她是他的搓澡工。

那么今晚就要让这位自负的雇主大人瞧瞧!

他家的搓澡工有多大能耐!

这样想着,安昀轩深吸一口气,一气呵成地完成了接下来的一连串动作。

旋转、倒吊、劈叉。

那和着音乐的完美到位的演绎，让在场的所有人都屏住了呼吸。

安昀轩就像只在黑夜中翩翩起舞的燕子，燕尾划过繁星点点的天际，交织成蛊惑人心的曲线。

最后亮相的动作，也是安昀轩为自己设计的高难度动作。

只见她在空中一个劈叉，两腿拉成一条与钢管平行的直线，用小腿固定住身子后，两手渐渐松开。

这一个动作，对于只学了半个多月钢管舞的安昀轩来说，简直是个不可能完成的任务。

尽管她的小腿因为用力过猛而微微发抖，尽管她大口喘息着略显狼狈。

但当她将手举过头顶时，她知道，她成功了。

安昀轩看了一眼台下目瞪口呆的同事们，此时的她，是当之无愧的无冕之王。

她一甩头，让大波浪卷在绚丽的灯光中划过一道优美的弧线，仿佛也甩开了那个懦弱、平凡的自己。

此时的她，仿佛已经脱胎换骨成一只令人目眩神迷的蝴蝶。

所有人都被她这个完美的收尾动作给震撼了。

静默片刻后，才响起一阵震耳欲聋的欢呼声。

第一排的庄墨辰和许磊带头起立鼓掌，于是后面几排激动的观众也坐不住了，纷纷起立报以热烈的掌声。

安昀轩落地鞠躬时，掌声仍旧连绵不绝。

她直起身时，看到的是不知何时站在边上的笑得温柔的许磊，他手里捧着一大束鲜花，正等着她接过。

于是台下又响起了一阵杂乱的起哄声，最后汇成了整齐划一的一股："亲一个！亲一个！亲一个！"

幸而许磊并没有乘人之危，只是倾身给了安昀轩一个礼貌的拥抱。

但仅是如此，安昀轩也脸红了。

安昀轩抱着花又鞠了个躬直起身时，就看到台下的庄墨辰面色不善地瞪着她。

这又是怎么了？

安昀轩十分莫名。

这时候两位主持人上台，一人抓一个开始采访。

"昀轩，你可是我们公司成立至今，第一个敢于挑战中秋指定节目并且出色完成的。现在你可以赦免一位高层，让他不用在年会上表演节目，你打算赦免谁？"

"我猜就是献花的这位青年才俊吧？"男主持人故意打趣身边的许磊。

"呃……原来公司还有这样的规矩？"安昀轩装糊涂。

"原来你不知道？"主持人小姐惊讶道，"那还真是巧呢！"

"那么昀轩现在知道了，打算赦免谁呢？"男主持接话道。

"这……之前是庄总把我从被附身的窘境中解救出来的，所以就把这个机会给庄总吧！"安昀轩努力装出一副勉为其难的模样。

"那送您花的许董可怎么办呢？"主持人小姐坏心眼地摊手扮可怜。

安昀轩瞥了一眼台下板着脸的庄墨辰道："我觉得，许董也会赞成我保护珍稀动物的。"

霎时，哄堂大笑。

只有庄墨辰的脸越拉越长。

两位主持人也不好意思调侃太子爷，只好又嘲了许磊几句，让安昀轩给大家分解一下钢管舞的动作。

安昀轩在掌声中与许磊一同下台以后，立刻被人给围住了。

"昀轩，你真棒！真是我偶像啊！"

"昀轩，求签名！"

"昀轩,求合影!"

"昀轩,求原味!"

随后说要"原味"的那个被众人围着殴打。

可怜的安昀轩也拒绝不了,被同事们拉来扯去地拍照,直到许磊拨开人群护着她回到座位上。

这时候主持人也在台上维持秩序道:"请大家少安勿躁,等休息时间再尽情地与偶像合照,下面,让我们继续欣赏更精彩的演出!"

众人这才回到自己的座位上。

安昀轩四顾,却没发现替她留了位置的姚晓琴:"晓琴人呢?"

许磊这才发现姚晓琴人没了:"可能去卫生间了吧!"

刚才他只关注着安昀轩,压根儿没注意后排的姚晓琴。

安昀轩只好打电话给姚晓琴,姚晓琴却始终没有接。

正着急呢!灯光忽地一暗,安昀轩知道后面的节目要开始了,只好坐下来给姚晓琴发了条消息。

结果编辑好消息发送好一抬头,一口血涌到喉头。

那在舞台上踩着高跟穿着一身闪片高开叉闪电蓝露背短裙亮相的不正是姚晓琴吗?

怎么回事?

姚晓琴怎么会在舞台上?

她这套行头难道是要表演吗?

然而在一片哗然中,更惊悚的事发生了。

那在前奏音乐中,缓缓从地下升到舞台中央的与姚晓琴搭档的舞者,竟然是穿着黑衬衫和黑色紧身裤的庄正孝!!

幻觉!

这一定是幻觉!

安昀轩与许磊同样不可置信地瞪大了眼睛。

但安昀轩却注意到,第一排的庄墨辰看起来十分淡定。

难道他早知道?

怪不得他那么放心地每天来接她,原来庄正孝压根儿在筹备这事?

可为什么庄正孝会和姚晓琴在一起表演呢?

正疑惑呢!就见了庄正孝伸手邀请,而姚晓琴将纤纤玉手交到了他手中。

这时候,轻快的音乐已在人声鼎沸中再度响起。

台上的两人似乎完全不在意台下的喧闹,就那么脚尖一点,默契地将重心置于一脚,随后侧跨一小步,踩着鼓点踏出了炫目的舞步。

整个台下都沸腾了!

大家纷纷掏出手机、相机、摄像机,记录下他们那向来古板严肃的董事长的惊人之举。

然而庄正孝毕竟上了年纪,那些需要迅速收回重心的动作,都带着显而易见的力不从心。

然而他的脸上,始终挂着自信、沉稳的骄傲,一如当初,他白手起家,带着一干忠心耿耿的下属,闯荡出一片天地。

那些跟了庄正孝多年的下属们,看着庄正孝那青春焕发的模样,都激动得起身鼓掌,而陈叔也在人群中看着台上热泪盈眶。

那是一种不服老的倔强。

他用他算不得天衣无缝的舞步,告诉他的员工们:

年轻,与年龄无关。

只要是他决定的事,他就敢不在乎他人的言论,勇往直前地追求。

他是他们当之无愧的精神领袖。

让那些总是对生活抱怨却不愿寻求改变的年轻人,自惭形秽。

两人最终以一个快滑步结束了最后的一段表演,随后姚晓琴向后一仰腿一抬,庄正孝便勾住她的腰摆出了一个亮相动作。

音乐结束的瞬间，全场爆发出响彻会场的绵延不断的掌声。

主持人也边鼓掌边走上台大加赞美了一番，随后将话筒递给庄正孝道："董事长！您是怎么想到要给大家带来这样的惊喜的？"

还在喘息的庄正孝接过话筒，歇了片刻才用向来沉稳的语调道："我跳得并不出色，因为我只练了半个月。但是，我至少做了一件我一直想做却不敢做的事。台下的你们，任何一个都比我年轻。我这老头都敢厚着脸皮在台上跳恰恰，你们这些拥有着我所羡慕的一切的年轻人，还不敢站在人生的舞台上挥洒青春？或许在与他人的比较中，会有心态失衡的不满与沮丧，但我相信，敢于超越自己，才能成为真正的赢家。在此，我祝各位中秋快乐！希望你们能与自己的家人团圆，也与自己的梦想团圆。"

台下立刻响起了一阵夹杂着欢呼的掌声，等掌声停下后，男主持问一脸淡定的姚晓琴道："姚小姐，你是继昀轩之后完成中秋指定节目的又一个奇迹，现在，你也可以赦免一位高层，让他不用在年会上表演节目，请问你想赦免谁？"

姚晓琴耸了耸肩，对着话筒道："就许董吧！"

台下一片口哨声，许磊却愣住了。

安昀轩看看他，又看看姚晓琴，想起那天许磊说他也不想在年会上表演的无心之言，忽然就明白了什么。

台上的主持还在八卦："为什么是许董？"

姚晓琴瞥了一眼许磊，随后静静地伸出手比了个"V"的手势。

众人正疑惑呢！就听姚晓琴道："因为我曾经伤过他……"顿了顿，"两次。"

此话一出，全场哗然。

但只有少数知道内幕的人比如安昀轩之流，才知道姚晓琴说的是大实话。

她确是伤了许磊两次。

第一次鼻青脸肿。

第二次不省人事。

但显然，姚晓琴是不打算解释的，或者说她压根儿没发现她这话存在歧义。

她坦然地下台以后对震惊的许磊道："这下两清了，月底我就能坦然地走了。"

许磊神色复杂地看着姚晓琴，在一片"亲一个！亲一个"的无节操起哄声中，贴着姚晓琴的耳朵柔声道："可我刚收到消息说，我刚度假回来的原秘书前几天在路上被人威胁说，敢回公司就用打蛋器打得他半身不遂！"

"哎呀，好吓人呀！"姚晓琴做惊吓状。

"幸好他聪明录了音。"许磊斜睨着这个古灵精怪的秘书。

"许董，如果你敢报警我就立刻抢了你手机给昀轩看你里面存的无数张偷拍照。"姚晓琴撤掉伪装，淡定地威胁道。

"事实上他没有录音。"

"你套我话？"

"你解释一下。"

"我只是怕你这个痴汉对昀轩图谋不轨，所以想留在公司里保护她。"姚晓琴义正词严地解释。

正说着，主持人已经开始报幕了，两人还没说完，便钻出人围溜到了走廊拐角。

"事实上想图谋不轨的并不是我。"许磊无奈地叹了口气道。

"你是说……"姚晓琴压低声音道，"太上皇想老牛吃嫩草？"

"谁是老牛？"庄正孝忽然从某个拐角里冒出来，吓了两人一跳。

姚晓琴自然不会屈服于庄正孝的淫威，她挺胸抬头理直气壮道：

"自然是陈叔，他勤勤恳恳，忠心耿耿，可不就像一老黄牛吗？"

"我不倒票很多年了。"

姚晓琴和许磊又吓一跳，回过头就见了不知何时出现在他们身后的陈叔。

"陈叔您之前还倒过票？"

"生活所迫！幸好后来我遇到了老爷，那是一个柳絮纷飞的春……"

"寅涵，你别替他们掩盖，刚才他们说我呢，我听到了！"庄正孝一脸严肃地看着姚晓琴，"不过有一点你倒是没说错——如今我确实对安丫头刮目相看，也确实是有些喜欢她了。"

姚晓琴静静地将脸扭向一边，对拉着安昀轩躲在花盆后面偷听的庄墨辰道："听到没？快跪下！叫昀轩母后！"

众人喷。

庄墨辰藏不住了，只好站出来道，"爸爸，您表演得很出色，我只是想来祝贺您！"

"那你偷偷摸摸的干什么？"庄正孝斜睨着儿子。

"我来的时候正巧看到安昀轩在偷听，所以就'黄雀在后'。"庄墨辰恶人先告状。

"庄总，您信不信我现在就拔秃了您的黄雀尾巴？"

这个反咬一口的腹黑上司！

"你忘了你是为什么要跳钢管舞了？"庄墨辰抱着臂膀道。

"当然没忘。"安昀轩翻了个白眼道，"这不为了保护珍稀动物吗？"

珍稀动物的爸爸乐了。

庄正孝这一笑，那原本有些剑拔弩张的气氛立刻便和缓下来。

当然，庄正孝笑完也不忘脸一板教育一句："就知道耍嘴皮子！"

四个年轻人立刻摆出被片儿警逮住的票贩子般地聆听教诲的模样。

"好了，都回去看演出吧！其他事以后再说！"

几人称是，都乖乖回会场去了。

庄正孝这才打开窗子，吸一口夜晚的凉意，好让自己那还沸腾的血液渐渐冷却下来。

"好多年没这么疯过了。"庄正孝俯瞰着夜色感叹道。

陈叔在庄正孝身后微笑了一下，走到他身边道："您和少爷他们在一起的这段时间里，似乎年轻了许多。"

庄正孝并不否认这个说法，只是背起手来，沉思片刻后道："寅涵，依你看，姚丫头和安丫头，哪个更合适些？"

陈叔显然没想到庄正孝会提出这么个问题，愣了一下后皱了皱眉道："董事长，恕我直言，这年头可不兴包办了，即使您属意谁，也要问过她们和少爷的意思。"

庄正孝一听便皱起了眉："怎么？我一个半只脚踏进棺材的人，连这都做不了主了？"

"不，我不是这个意思。"陈叔忙恭恭敬敬地解释道，"只是来日方长，您生日宴上不也邀请二位小姐了吗？正好也让您的几位老战友帮着瞧瞧。"

庄正孝想想也是，庄家的儿媳妇自然要下得了厨房上得了厅堂，还要能入得了那群曾与他出生入死的老家伙的法眼，这种大场面是最能考验安昀轩与姚晓琴的了。

等庄正孝与陈叔回到会场时，台上正在颁奖。

安昀轩穿着她那身性感的皮衣在台上高举着"最佳人气奖"的奖杯，随后还得意扬扬地瞥了一眼台下的庄墨辰。

庄墨辰在安昀轩没看他时脸上分明带着浅浅的笑意，可安昀轩视线一扫过来，他立刻便板起了脸，一副嫌弃她小人得志的模样。

于是出尽风头的安昀轩笑得更欢了。

哈哈哈！免费厦门游是她的了！

当然，还有一件事，必须趁热打铁。

于是在晚会结束后，安昀轩去求陈叔说，想找庄正孝谈谈。

然而见到庄正孝时，安昀轩却又有些难以启齿，支支吾吾半晌才道："那个……董事长……眼看着就要到月底了……"

庄正孝点了点头，道："遗嘱我已经写好了。"

"不……不是这事……"安昀轩满脑门黑线道，"那个，之前和您协议说，月底就要离开公司……"

"哦？"庄正孝扭头问一旁的陈叔，"有这事？"

陈叔装模作样地掏出记事本翻了翻，道："安小姐如果愿意出席董事长您的生日宴会，那就没有此事。"

交易吗？

安昀轩眨巴眨巴眼睛。

虽然她不怎么愿意出席庄正孝的生日宴，也不知道为何庄正孝如此希望她出席，但如果能留下来继续和友爱的同事们一起工作，这点牺牲压根儿算不了什么，于是点头道："自然愿意。"

"那该干吗干吗去！一切照旧。"庄正孝说完瞥了一眼坐在书桌边假装喝茶看报纸但却竖起耳朵偷听这边谈话的儿子道："给我订一口水晶棺材。"

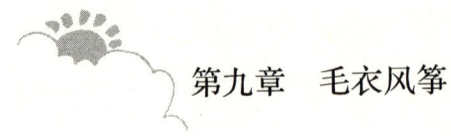

第九章　毛衣风筝

庄墨辰一口茶喷出来。

安昀轩别过头去偷笑。

这时候，安昀轩手机响起，原来是她师傅陈梓翔向她发来贺电，祝贺她演出成功。

安昀轩高兴地道谢以后挂了电话，却没料到离开时，庄墨辰仰望着星空掏出一个盒子："喏，别人给的！"

"庄总……"

"嗯？"

"请别戳我咯吱窝。"

"……"庄墨辰这才转过脸看着安昀轩，将盒子重新递到她跟前。

他实在是不习惯送东西，尤其是送给安昀轩。

安昀轩倒是很坦然地接过了，打开来，就见丝绒盒子里躺着个镶钻的小兔子防尘塞，模样煞是可爱。

哪有谁会送庄墨辰这种只有女生才会用的东西？

安昀轩笑着掏出手机把小兔子塞上，在庄墨辰跟前晃一晃："谢谢干爹！"随后一溜烟跑了。

此时心情愉悦的安昀轩还没有意识到，这次晚会是她在公司地位的一个神奇的转折点。

先不论之后每天安昀轩桌上不间断供应的玫瑰、点心和情书，如今，无论安昀轩走到哪儿，都会有人微笑着打招呼，激动地求签名，或跪下求她用鞭子狠狠抽打。

而更让安昀轩忧愁的是，同事们不分性别、不分年龄、不分场合、不论死活的疯狂告白。

安昀轩几乎天天都在喷饭、喷茶、喷血，并且经常憋着不敢上卫生间。

这样的日子持续了一段时间之后，安昀轩觉得她要崩溃了。

她实在搞不明白，不过是跳了一段钢管舞，不过是拿了一个人气奖，至于这样受追捧吗？

可当安昀轩苦恼地找到因为许磊的秘书不肯来上班而继续留任的姚晓琴时，却发现她正被一大群人围着。

"一个一个来啊！一个一个来！别着急啊，别着急！人人都有啊！人人都有！"

安昀轩好不容易拨开人群钻进去，就见了姚晓琴正忙着收钱。而她跟前堆满了光盘的透明塑料盒子上赫然用黑色油性笔写着："最佳人气奖得主无马高清999P私房写真照"。

安昀轩真想一口盐汽水喷死这祸害，吸气，运功，河东狮吼："姚——晓——琴——！"

刚才还挤着要购买光盘的群众立刻捂脸做鸟兽散。

安昀轩一把抓住企图混入人堆逃走的姚晓琴怒道："好啊你！做起我的生意来了？"

姚晓琴那身的武艺在自己闺密跟前也无法施展，整了整衣襟淡定道："别担心，这所谓的最佳人气奖得主是去年的，不信你自己瞧！"

安昀轩一手逮着姚晓琴，一手摸了张盘塞进光驱里。

结果盘里的一千多张照片竟然都是许磊的！

从出生没多久的全裸照，到如今的一些生活照，还真都是无马、高清！

安昀轩看得下巴都掉了，姚晓琴嘻嘻一笑，道："没骗你吧？去年的人气奖得主就是他啦！"说着指着光碟外壳内侧一行小得看不见的字道："我有标注的。"

安昀轩把脸凑近了，才依稀辨认出那一行写的是"2011年最佳人气奖获得者"。

安昀轩看看桌上那一沓未及收起来的"毛爷爷"，又看看那一堆挂羊肉卖狗肉的光盘："你就不怕他们来找你算账？"

"怕什么？有售后啊！"姚晓琴毫无愧疚地指了指光盘外壳背面的一个标贴，上头印着，"有任何质量问题，欢迎拨打售后服务热线"，后头跟着一串电话号码。

安昀轩乍一看觉得这串数字十分熟悉，随后她终于想起来——这压根儿就是庄墨辰的内线电话啊！

"这些照片大多是你这位上司提供的，五五分成，我负责产品的宣传、推广和销售，他负责售后。"

售后你妹啊！

哪个不要命的敢去找庄墨辰啊？

"昀轩，你不要这样看着我，放心好了，我不会吃亏的，虽然是五五分成，但我还留了一个大……杀……招。"说着姚晓琴得意地掏出一本写满了名字和购买数量、金额的小学生数学练习簿，"你别小看这本只有一块钱的练习簿，这上头其实写满了光盘的交易记录。我相信，在这栋楼里，至少有两个人，愿意出高价买下这本花……名……册。我现在就发消息通知他们，看他们谁出价高，我就把这本卖给谁！"

164

安昀轩想阻止的时候，掉进钱眼里的姚晓琴已经兴奋地把早就编辑好的短信给发出去了。

安昀轩看着姚晓琴手机上那已发送的提示信息，恨不得仰天长啸一声，随后一掌劈死跟前这个祸害！

她怎么有那么一个不走寻常路的闺密呢？

正想着该如何是好，那两个被短信通知的冤大头就已经气势汹汹地闯进了办公室。

在姚晓琴热情地展示了账本后，庄墨辰抱着胳膊道："我怎么知道这是真是假？你拿近点！"

"喂，你们够了！别玩了！"安昀轩想上前阻止，就听许磊沉声道："姚晓琴！你敢在我办公室卖我照片？快把那账本给我！"

姚晓琴看许磊一副杀气腾腾的模样，"哼"了一声，把账本先送到了庄墨辰跟前想让他看个究竟，却没想到庄墨辰一把夺过那本子就往后一闪。

而原本看似站得有些距离的许磊猛地脱下外套盖在姚晓琴头上随后隔着衣服抱住姚晓琴将她扑倒在沙发上。

姚晓琴虽然功夫了得，但她完全没料到会遭到突袭，眼前一黑地倒在沙发上时，只意识到此刻她正被许磊紧紧搂在怀里。

那种让她恼羞成怒的认知，迅速膨胀着挤走了仅存的理智。

姚晓琴险些就忘了反抗，幸而安昀轩扑上来帮她说："三石兄，你干什么？！快放开！"

姚晓琴这才回过神来，膝盖一抬就要反击，却未料此时许磊竟主动松开了手。

姚晓琴扯下衣服，看到的便是丢来的一本练习簿。

而那边，站在复印机边上的庄墨辰早就把复制的"花名册"和许磊一人一份平分了。

"原来你俩是商量好的？"姚晓琴气不打一处来。

"就知道你要耍这种伎俩，想渔翁得利。"庄墨辰说罢，便与许磊翻看着名单勾选打算先铲除的"敌对势力"。

安昀轩看不下去了，走过去阻止头碰头的两人道："别闹了，大家都有不对！别把事情搞大！"

"放心好了，昀轩。"许磊抬起头微微一笑，道，"这事我们会做得不露痕迹，绝不会牵扯到你。"

安昀轩刚想解释她不是担心这个，就又听庄墨辰扬着下巴道："当然，如果你很享受这众星捧月的滋味？我是没必要多管闲事的。"

安昀轩自然也为这些天同事们热情的示好而感到苦恼，但她总觉得，跟前这两个看起来英俊潇洒、风流倜傥的男人，要替她出口气的方式，应该没那么简单。

"好了，这件事就这样，那些光盘都给我销毁掉。"许磊对坐在一边瞪着他们的姚晓琴道。

姚晓琴这才压抑着怒气抓过那练习簿道："你们早就串通好了，压根儿不为钱，就想要这名册？"

许磊别过头去，算是默认。

庄墨辰则无所谓地耸肩道："你总想着利用我们，难得被我们利用一次又何妨？"

"您怎么能这么说？"向来护短的安昀轩不高兴了，还想说什么，边上的姚晓琴却忽地站起来，推开门冲了出去。

"晓琴！"安昀轩知道事情要糟，慌忙追出去。

论体力，安昀轩是跑不过姚晓琴的。

但她早就总结了一套对付体力、耐力、毅力各方面都远超于她的姚晓琴的屡试不爽的好办法。

比如假摔。

"哎哟！"安昀轩摔得十分逼真，重重倒地后，趴地上就不起来了。

姚晓琴立刻急刹车跑回来扶她："怎样了，昀轩？摔哪儿了？"

安昀轩马上直起身八爪鱼似的缠住姚晓琴。

姚晓琴先是一愣，随后在明白安昀轩假摔后推她道："连你也骗我？"

安昀轩厚着脸皮就是不撒手："我骗你怎么了？这世上就我能骗你！"说着顺了把姚晓琴的大马尾，"所以你别生气，我会替你好好教训他们的！"

姚晓琴沉默了好一阵才闷闷不乐道："反正我也没安好心，被他们骗也活该！我知道他们都是为了你好！你别理我，过阵子就好！"

"去你的！还过阵子？过阵子你就发霉了好吗？"安昀轩扯了扯姚晓琴的脸颊道，"我最恨的就你这种不开心的事烂在肚里也不想我跟着一起难过的浑蛋性格！再这么说一嘴巴抽飞你！"

姚晓琴听了这话先是笑了，随即却又红了眼眶回抱住安昀轩道："昀轩，我知道我古怪得很，一直以来，只有你愿意陪在我身边。我始终想着，只要你幸福，无论我做什么都可以，但原来有时候，我也有自私的一面，我真没想到……"

"别说了！"安昀轩拍了拍情绪激动的姚晓琴的背道，"把这些烦心事先放一边！一起逃班去游乐园好不好？"

从小到大，姚晓琴一不高兴就会拉着安昀轩陪她去游乐园，玩闹一阵子，一切烦恼就都被抛在了脑后。

这世上，会不问原因无条件陪着姚晓琴疯的，只有安昀轩。

安昀轩伸出手，姚晓琴用力握住。

于是两个疯丫头欢乐地手牵手翘班了。

看着两人远去的背影，走廊另一头的庄墨辰扶额道："你惹的姚晓琴，你想办法！"

于是当安昀轩和姚晓琴乘公交车到游乐园门口时，却看到了庄正孝、庄墨辰、陈叔、许磊,和迅速围住她们两个的一群"黑衣人"。

"等等等等!"安昀轩拦住条件反射就要开打的姚晓琴道:"这个……董事长,我知道我们翘班很不对,但也不用那么兴师动众吧?"

"翘班?"庄正孝扭头看向明显有事隐瞒他的俊朗的独子。

"是为了配合我们的计划才翘班的,之后会找个名义给她补上。"庄墨辰脸不红心不跳地圆场道:"好了!抓紧时间!难得今天我和我父亲都有兴致!"

有什么兴致?

微服私访?

安昀轩简直是一头雾水!

前头父子俩已经"起驾"前往游乐园了,只有许磊特意放慢步子对两人道:"你们不说一声就翘班是要严肃处理的,我们对公司内部说是带你们出来开会,对庄伯伯说是一起来帮他和庄墨辰实现心愿。"

安昀轩这才恍然大悟,庄氏父子俩的心愿单上确实还有一条是庄墨辰写的"想要父子俩一起去公园划船",这也算是替她们不负责任的翘班行为善后的好方法了。

"那你们怎么知道我们在这里?"安昀轩不免好奇道。

她们可没有告诉任何人她们要来这里啊!

"这个……你得问庄墨辰了!"许磊笑得别有深意,但还是岔开话题道,"总之,你们陪父子俩完成心愿以后,想怎么玩就怎么玩,只是以后有什么事要先和我们商量,别再那么冲动了。"

"黄鼠狼给鸡拜年!"姚晓琴听完冷哼一声,显然并不领情。

许磊本来到嘴边的道歉的话便又咽了回去:"我不是冲着某人的面子才帮这个忙的。"

"好了好了,翘班都是我的主意!之后一定找机会好好谢谢三石兄!"安昀轩眼见着两人又要对上,忙当和事佬。

姚晓琴虽然泼辣，但安昀轩在场，她也不想和许磊起争执，也便憋着口气没说下去，气呼呼地拉着安昀轩往公园里走。

许磊觉得他和姚晓琴就像安昀轩和庄墨辰——典型的八字不合。

到了公园里头，父子俩走到湖边，随后停住了脚步，一脸挣扎的模样。

落在后头的安昀轩、姚晓琴和许磊遥遥望了一眼，差点笑喷。

原来这个公园为了吸引年轻人来划船，把原本的木船都换成了上了白漆的天鹅船，双人的座位还是粉红色的，典型的情侣专座。

"爸，换个地方？"庄墨辰觉得如果他和庄正孝真的去划这天鹅船，估计晚上都要做噩梦了。

庄正孝那出了名的倔脾气于是又上来了。

天鹅小船算什么？

情侣专座算什么？

他可是叱咤风云、勇往直前、无所不能的庄正孝啊！

于是亲爱的董事长大人，让陈叔买了票以后一脚就跨上了天鹅船，随后扭头看着岸上的庄墨辰。

庄墨辰真想抽自己一嘴巴，他刚才多什么嘴啊？也许他不说那句换地方的话，庄正孝根本不会坐上去！

但如今，木已成舟，庄墨辰只能在安昀轩、姚晓琴、陈叔、许磊以及一干"黑衣人"或同情，或蛋疼，或幸灾乐祸的目光中，硬着头皮坐在了庄正孝的边上。

在那一刹那，所有带有拍照功能的手机都情不自禁地举了起来，随后又在父子俩煞人的目光中，默默放了下来。

父子俩一人一根船桨，嘿咻嘿咻地开始了他们的浪漫之旅。

安昀轩看得一阵恶寒，拉了拉姚晓琴袖子道："别干等了，咱们也去划吧？"

许磊立刻也来了兴致："带我一个？"

"只能坐两个，不如你和陈叔一起吧？"

许磊窘了一下，立刻想说不必了，却发现安昀轩一愣后，冲他努努嘴。

许磊顺着安昀轩暗示的方向看去，就见陈叔那一脸失望的表情。

等等！陈叔！

你该不会是童心未泯吧？

陈叔沉浸在自己那无人问津的伤感中，没注意到另外两人的"眉来眼去"。

于是等发现许磊递来一张船票时，陈叔不禁愣住了。

"陈叔，您也是看着我长大的！不介意陪我一起玩一次吧？"

陈叔颤抖着接过票，激动得眼睛都红了。

安昀轩与姚晓琴沉默地看着许磊与陈叔执手踏上白天鹅小船，总觉得哪里不对……

管他呢！

先玩要紧！

于是两个疯丫头也立刻上了她们的船。

当然，这三对并不知道，他们在口口相传中，成了这个公园的一段传说。

传说在这一天，有三对带着保镖的特殊恋人，一起乘坐情侣天鹅船，向世人炫耀他们突破世俗的爱情。

正所谓，一对蕾丝，一对基，父子、爷孙不称奇。

只是那对父子乘坐的船因为两人互不相让，用力过猛，因而总是在湖心原地打转。

当然，许磊和庄墨辰还是守约的，在完成了庄氏父子的心愿后，一群人就这么把安昀轩和姚晓琴留下，先回公司去了。

晚上，和姚晓琴尽兴而归的安昀轩，在吃完庄墨辰做的饭后，开始给父子俩做咨询。

"这个，还是先请庄总谈谈，为何会有和董事长一起划船的心愿？"安昀轩先提问道。

"因为那时候看了一部片子，就有这样的情节。"庄墨辰坦率道。

"什么片子？家庭伦理片，文艺片？"安昀轩撑着下巴好奇道。

"是侦探片。"庄墨辰目光放远，陷入了无尽的回忆之中，"影片一开始就是主角发现湖心浮着……"

"什么？"

"一具尸体……"

"……"安昀轩死鱼眼瞪庄墨辰片刻，决定选择暂时性失忆，转而问庄正孝道："董事长，请您谈谈今天和庄总一起划船的感受。"

庄正孝依旧板着脸道："平手。"

"啊？"

"我和他划的船在湖心旋转的次数相同。"庄正孝难得耐心地解释道，"算是平手。"

安昀轩真是无力吐槽了。

你们真的是去制造回忆而不是打擂台吗？

调整了片刻后才重新端起咨询师的架势道："恕我直言，正因为二位无时无刻不在较劲，船才会在原地打转，而不是向前行驶。相信这样针锋相对的相处模式在二位的生活中也是不断地重复着，难道说，和家人分出个胜负真有那么重要吗？"

父子俩都没说话。

安昀轩觉得这是个转变父子俩关系的好时机，刚深吸一口气想劝几句，却见父子俩同时点了点头。

安昀轩一口喷出，捂着心口对庄墨辰道："庄总，我申请先去厦门养伤。"

庄墨辰挑眉："养伤？养什么伤？"

"内伤。"

安昀轩觉得她快被这对别扭的父子给折磨死了！

"不行。"庄墨辰一口回绝道。

"为什么？"

"因为……"庄墨辰瞥了一眼身边的父亲，"这几天我和我爸都很忙。"

安昀轩又一口老血涌到嘴边："等……等等！庄总，您的意思是……您和董事长也要去？"

"什么叫也要去？我爸的心愿单上分明写着想去旅游，你身为我雇的搓……心理咨询师，本就要跟着一起去的。"

"……"安昀轩此时十分想念留在家中的召唤兽——暴力狂姚晓琴。

"这么说……我是被忽悠了？"

"哪里忽悠了？不是让你免费去厦门了吗？"庄墨辰一摊手，典型的压榨农民的土财主。

"那请问我获奖和不获奖有什么区别？"安昀轩努力保持冷静道。

亏她当时那么辛苦地去积攒人气，还扮熊猫大侠。

"难道你不觉得，这个月你改变了许多？"庄墨辰开始了他的洗脑攻略。

"哪方面？"

"归属感。"庄墨辰端着上司架子道，"至少你不想辞职了，不是吗？"

安昀轩一愣："我和魏薇那天在茶水间说的话，您都听到了？"

庄墨辰比了个"嘘——"的手势，安昀轩这才注意到，今天为了与儿子较劲而劳累过度的庄正孝已经睡着了。

这么一个平日里说一不二总端着架子的领袖人物，睡觉时，却因为面部表情的放松而显得十分慈祥。

也只有这种时候，安昀轩才会强烈地意识到，这只不过是个要强、倔强，却又别扭的老人家。

庄墨辰替庄正孝盖上毛毯以后，安昀轩便起身告辞了。

"庄总，我还是要谢谢您。"走到门口时，安昀轩回头道。

"谢我什么？"庄墨辰多少有些意外。

"嗯……压扁的飞蛾、熊猫大侠、拔河比赛、送我回家……"安昀轩一件件地数着，"虽然您的做法总让我有些哭笑不得，但也确实是因为您的关系，我发现了许多过去没有注意到的事情。"

其实安昀轩为同事们做的，都是细枝末节的事情。

可真是这些细枝末节的小事，让安昀轩赢得了大家的肯定与赞美。

同事们的友善，让安昀轩明白，只要能发挥自身的价值，在什么岗位又有什么要紧？

庄墨辰站在台阶上，俯视着路灯下安昀轩柔和的轮廓，随后朝她伸出了手。

安昀轩莫名地抬起头，就听庄墨辰嘴里蹦出三个字："蒸……蛋……器。"

安昀轩喷。

"您真要啊？"

"我想了想还是先换一个，万一年底好人卡过期了怎么办？一般最终解释权都是归狡猾的商家不是吗？"

被比喻为狡猾的商人的安昀轩难得没有生气，她笑了笑，妥协道："那您要什么牌子？"

"就你给许磊买的那牌子。"

得！说到底还是怄气！

庄总，您真的不是小学生吗？

安昀轩乖乖买了个蒸蛋器回到家时，发现姚晓琴正对着一封请柬发呆，凑过去一看，正是庄正孝生日宴会的请柬。

"咦？晓琴，这谁给你的？"

姚晓琴立刻将请柬扔回茶几上："我才不去呢！他就是想看我出丑！"

安昀轩一听姚晓琴这么说，就猜到是谁送的请柬了。

"许磊来过了？"

姚晓琴往后一靠不说话，安昀轩这才注意到沙发另一头还放了个礼盒，顺手一捞打开了，竟然是一套香槟色的斜肩礼服。

安昀轩愣了一下，摸了一下那透着奢华的面料："这也是他给你的？"

姚晓琴听到这个就来气："我这种连高跟鞋都穿不来的人，哪里驾驭得了这种？他就是想借着道歉的名义让我承认自己没气质。"

"可就我对许磊的了解，他既然是向你道歉，自然是真心诚意地送你这份礼物，他可不是口是心非的伪君子。"安昀轩觉得，许磊能做到这个地步，已经很不容易了。

"你又帮他说话！"姚晓琴听了安昀轩这话就来气。

"不是帮他，是客观。"安昀轩戳戳姚晓琴鼓起的腮帮子道。

"而且我们向来乐观自信没心没肺的姚晓琴小同志，怎么一遇上和许磊有关的事，就开始妄自菲薄了？"

"谁说我……"

"那你穿了我瞧瞧。"

"我不穿！"

"无妨！"安昀轩霸气地一挥手道，"朕来替爱妃更衣！"说着就把姚晓琴扑倒了扒衣服。

任凭姚晓琴在外头再如何作威作福、坑害大众，对上安昀轩，她就成了只小病猫。

喵喵叫几声，就被安昀轩按着把礼服穿上了。

"喂喂，安昀轩，我可警告你……"

还没说完，马尾辫也被扯散了。

安昀轩将姚晓琴柔软的长发拨弄拨弄，随后色眯眯地挑起姚晓琴的下巴道："爱妃可真是个红颜祸水！"

说罢牵着别扭地挣扎的姚晓琴来到穿衣镜前。

姚晓琴一开始还别开脸不肯看，但安昀轩直夸好看，她也便禁不住好奇扭头看了镜中一眼。

这一看，便再也移不开视线。

虽然没戴任何首饰也没有化妆，但这剪裁合身的鱼尾礼服，已将她匀称曼妙的身材凸显得婀娜多姿。那个总挡在安昀轩跟前大呼小叫的假小子，仿佛一夜间蜕变成了亭亭玉立的大家闺秀。

原来她也可以如此耀眼、如此美丽，像一只骄傲的孔雀。

但那只是一种假象。

姚晓琴在心中对自己道。

就像中秋晚会之后，那些向她示好的，最终却都被她的泼辣任性给吓了回去。

没有人能接受只有外表美丽的女孩。

不过是昙花一现罢了。

姚晓琴对着镜子自嘲一笑，随后脱下礼服，默默去了浴室洗澡。

安昀轩看姚晓琴这模样，不禁心疼起来。

不行，她要想个办法，让姚晓琴看到她自己究竟多么有魅力！

于是第二天，安昀轩拿着蒸蛋器便直奔办公室找庄墨辰，却不料许磊也在。

此时许磊正递给庄墨辰一捆钞票，安昀轩立刻用蒸蛋器挡住脸道："我绝没有看到许董给庄总过夜费，绝没有！"

庄墨辰坦然地将许磊递过来的"毛爷爷"揣进兜里道："这是姚晓琴贩卖盗版光盘的非法所得，她昨天投案自首，让许磊将赃款转交给我将功抵过。你去告诉她，这件事就这么算了，下次别再知法犯法，要做个遵纪守法的好公民。"

安昀轩听着庄墨辰的长篇大论，估摸着真实情况应该是昨天姚晓琴在许磊上门道歉时直接把钱扔他跟前让他统统拿走，眼不见为净。

"嗯？这个是给我的？"庄墨辰的视线落在还在脑内推理的安昀轩怀抱的蒸蛋器上面。

许磊的脸色瞬间就不好了，安昀轩忙道："不是的，上次给三石兄买了个觉得挺好，所以自己也买个放公司里用用。"

"哦——"庄墨辰坦然地接过了搁在自己茶几上。

喂喂！我之前说的话您没听见吗，庄总？

"不是说放公司里用吗？那放哪儿不都一样？"庄墨辰一副理所当然的语气道，"你再去弄些鸡蛋来，每天我蒸些，给大家补补身子。"

"庄总，您不如孵几只小鸡出来给大家补补身子。"

许磊笑了，庄墨辰则忽略安昀轩的话，一指桌上，道："这个你拿去试试。"

安昀轩有些莫名地走过去打开盒子，就见了一套玉色的剪裁别致的镶钻小礼服。

"庄伯伯嘱咐我们俩挑的，你一套，晓琴一套。"许磊摩挲着礼盒上的缎带道，"晓琴那套想必你已经看过了，本来想给你个惊喜，没想到你来得那么快。"

安昀轩完全没想到庄正孝会想得这么周全，邀请她和姚晓琴参加晚宴，竟还让庄墨辰和许磊给两人准备了礼服。

这两套，一看就价格不菲。

但买都买了，再说不要，便是驳了庄正孝的面子。

"这……替我谢谢庄伯伯吧！"

"嗯，还有，那盒东西也是他给你们的，回去自己分分！"

安昀轩顺着庄墨辰指的方向看去,就见了一个购物袋。里头好些个首饰盒,随便打开几个,就被闪瞎了狗眼。

"董事长为什么要……？"

这里头任何一件首饰,都是安昀轩只能隔着柜台玻璃感叹一下的奢侈品。

"他只是想表达一下谢意,你收着就是。要实在过意不去,就在他生日宴结束以后再当面还给他。"庄墨辰难得说了点中肯的意见。

当然,连庄墨辰自己都很意外,父亲竟然会对安昀轩和姚晓琴如此大方。

当然,这也可能是父亲以为自己"日子不多"的关系。

而此时的安昀轩,也早已决定在宴会以后把这些首饰都还回去。

毕竟打扮得体面是给庄正孝挣面子,体面过后,还是该恢复到局外人的身份。

"不过你们怎么知道我和晓琴的身材？"安昀轩奇怪道。

"事实上,昨天从公园回公司以后,我们开了个整风大会。"许磊轻咳一声道,"与会的部分群众将这些信息透露给了我们。"

"整风大会？"安昀轩歪了歪脑袋。

"就是针对最近一股追捧某些人的不良风气。"庄墨辰一脸"怒其不争"。

"某些人"翻了个白眼。

"我们在姚晓琴提供的名册上,抓了几个比较典型的,在整风大会上杀鸡儆猴。"许磊也大大方方地承认了自己的帮凶角色。

"怎么个杀鸡儆猴法？"安昀轩有种不好的预感。

庄墨辰冷笑一声,道:"我们让他们,挨个儿去楼下——买……切……糕。"

买切糕啊,尼玛？！

是那个一秒钟变高富帅的屌丝必备神器切糕吗？

安昀轩"阿毛"脸，看着跟前两个"高富帅"："有完好无损地回来的吗？"

"都完好无损地回来了。"许磊一脸淡定地回答道。

"他们随身带那么多现钱？"这回轮到安昀轩震惊了。

"当然不是。"庄墨辰晃了晃随手拿起的文件夹，里头夹满了一张张附带签名的字迹工整的欠条，"我和许磊好心地把钱借给他们了，当然，作为回报，要收取一小部分的利息。"

这是高利贷啊，尼玛？！

"那还真是……破财消灾啊……"安昀轩忽然十分同情那些想搜集她照片的粉丝们，"说起来，他们买来的切糕后来都怎么办了？"

"多下来的都给我了，我就让人挂网上卖了，卖完还可以再置几处房产。"庄墨辰指了指自己的笔记本电脑。

"还真有人买？"安昀轩真是长见识了。

"有。"庄墨辰肯定地点点头。

"买多少？买来干吗？"

"买一克拉——求婚。"

安昀轩再次"阿毛"脸道："这个……我们还是谈谈风筝吧……"

安昀轩真不想知道这些信息是怎么搜集来的。

"风筝已经做得差不多了，让姚晓琴下来，一起商量商量。"庄墨辰接话道。

"召唤兽"姚晓琴一进会议室就道："为什么我桌上有好几个镶着不知道什么糕的戒指？是和戒指糖一样的新零食？"

霎时间，另外三人都沉默了。

"怎么？"姚晓琴莫名道。

"没什么！"安昀轩抹了把脸，恢复到往日神情，"我们还是来谈谈风筝吧！"

庄墨辰于是自豪地拿出那包了好几层的风筝，小心地摊在会议桌上。

于是另外三人又沉默了。

"庄总，您确定，这是风筝？"安昀轩最先憋不住道。

那毛茸茸的身躯，短小的翅膀……分明就是一只装了LED灯的毛绒蝴蝶玩具啊！

"我是觉得，只一层降落伞布配握轮完全不能体现我的水准。"庄墨辰丝毫未觉得这样的设计有什么问题。

是不能体现您的癖好吧？

安昀轩在心中咆哮。

"而且你们不觉得……这样毛茸茸的风筝，十分可……有可塑性吗？"

您想说"可爱"吧？想说"可爱"吧，啊啊啊？

"这……确实是让人眼前一亮。"许磊用一种隐忍的表情评价道。

是啊是啊！一亮之后整个人生观都被瓦斯烧了啊！

"安昀轩，你那是什么表情？"庄墨辰抱着臂膀道。

"没，我只是好奇……"安昀轩调整了一下表情，道，"这个……这么重，它要怎么飞？"

"这就是搓澡工和总经理的区别。"庄墨辰翻过那毛绒蝴蝶，拉开它肚子上的拉链指给几人看："这里头的都是我从飞机模型上拆下来重新拼装的。"随后掏出一个小巧的遥控器，"这风筝的功能就和遥控飞机模型一样，蝴蝶的眼睛被我改成了发光装置，这样就解决了起飞没风、鱼线容易勾住、夜晚可视范围小，以及傻瓜放风筝会撞电线杆等一系列久攻不下的科研难题。"

"庄总……"

"嗯？"

"我很好奇，您这样的人才，为何会埋没在此？"安昀轩简直是对庄墨辰无力吐槽了。

"去年农民伯伯忘记收了。"姚晓琴摊手道。

"我觉得是道士忘记收了。"许磊也调侃道。

庄墨辰扫了另外三人一眼："就是因为有你们这样拉低团队平均智商的队友，我才没法发挥我的才能。"

安昀轩直接退后一步，道："那庄总您独自在这里'发才'！我还是自己做个风筝给董事长吧！"

"我来帮你。"姚晓琴退后一步道。

"我也来帮你。"许磊也退后一步道。

"庄总，麻烦您把之前的降落伞布、LED灯以及碳杆之类的材料还给我们。"安昀轩要求道。

毕竟只剩下不到一周的时间了，再重新做又要费一番功夫。

"可以啊！"庄墨辰扬起下巴道，"拿切糕来换。"

"……"

"再去买材料也来得及，我们抓紧时间。"许磊不想在这时候和庄墨辰起冲突，便拉了还想理论的安昀轩一把。

"但你们别忘了，我父亲的心愿只是和我一起放风筝，也就是说，这风筝只需要一个。"庄墨辰胸有成竹道。

"那就来比试一下吧，庄总！看看是我们的常规风筝更靠谱，还是您的遥控风筝更受宠！"安昀轩宣战道。

"输了如何？"

"输了就要在董事长的生日宴会上——喂董事长吃……蛋……糕！"

"这可是你说的！如果你们输了，三个都要喂。"庄墨辰眯起眼看着对面的三角同盟。

"我没问题。"姚晓琴自然力挺安昀轩。

"愿赌服输。"许磊自然也站在安昀轩这边。

"好，那走着瞧！"庄墨辰说完便抱起蝴蝶风筝边往外走边道："阿蝶，别当着他们面笑他们，多没礼貌。"

于是三人的脸都成了"囧"字。

当然，为了不丢脸，三人还是在工作之余将精力都投入到了制作蝴蝶风筝的过程中。

正所谓一回生，二回熟。买材料以及制作因为有了之前的经验而变得顺畅许多。

终于，三人在庄正孝生日的前两日完成了他们的夜光蝴蝶风筝。

三人兴高采烈地在蝴蝶风筝的肚子上写下了祝福，并签下了自己的名字。

"这才是风筝吗！"姚晓琴满意地掏出手机拍个不停。

许磊显然也很满意这杰作："干脆我们先去公园试试吧？"

安昀轩和姚晓琴自然同意。

于是三人趁着周末，找了个人少的公园，在大草坪上准备放风筝。

姚晓琴让安昀轩先放，结果安昀轩不怎么会操作，许磊上前帮她。

当看到安昀轩和许磊一同握着握轮在草地上奔跑时，姚晓琴忽然觉得，记录下这风筝起飞一刻的相机，变得十分沉重。

她缓缓放下手臂，看着不远处那对有说有笑十分登对的才子佳人，忽然有种想要远远逃开的冲动。

她只是一条不会结茧的毛毛虫，永远都只能遥遥看着那对蝴蝶相依相伴地飞舞在天空之中。

"晓琴！快来接着！"沉浸在放风筝的欢乐中的安昀轩完全没察觉姚晓琴的神情变化。

姚晓琴苦笑了一下，缓缓走向了二人。

而许磊的目光，却始终只落在安昀轩身上。

三人拍了许多照片，才意犹未尽地把风筝小心翼翼地收了起来。

他们甚至还制订了详细的计划，比如要如何让庄正孝看到这夜光风筝，如何送出他们的生日祝福……

然而志在必得的三人都没有想到的是，在庄正孝生日的前一晚，忽然下起了雨。

先是淅淅沥沥，再是倾泻而下，直接将三人的热情浇得尸骨无存。

于是当晚，住在二楼的庄正孝睡前正打算拉上窗帘时，忽地动作顿住了。

他叫来陈叔，随后指着窗外那只在斜风细雨中飞得跌跌撞撞却盘旋不去的不明发光体道："你看得见那东西吗？"

早知道庄墨辰计划的陈叔看了看窗外，点头道："看得见。"

庄正孝这才松一口气，道："那就不是来接我的牛头马面了。"

纵是陈叔服侍庄正孝多年内力高深，也被庄正孝这句给震得倒退了半步。

为了避免庄墨辰伤心，陈叔忍着内伤一咬牙剧透道："董事长，那其实是少爷送给您的生日礼物。"

庄正孝愣了愣，贴着玻璃窗仔仔细细地看那在雨中扑腾的蝴蝶风筝，又看看下头拿着个什么东西跟着风筝跑的庄墨辰，不禁动容道："他买了件夜光毛衣给我，晒在外面结果被风刮跑了？"

外头贴着门板偷听的三人组同时"噗——"

庄正孝眉一皱，几步上前打开门，就见到了因为惯性而险些扑倒在他脚下的三人。

"你们怎么在这儿？"

"咳……我们是来给庄伯伯送生日礼物的。"许磊说着，把装着今晚没有用武之地的蝴蝶风筝的大礼盒双手递了过去。

庄正孝当场拆了，摸着那留有明显 DIY 痕迹的别具一格的 LED 灯蝴蝶风筝道："你们做的？"

三人同时点头，随后默契地异口同声道："庄伯伯，生日快乐！"

庄正孝这些年收到的生日礼物不计其数，价值连城的有之，稀奇古怪的有之，却唯独没收过这种礼轻情意重的生日礼物。

他抬头看看跟前三张笑脸，忽然觉得自己也跟着年轻了许多："亏得你们有这份心。"随后又想起了他那追"毛衣"的儿子。

"把墨辰给我叫回来！"

三人和陈叔一同把庄墨辰拉回屋里的时候，他已经成了只落汤鸡。

庄正孝看了不禁心疼道："别找了，不就是件毛衣吗？"

正拿毛巾擦脸的庄墨辰愣住了，扭头看看对面三个竞争对手，哭笑不得道："那怎么会是毛衣呢？"

虽然那毛绒蝴蝶风筝在风雨中湿透了东倒西歪地飘着看起来的确实有些像一件毛衣……

"那是什么？"

庄墨辰想起他那只被风雨挟持走了的早已脱离掌控的毛绒夜光风筝，头一扭道："算了……"

庄正孝还以为庄墨辰只是因为给他的礼物被风刮跑了而闷闷不乐，便安慰道："好了好了，知道你有心，快去洗个热水澡，早点睡吧！"随后又对其他三人道："你们也是，都早点回去！睡好了明晚精神抖擞地赴宴！别丢我的老脸！"

"是！"三人答应着。

"等等！"庄墨辰拦住企图起身道别的三人，"你们是不是已经把风筝送我爸了？"

庄正孝些许莫名道："送了，怎么？"

"那爸您是更喜欢他们的风筝，还是我的……毛衣？"

庄正孝并不知道这四人的赌约，只当儿子是丢了毛衣不高兴，非要找个心理平衡，便敷衍道："你的你的，快去洗澡！"

庄墨辰一扬下巴，小人得志地笑了。

于是第二天，安昀轩、姚晓琴和许磊，怀揣着"当众喂董事长吃蛋糕"的梦想，踏上了前往生日宴会的不归路。

庄正孝想得周到，先让人把安昀轩与姚晓琴接到会场里找专门的化妆师给她们化妆。

庄墨辰是早就到了的，但忙于筹备宴会而始终没与二人打照面，许磊提早来到会场时，直奔化妆间，随后便见到了一头波浪卷的芭比娃娃似的温婉可爱的安昀轩与高高盘了个发髻的赫本造型的性感妩媚的姚晓琴。

西装革履的许磊在门口站了会儿，道："抱歉，走错了。"

随后被姚晓琴一只高跟鞋给打得原形毕露。

"好了好了，我错了，二位小姐这一打扮，可真是美若天仙！"

姚晓琴斜睨着许磊道："有时间调侃我们，还不如好好想想待会儿怎么喂蛋糕！"

许磊微笑道："八仙过海各显神通，我不担心你们的本事。"说完目光又不由自主地落在了小公主似的安昀轩身上。

姚晓琴在边上撇撇嘴，别过头，却正见庄墨辰大步流星地走来，"妆化好了没？"说完往化妆间一站，随后愣住了。

当初他给安昀轩挑选这剪裁别致的大裙摆的玉色小礼服时，便觉得它会适合她，只是没料到安昀轩穿上以后竟比他原本想象的要美上许多。

无论是大家闺秀还是小家碧玉，都不如跟前这天然雕饰的璞玉，让庄墨辰这双阅人无数的眼也贪恋起这可人的容颜来。

那低眉顺目的小模样，似也被看得飞红了脸颊，醉得人心猿意马，直到她柔声细语的一句："庄总，您拉链没拉。"

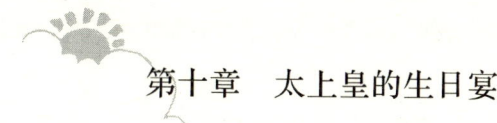

第十章 太上皇的生日宴

许磊和姚晓琴瞬间笑喷。

庄墨辰在姚晓琴追问安昀轩"究竟是什么颜色"时落荒而逃。

"怎么回事?"庄正孝进来时就看到三人很没形象地在哈哈大笑。

"哦……没……没什么……"许磊逐渐敛了笑,道,"庄伯伯,我父母到了吗?"

"刚到,正找你呢!"庄正孝决定还是别太在意这群年轻人刚才的话题。

"那我先失陪一下。"许磊对安昀轩与姚晓琴抱歉道。

等许磊一走,庄正孝便端详起跟前两个打扮得令人眼前一亮的姑娘,满意地点了点头,道:"待会儿你们和我一起招呼客人,我会介绍说你们是友人的千金。"

"董事长,这不好吧?"安昀轩总觉得这抬举的方式中透着隐隐的古怪。

她们本是来参加宴会的,怎么又成了友人的千金?

庄正孝这是想帮她们,一把把她们推销出去?

可这拙劣的谎言难道不会被识破吗?

"今天我说了算。"庄正孝完全不给两人回绝的余地,只是语气软化了些,"准备准备,待会儿先去见见我几个老朋友。"

等庄正孝走后,化妆师也便都出去了,安昀轩愁眉苦脸道:"你说,招呼客人是什么意思?"

"那还不简单?"姚晓琴抽了一张纸巾当手绢甩,"哎哟,客官,快进来坐坐!"

安昀轩一口血染红了姚晓琴手上的纸巾:"我是说,董事长要我们和他一起招呼客人,算什么意思?"

"依我看……"姚晓琴深思熟虑后端着下巴道,"我们就要给你庄总当后妈了。"

安昀轩一下巴磕在梳妆台上。

她就不该问姚晓琴!

当两人终于一同站在宴会厅里时,才明白,庄正孝这所谓的"一起招呼客人"是有多抬举她们。

都是社会名流啊,尼玛!

都是电视上报纸上才见过的大人物啊,尼玛!

还有那么多媒体记者闪光灯闪个不停啊,尼玛!

姚晓琴和安昀轩一左一右站在庄正孝边上,已经笑得快"阿毛"脸了,幸好结束门口迎宾任务的庄墨辰及时赶回来救援。

但问题是,庄墨辰站哪儿?

那些宾客和记者都用一种满是玩味的眼神盯着庄墨辰的行走轨迹。

可以想象,庄墨辰无论站哪儿,都会成为茶余饭后的谈资,只是在这些脑补的故事里人物关系会有所不同罢了。

安昀轩深吸一口气,等着庄墨辰"降临",结果庄墨辰竟然径直朝她这边走来。

安昀轩心下一惊,心道完了她要红了,却见一人以凌波微步的速度猛然间移到了她的身旁。

姚晓琴——安昀轩的好闺密、好战友、帮倒忙小能手。

在关键时刻，再次挺身而出，救安昀轩于水深火热之中。

只是她这一换，立刻引起了在场来宾的议论纷纷，更令庄墨辰陷入了进退两难的尴尬境地。

安昀轩扯了扯姚晓琴的裙子，示意她别闹，快换回去。

姚晓琴却不肯，一扬下巴挑衅地盯着庄墨辰。

被视为"情敌"的庄墨辰只好转了方向站到他父亲边上，于是众人都开始猜测这站在硕大的"寿"字背景板前的四人之间的错综复杂的关系。

在开席前，庄正孝就带着庄墨辰和两位被人议论最多的姑娘，去见当年和他一起在商场上打天下的被他戏称为"老狐狸"的老战友们。

安昀轩觉得，这些老前辈的眼神和X射线似的，把她整个给照透明了，什么心思都逃不过他们的眼睛。

姚晓琴倒是很坦然，你看我，我也看你，玩起了"干瞪眼"的游戏。

反正她是不怕这些"老家伙"的，因为她对庄家别无所求，问心无愧。

就这样说说场面话叙叙旧地转悠了一圈以后，席下每桌都坐得满满当当了。

主持人先说了一番喜庆的场面话，随后邀请庄墨辰上台讲话。

这时候始终陪着父母周旋的许磊才得以脱身，和父母一同坐到了主桌上。

许磊自然而然地介绍了安昀轩和姚晓琴给自己父母认识，说是自己的朋友。

安昀轩立刻双手交握在身前点头道："叔叔阿姨好！"

姚晓琴于是也跟着乖乖道："伯父伯母好！"

安昀轩窘了一下,虽然叫"伯父伯母"也没什么不对,但显然,姚晓琴是偶像剧看多了。幸好许磊的父母并不介意两位姑娘怎么称呼他们,只是礼貌而热情地问了些二人的情况。

当问到姚晓琴的职业时,姚晓琴刚要说她原本是空手道教练,就被安昀轩在桌下踢了踢小腿,于是略一沉吟,改口道:"我原本是做体力活的,后来遇到了许磊……"顿了顿,"就从良了。"

安昀轩和许磊同时一口饮料喷出来。

姚晓琴似乎还嫌不够,又一本正经地补充道:"当然,我也没放弃我原本的事业,有人来找的话,我还是会接些私活的。"

安昀轩瞬间觉得许磊父母的表情都统一成了一个"囧"字。

许磊擦擦嘴边的饮料,深吸一口气,尴尬地笑道:"其实是我把她从别的岗位挖过来做文职的,她只是开个玩笑。"

许磊的父母似乎不想让儿子难堪,便敷衍着将这话题一语带过。

当然,许磊的父母之后也不敢再问姚晓琴什么问题了,只和安昀轩说些话。

等热菜上来以后没多久,许磊的父母都去敬酒了,庄墨辰这才从几个有求于他的老狐狸的纠缠下脱身回来,无奈地扒了两口菜。

许磊于是问安昀轩与姚晓琴:"怎样?刚才万众瞩目的滋味如何?"

姚晓琴耸肩道:"简直和当众发现拉链没拉一样。"

于是庄墨辰那口菜又喷了出来,安昀轩和许磊想笑又不敢笑,憋得内伤地看着庄墨辰。

庄墨辰放下筷子抬起头,沉着脸对看他笑话的二人道:"别忘了,你们还要喂我爸吃蛋糕。"

三人不以为意地忽略了他这话。

这时候庄正孝那些地位非凡的老战友们都挨个儿上台致辞祝寿,等他们讲完,就轮到庄正孝上去切蛋糕了。

庄墨辰作为"太子爷",上台和父亲一同切下了这镶着奶油寿桃写着"寿"字的六层蛋糕。

在一片闪光灯中,庄墨辰一扭头,发现父亲眼眶红了,一股愧疚感便这样翻涌上来。

虽然是为了改善关系才欺骗了父亲,但这样的谎言,对父亲真是伤害太大了。

其实这些天他能感觉到,他那别扭又倔强的父亲,是很珍惜与他共度的时光的,尽管他嘴上不说。

庄墨辰轻轻拍了拍庄正孝的背,在他耳边轻声道了句:"爸爸,生日快乐!"

台下的姚晓琴一边鼓掌一边问边上的许磊:"怎么不见太后?"

许磊叹了口气,道:"她不会来的。"

"为什么?"安昀轩歪着脑袋道。

"呃……我告诉你们,但你们要保密。"许磊有些犹豫道。

安昀轩和姚晓琴郑重地点了点头,一副"誓死保守秘密"的架势。

"其实,庄伯伯和伯母早就离婚了,只是没有对外公布。"许磊压低声音道,"当然,自己人都知道了,只是你们千万别在庄伯伯面前提起这事。"

安昀轩和姚晓琴都是一愣。

"什么时候的事?"安昀轩觉得十分意外,之前完全没发现任何蛛丝马迹啊!

"两三年前吧!还是庄墨辰劝的,他说他已经能自立了,让庄伯伯和伯母都不必再以顾及他为借口,早点结束这有名无实的婚姻。"许磊说起这一段,语气甚为感慨。

安昀轩看了一眼台上的庄墨辰,忽然就有些心疼起来。

她能体会到,庄墨辰对父母说出这番话时,是怎样一种心情。

他在这个看似完整实则缺失了许多的家庭里忍了那么多年，终于还是选择了妥协。

庄墨辰陪庄正孝敬完酒回来的时候，就发现安昀轩用一种古怪的眼神看着他。

庄墨辰立刻低头看裤子拉链。

安昀轩喷。

庄总！您节操掉了！

庄墨辰再抬头时，用一种"拉链拉好了，你那样看我干吗"的眼神询问安昀轩。

安昀轩别过头去不解释。

这时候，又有人过来敬酒，于是安昀轩只好站起来和姚晓琴一同陪着回敬。

期间，庄墨辰一直在替不会喝酒的安昀轩挡酒，可姚晓琴就没这样的好运了，许磊跟着爸妈去敬酒了，她便以她的豪爽很快喝得脸上浮起了两朵红晕。

等安昀轩注意到姚晓琴有些醉了时，已是为时已晚。

"我扶晓琴去休息一下？"安昀轩对没有看好好友感到十分愧疚。

庄墨辰这才发现姚晓琴的不对劲，也带了些许歉意道："我来扶吧！去贵宾休息室。"

于是踩着高跟鞋也不怎么方便的安昀轩将姚晓琴交到了庄墨辰怀里。

结果两人扶着姚晓琴去休息室的路上，遇到了一个喝多了的年轻人。

此人本来是坐着的，却在庄正孝路过时，猛然起身抄起一酒瓶子朝庄正孝追去道："庄伯伯！来打保龄球啊！"

结果他这一甩，那酒瓶子竟然脱手飞了出去。

周围保镖发现不对想赶过来时已经来不及了，而等其他宾客反应过来时，那酒瓶子已经划着弧线直奔庄正孝的后脑勺了。

庄正孝听到动静回过身来时，那酒瓶子已经到了眼前。

说时迟那时快，本被庄墨辰扶着的姚晓琴如被附身般，猛然一撩裙摆冲上去就是一脚飞踢。

那酒瓶瞬间被姚晓琴踢得擦着庄正孝的耳朵飞了出去，狠狠砸在墙上，玻璃碴碎了一地。

此时的姚晓琴帅气地半跪落地，一指那被惊得呆愣的少爷道："就是因为有你这种没技术含量的渣渣，中国男足才无法冲出亚洲走向世界！"又叉腰一指砸碎酒瓶的方向，"看到没？三分球！"

说完就毫无征兆地直挺挺倒下了。

周围人都吓了一跳，幸好早挤过来的许磊一把扶住了姚晓琴。

于是在一番混乱中，姚晓琴被抱进了贵宾休息室。

等姚晓琴躺了会儿随后被胃部的翻腾感弄醒以后，才发现周围有一圈人围着她。

"晓琴，你怎样了？"安昀轩摸着她的额头焦急道。

"没……没事……就是胃……胃有点……难……"话未完就"哇"地吐了一地，周围象征着来关心的人立刻后退一步，有些人则直接捂着鼻子逃出去了，只有许磊和安昀轩还留在姚晓琴身旁。

安昀轩在姚晓琴边上没被波及，可倒了杯水给姚晓琴的许磊却完全中招了。

但许磊压根儿没在意他那价格不菲如今却惨不忍睹的一身行头，只是去找了个套着垃圾袋的废纸篓端到姚晓琴边上道："放心吐吧，吐完就舒服了。"

于是姚晓琴在其他人捏着鼻子的围观中又吐了两次，这才感觉稍稍缓过来了。

安昀轩给姚晓琴擦完嘴后又给她找了个靠垫好让她斜靠在沙发上。

许磊则将杯子和药递到姚晓琴嘴边柔声道："把药吃了！"

姚晓琴昏昏沉沉地睁开眼，就见了许磊一张放大的脸，不知道想起了什么，一皱眉道："不要你假好心！"

许磊也不明白姚晓琴在生什么气，只好将药和杯子都递给了边上的安昀轩，自己找了湿纸巾，把身上简单清理了一下。

安昀轩给姚晓琴喂完药以后，便礼貌地将周围人都请出了休息室，好让姚晓琴小睡一会儿。

姚晓琴刚嘟囔着醉话闭上了眼，庄墨辰就进来了。

"怎样？她没事吧？"庄墨辰见了这狼狈的场景，暗暗叹了口气。

"刚吃过药。"安昀轩替姚晓琴盖上毛毯道。

"这次多亏了她，不然也不知道该如何收场。"一脸疲惫的庄墨辰看了一眼睡梦中的姚晓琴，他是该感谢她糊里糊涂地出手相助。

"说起来，那人我怎么没见过？"许磊扭头问庄墨辰。

"是汪家的私生子，汪家老爷身子骨不行了，这才让他认祖归宗的。"

"哦——怪不得。"许磊回忆了一下那人的五官，确实与汪老爷有些相似，"那庄伯伯打算如何处置？"

"谈不上处置，他自己喝不来酒，这也不是他的本意，反正也没出多大的事。"庄墨辰对这个莽撞的汪少爷印象不怎么好，但碍于他和自己父亲的亲近，也不便多说什么。

"他似乎与庄伯伯挺熟？"许磊敏锐地捕捉到了庄墨辰语气里些微的无奈。

"算不上熟，只是之前一起打过保龄球，我爸还说他心眼不错，就是阅历不够，压不住场。"

许磊回忆了一下方才的情景，也赞同地点了点头。

这时候庄正孝带着陈叔推门而入，快步走到姚晓琴跟前道："姚丫头怎样了？"

"没什么，喝醉了，已经吃过药了。"庄墨辰站起身道。

"让她休息会儿就送她回去吧！"庄正孝看看一地狼藉，不禁担心起姚晓琴的身体状况。

许磊点了点头，知道父子俩是主角，没法早离场。

"安丫头也跟着一起走吧！"庄正孝看得出安昀轩也很担心姚晓琴，留着也必定是心随着去的。

"不行。"庄墨辰此时却站出来阻止道，"她还有任务。"

安昀轩这才想起之前说的喂蛋糕的事，立刻就觉得之前对庄墨辰的同情真是多余。

"哦？什么任务？"被蒙在鼓里的庄正孝莫名道。

庄墨辰压低声音对安昀轩道："你要代替他们完成任务，就是不能借助任何工具喂我爸蛋糕，而我爸也要心甘情愿地不借助任何工具吃蛋糕。"

这就是故意刁难了！

安昀轩瞪了庄墨辰片刻，在内心咬死这浑蛋上司一百回后，猛地奔出去拿了一盘蛋糕和两个酒杯进来，随后在几人好奇的目光中，将蛋糕一切二，奶油朝上地分别塞进两个酒杯里，再将其中一杯递到庄正孝跟前道："董事长，您今天酒也喝了不少了，为了您的健康，让我在走前以蛋糕代酒，敬您一杯甜甜蜜蜜长命百岁。"

庄正孝和许磊都被安昀轩这一说法给逗笑了，唯独庄墨辰拉长着脸看着父亲乐呵呵地舔了一口杯子里蛋糕上的奶油。

"丫头嘴真甜。"庄正孝放下杯子眼中含笑道，"好了，都快回去吧！到了给我打个电话。"

许磊和安昀轩答应着，同时瞥了面色不善的庄墨辰一眼，一同扶着姚晓琴走了。

陈叔被支出去料理事情以后，贵宾室里只剩下了父子俩。

庄正孝背着手踱了两步，回过头，眼神锐利道："你该不会是不想安丫头和小磊独处，才给她出难题的吧？"

庄墨辰没想到庄正孝会看出他在耍花样，些微尴尬地别过脸道："怎么会？"

庄正孝也不揭穿自家儿子，只叹了口气，道："我和你母亲，当年就是都憋着口气不肯让步，才在僵持中把感情都消磨掉的。如今回头想想，很多时候只要放低姿态说一句心里话，便不至于闹到今天这步田地。"

庄墨辰沉默了，这么多年来，他还是第一次听庄正孝这样直接地提及他那失败的婚姻。

"我不希望你以后也像我一样，落得孤家寡人。"庄正孝的表情看起来有些落寞，但下一瞬，又被那固有的强硬姿态所取代，"如果我走前，你不自己想清楚，那么就由我来替你选。"

庄墨辰一愣，完全没想到庄正孝会忽然说出这么一句。

"下周去厦门！给你最后一次机会。"庄正孝说罢，便挺直了背走了出去，完全是不容拒绝的架势。

庄墨辰站在原地，低头看了一眼那塞着蛋糕的杯子上安昀轩的唇印想，他才没有对安昀轩有想法呢！他只是不甘于被许磊抢先罢了。

这么想着，庄墨辰默默掏出手机，开启GPS导航，锁定了安昀轩的位置。

而此时的安昀轩，刚在许磊的帮助下安置好了姚晓琴。

看许磊一身衣服还没换过，便好心道："你去洗个澡吧？我借你一套男士T恤。"

"你有男士T恤？"许磊眉头一皱，显然很意外。

"对啊，商场打折买的，大一些当睡衣穿又无所谓。"没心没肺的安昀轩如实道。

"算了，我开车回去也很快。"许磊总觉得孤男寡女的十分不妥。

"欸，不对！你喝酒了还开车？"

"刚不是开回来了吗？"

"那时我只顾着晓琴没想起这茬！"安昀轩义正词严道，"你要对自己的生命负责啊，三石兄！"

"没事的，那点酒算不了什么。"比起那些酒，更能让他失态的，还是眼前人。

"不行！都这么晚了！你这么回去我可不放心。"安昀轩说着一指客厅尽头道，"那里还有间客房，你不嫌弃的话我收拾收拾你先住一晚。"

"这不好吧？"许磊不得不承认，他有些心动了。

"没什么不好的！你先去洗澡！我给你找衣服，然后再煮点陈皮汤。"安昀轩大大咧咧地比了个大拇指。

许磊理智上是明白，这样留宿是不应该的，但跟前的安昀轩那么可爱又那么热情，酒精加上发自内心的喜欢，等他反应过来时，已经脱口而出道："那就麻烦你了。"

"哪里的话？"安昀轩说着便去给许磊找那件崭新的T恤以及毛巾，随后想起牙刷、杯子以及许磊能穿的裤子都没有，于是把许磊推到浴室里道，"你先洗，我去一下超市，五分钟回来。"

许磊有些酒劲上头，也没往深里想，以为安昀轩只是去买点要用的东西便先乖乖洗澡了。

然而安昀轩和许磊都没想到的是，还有一个拥有这房子钥匙的男人，在安昀轩出去后没多久，便悄悄地入侵了这片小天地。

庄墨辰其实是看着安昀轩出门去的，同时他也发现，许磊的车并没有开走。

于是在心里挣扎一番后，那个反复对自己强调并不喜欢安昀轩的男人，就这么偷偷摸摸地摸进了安昀轩的家。

轻手轻脚地打开门，从大厅进去，便能听到浴室的水声。

庄墨辰还不确定里面的究竟是谁，于是先踮着脚尖往房里摸，结果他借着月光看到了已经睡下的姚晓琴。

于是瞬间怒了。

这在浴室里洗澡的，必定是许磊了。

许磊家离安昀轩家也就二十分钟的车程，他洗澡的原因，只可能是他要留下来。

好啊，安昀轩！

你敢留男人在家里过夜？！

气不打一处来的庄墨辰决定要留下来拆穿这对不知廉耻的家伙。

正在气头上，就听了背后"咔嚓"一声——安昀轩回来了。

安昀轩提了两个塑料袋，里头是牙刷、杯子、一次性内裤、男式沙滩裤和一些吃的。

当然，买内裤时安昀轩心里还是有些挣扎的，毕竟她和许磊还没亲密到这份儿上，她也不知道许磊的腰围之类的，便估摸着买了两条尺寸不同的。

付钱的时候，安昀轩都是低着头的，总觉得自己在做什么见不得人的事情。

提着袋子一直脸红到家里，打开灯的一瞬却见一个人朝她冲过来。

安昀轩吓坏了，等反应过来时，那人已将她手中的袋子抢了去。

安昀轩抬头一看，竟然是庄墨辰。

这才想起来自己的钥匙还在他那里，可他怎么会忽然跑到她家里来？

还饿狼扑食似的抢了她手上的购物袋？

愣神间，庄墨辰却已毫不含糊地将安昀轩买的东西一股脑倒在了地上。

随后在一堆生活用品和零食中，发现了两样令他愤怒的东西。

一样，自然是内裤，而还有一样……

"昀轩，你回……"这时候正好打开浴室门的许磊愣住了。

他穿着安昀轩给的长袖T恤以及他那条半干的西装裤，随后目光落在了庄墨辰以及他跟前的一堆东西上。

"你怎么在这儿？"许磊自然不会认为庄墨辰只是顺路过来的。

"这是我该问你的吧？"庄墨辰努力压抑住翻涌的怒气道，"你难道不是要在这里过夜？"

"是又如何？你有什么权利来干涉？"安昀轩就是讨厌庄墨辰这副理所当然地质问许磊和她关系的模样，插嘴顶撞道。

庄墨辰被安昀轩这话气得半晌才指着地上的一次性内裤和包装上印着巧克力图案的一盒全英文的东西道："安昀轩，你好样的！当着我的面装纯情装乖巧？背地里就这样不知廉耻？难怪今天走那么急！原来是怕我坏你们好事。"

安昀轩被庄墨辰那莫须有的指责气得要吐血了，刚想反驳，却一扭头看到了不知何时已站在客厅角落的姚晓琴。

酒劲早过了的姚晓琴似乎是被他们的动静给吵醒了，她只穿着睡衣，呆呆盯着地上的一次性内裤和那盒印着巧克力的全英文的东西。

"晓琴……你怎么……"安昀轩话没说完，姚晓琴就穿着拖鞋擦身而过直接穿过客厅打开门气呼呼地跑出去了。

安昀轩一愣，知道姚晓琴误会了，叫了她名字刚想追，却又被许磊拉住了："她这样都能误会，别管她了！"

安昀轩自然也为姚晓琴不问一声就误会她而感到难过，但她怎么可能任凭姚晓琴大半夜的就这么穿着睡衣拖鞋跑出去？

"放开！"安昀轩正努力甩开许磊的手，庄墨辰却也冷哼一声转身走了。

庄墨辰走到外头，才发现路灯下，姚晓琴就站在他车边发呆。

"你干什……"话没说完，庄墨辰就被忽然冲过来的姚晓琴拧着胳膊反剪到身后，"打劫！给我把车门打开！"

庄墨辰真是吐血了，有这么打劫的吗？

姚晓琴显然是被夜风一吹也意识到自己这样出来是走不远也无处可去的，这才打了他的主意。

庄墨辰看看穿得单薄的姚晓琴，也便可怜她而没有挣扎，在姚晓琴松开手后乖乖解锁开了车门，让她坐副驾驶座上。

车发动的时候，安昀轩终于甩开许磊追了出来，当看清副驾驶座上坐着姚晓琴时，安昀轩急了："晓琴！晓琴！你快下来！"

庄墨辰看姚晓琴不打算理使劲拍车窗的安昀轩，又见许磊已追了出来，便一踩油门出去了。

安昀轩在后头追，但没追几步，就只能看着白色悍马消失在夜色之中。

安昀轩停下步子，站在原地喘息着。

许磊追上她，握着她冰凉的手道："对不起，我刚也在气头上。你也别太担心，她和庄墨辰在一起不会有事的，待会儿你打个电话给她，等她气消了，自然会回来。"

安昀轩又何尝不知许磊的个性，他是最讨厌别人欺骗他，或者诬赖他的。

话说到这个份儿上，安昀轩也不好责怪许磊什么，只是叹了口气纳闷道："我就给你买点生活用品留你过夜，至于反应那么大吗？"

"呃……昀轩，其实让他们反应大的应该不是你给我买的生活用品。"许磊扶额道。

安昀轩眨眨眼睛，不明白许磊的意思。

"其实我也很好奇，你为什么还买了一盒……"

"巧克力？"

许磊露出一种"我就知道"的神情："昀轩……你是不是……英文不太好？"

"什么意思？"安昀轩更莫名了。

"那不是巧克力。"许磊犹豫地提示道。

"不是巧克力是什么？"安昀轩歪歪脑袋，完全摸不着头脑。

许磊避开她的目光，别过头去对着路灯道："那是一种……情趣用品。"

安昀轩愣住了，随后在夜风中凌乱地抱头喊冤，直到一只拖鞋从二楼扔下来险些砸中许磊的肩膀，两人才一同往回走。

这边，姚晓琴从后视镜里看到追在后头的安昀轩越来越渺小，直到消失不见的身影时，便哭得稀里哗啦的。

庄墨辰无奈地将一盒抽式纸巾扔给她道："哭什么？他们哪值得你哭了？"

"你管得着吗？给我开车！"姚晓琴吼完擤了把鼻涕。

庄墨辰无奈，又开过两个路口才道："打算去哪儿？"

姚晓琴抱着纸巾盒抽噎道："找个昀轩能找到我的地方！"

庄墨辰险些脑袋撞方向盘上："大小姐，你还没弄明白？他们就是要背着你做见不得人的事！"

"你才见不得人呢！我是和昀轩一起长大的！她是什么样的人我还不清楚？"

就算她和安昀轩有什么分歧，也不允许任何人说安昀轩的不是！

"呵……你清楚？那你说说，那盒东西是怎么回事？那可是她自己买的！"庄墨辰斜睨着看似理直气壮的姚晓琴质问道。

姚晓琴不吭声了。

庄墨辰看姚晓琴那低着头的可怜模样也有些于心不忍："这大半夜的，我也不能让你出去乱跑，这样吧，你先去我家将就一晚，待会儿到超市把该买的都买齐了。"

姚晓琴想了想，庄墨辰家里还有陈叔和庄正孝，便道："也成，你先发条消息和昀轩说,我在你家。"

"凭什么我发消息?"庄墨辰不乐意了。

"你吃醋了?"姚晓琴的话宛如一箭穿心。

庄墨辰愣了许久才深吸一口气道:"我吃醋?吃谁的醋?"

"自然是昀轩的!"

"怎么可能?"

"那难道你在吃许磊的醋?"

庄墨辰又险些撞方向盘:"你给我听着,我没吃他们任何一个的醋!"

"不吃醋你生什么气?早点看清自己的内心吧,富二代!"姚晓琴一副"孺子不可教也"的表情道。

"该看清的是你!刚才哭那么伤心是为什么?"庄墨辰反唇相讥道。

"我哭是因为我醉了!我还打醉拳呢,你信不信?"被戳了痛处的姚晓琴张牙舞爪地摆着pose。

庄墨辰是真拿身边这暴力分子没办法,只好鼻子里出气道:"随你怎么说,反正我没义务给她发消息。"

姚晓琴还要说什么,庄墨辰的手机就响了。

姚晓琴趁着庄墨辰开车顾及不了口袋,便倾身过去一下子掏出了他的手机。

"你干吗?快还我!"庄墨辰急了。

姚晓琴却对着手机上显示的"安昀轩"三个字看了许久,随后眼眶又红了。

庄墨辰在一个红灯前踩下刹车,劈手去抢,姚晓琴却不给他。

"你看着又不接,霸占着干什么?"庄墨辰真是要气炸了。

"我就乐意!"姚晓琴无赖地握着手机看安昀轩的名字,直到那名字随着铃声的中断而黯淡下去。

"你难道想说,她还是关心你的?"

"总不至于是关心你才打来的。"姚晓琴吸吸鼻子道。

庄墨辰真想把这说话不中听的姑娘从车上扔下去，正在此时，手机又响了，原来是安昀轩发来的一条短消息。

两人头碰头看了，短信内容一长串："晓琴在你那里吗？是的话请给我个回应！另外，许磊不说我还不知道，我英文不好，没认出包装上的字，在促销架子上看到以为是巧克力就买了！事实上不是你们想的那样。至于许磊，是因为他送我和晓琴回来帮了很多忙，我怕他那么晚还喝了酒开车回去不安全才让他留一晚睡客房的，请帮我和晓琴解释一下！告诉我你们在哪儿，我们马上过来接晓琴！"

这一番话，霎时就浇灭了姚晓琴和庄墨辰心中大半的怒火。

只是姚晓琴仍旧觉得愤愤不平，安昀轩怎么可以不经过她同意就那么随随便便地让许磊留下来？而且听这意思，还是要和许磊一起来接她？

庄墨辰显然也是这么想的，他看着跟前的绿灯踩一脚油门，道："怎样？要送你回去？"

"不用。"姚晓琴还是决定给安昀轩一点教训，"待会儿我自己和她说。"

正说着手机就又响了，姚晓琴看都不看就按下通话键中气十足道："短信我看到了，不用来接了，今晚我就在庄墨辰家里过夜！"

彼端沉默片刻后，才响起一个熟悉的声音："姚丫头？你刚说什么？"

姚晓琴辨认出那嗓音后便保持着"阿毛脸"发呆。

庄墨辰感觉到不对，一把抢过手机，就看到来电人上显示的名字是——"庄正孝"。

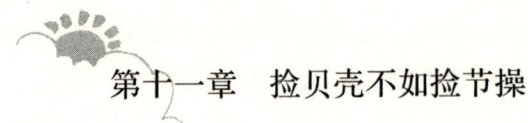
第十一章 捡贝壳不如捡节操

内伤了的庄墨辰看了一眼毁他"名节"的罪魁祸首姚晓琴,随后对手机彼端的父亲道:"爸,不是她说的那样……"

"是怎样我不管!"庄正孝不悦地打断了儿子的辩解道,"你只要记住我今晚说过的话。"

庄墨辰扭头看看一脸无辜的姚晓琴,忍住一掌劈死这妖孽的冲动道:"我爸说,不能乱扔垃圾,你有什么要买的?"

姚晓琴甜甜一笑,但她从超市里抱回来的,除了生活用品,还有一大堆零食以及萌系小挂件。

"你当我提款机,是吧?"付账时庄墨辰咬牙切齿道。

姚晓琴坦然接过收银员递来的发票道:"我只是在为缩小我国贫富差距贡献微薄之力。"

两人吵吵闹闹地来到庄墨辰家,开门的是等候多时的陈叔。陈叔打量了一番穿着睡衣的姚晓琴,随后用"少爷长大了"的欣慰眼神看着浑身不自在的庄墨辰道:"董事长在书房等您。"

"你先去洗个澡换身衣服。"庄墨辰对身旁打了个喷嚏的姚晓琴道。

姚晓琴也是大大咧咧的个性,一扭头问陈叔:"浴室在哪儿?有没有小说里那种可以装一只大象的按摩浴缸？"

陈叔默默给姚大小姐指了个方向，姚晓琴便带上换洗衣服去了浴室。

庄墨辰拍拍抹了抹汗的陈叔的肩。

同病相怜！

书房里，庄正孝放下书本，问了几句生日宴收尾的事，随后直入主题道："后天，你让姚丫头和小磊一起去吧！"

庄墨辰一愣。

带上这两个局外人算是怎么回事？

"出去走走，心境会开阔些。"庄正孝背着手，以过来人的口吻解释道，"你们这些年轻人啊！都爱钻牛角尖！一条路走到黑，迟早是要碰壁的！"

"爸，您这也太……"庄墨辰真是对父亲的武断感到头疼。

"别多说了，我会让陈叔安排的，你知道就好。"说罢，"太上皇"便起身走出了书房，留庄墨辰站在桌边隐忍着怒气。

要不是不想辜负安昀轩之前的努力，庄墨辰真想和父亲大吵一架。

他好不容易腾出时间打算好好放松一下顺便欺负欺负安昀轩的理想假期，加上许磊那个乘以三倍的绊脚石，以及"惹祸精"姚晓琴——这真是一场噩梦！

庄墨辰深深叹了一口气。

下楼时，就见了洗完澡的姚晓琴探出颗湿漉漉的脑袋："我住下没问题？"

"你来都来了，我还能赶你走不成？"庄墨辰一身的火药味，却并未引起姚晓琴的半点愧疚。

"哦……那我先去睡了。"穿着睡裙的姚晓琴抓了头上毛巾一阵揉搓。

"等等！"庄墨辰叫住打算离开的姚晓琴，不情不愿道，"我爸希望后天你、我、安昀轩、许磊，一起陪他去趟厦门。"

"去厦门？"姚晓琴脚步一顿。

"我和我父亲，还有两个心愿没实现，我父亲让我们几个一起去。"庄墨辰尽可能地轻描淡写。

"心愿……"姚晓琴端着下巴琢磨片刻，了然一笑道，"是想让我们在那里举办秘密的小型沙滩婚礼？"

庄墨辰捂胸口，陈叔忙上前扶他。

少主，撑住啊！

庄墨辰摆摆手，示意他还挺得住！

"只是去完成安昀轩列表上的我和我父亲的心愿。"庄墨辰深吸一口气澄清道。

"那为什么要带上我们几个？"姚晓琴歪着脑袋，不偏不倚地抓着话里的纰漏。

"或许我父亲觉得，人多会比较热闹。"庄墨辰这话说得十分没底气。

天知道庄正孝为何要做出这么个不近人情的决定！

"那为什么不干脆带个腰鼓队过去？"姚晓琴总觉得这事有猫腻。

庄墨辰斜睨着姚晓琴道："你一人，就抵十个腰鼓队了！"

"那你快送我去超市，我要再补十个腰鼓队的生活用品和零食！"

哼！让你看看十个腰鼓队的威力！

庄墨辰嘴角一抽，陈叔又要上前扶他。

庄墨辰再次摆摆手，道："陈叔，用我手机给安昀轩打个电话，就说姚晓琴今晚住我家，明天一早我会把她完整无缺地送去公司。"

只是不知道明早自己是否还完整……

当晚，安昀轩挂了电话以后对身旁的许磊道："陈叔打来的，说晓琴住他们那儿了！"

"哦——"许磊忽略心中那股没来由的不快，扯了扯嘴角，安慰安昀轩道："如果她看到你发给庄墨辰的短信，应该就明白她误会你了。"

安昀轩深深地叹了口气。晓琴啊晓琴！究竟到何时，你才能不那么让我操心？

"怎么？"许磊看安昀轩一副心事重重的样子，便又问道。

"没什么……"安昀轩也没法向许磊解释，她给姚晓琴又当闺密又当妈的心情，"只是刚陈叔转告董事长的话说，让我们后天一起陪着去厦门。"

"我们？"许磊挑眉。

"你、我、晓琴、庄总、陈叔，都一起去。"安昀轩耸肩，她也不明白这算怎么回事！

"去得那么急，和一个月内必须完成的心愿有关。"许磊首先想到的便是这个。

安昀轩想了想，似乎也只有这种可能。

"只是不知道为什么要让我们都去。"

许磊看安昀轩一脸莫名的模样，心道庄伯伯这个决定必定与今晚的事有关，于是循循善诱道："昀轩，你有没有想过，为什么庄伯伯会让你和晓琴陪着招呼客人，现在又要让你们陪着旅行？"

事情到了这份儿上，他有必要提醒一下后知后觉的安昀轩。

安昀轩听许磊这么说，忽然悟出什么似的，瞪圆了一双眼。

许磊惊到了，试探着唤一声："昀轩？"

安昀轩这才缓缓扭过头，用一种见鬼的表情道："你说过，董事长他……已经离婚了？"

瞬间明白安昀轩在想什么的许磊忽然有了一种深深的无力感，扶额否认道："不不，我不是这个意思……"

这孩子一定是被姚晓琴给带坏了！

隔离啊！需要紧急隔离啊！

"时候也不早了，我先打车回去，明早再过来取车接你上班。"许磊看了一眼墙上的挂钟准备结束今天的对话。

今天发生的事太多，要回去理理思路啊！

"不用那么麻烦了！就在这儿睡吧！我去给你整理房间。"安昀轩被许磊这么一打岔，也觉得自己刚才的想法似乎有点晓琴附体。

当务之急还是让许磊好好休息。

今晚也真是够折腾的了！

正要起身，手却被拉住了。

安昀轩一愣，顺着那只手看去，就见到许磊的一双早已敛去了笑意的眼。

他的眼中，似有看不真切的深意，那一瞬的晦暗，却最终化为一句喟叹："你太高估我了。"

安昀轩怔愣间，许磊已松开她的手，拨了代驾电话。

"这下你不用担心了吧？"许磊带着一如既往的令人如沐春风的笑放下手机道，"明儿一早我来接你，早些睡吧！晚安！"

安昀轩保持着方才的姿势，呆呆看着许磊离去。

今天的许磊，似乎有些陌生？

即使他的想法被掩盖在了笑意之下，安昀轩也能感觉到一种令人不安的氛围。

当晚，安昀轩做了一个梦。

梦里，她抓着庄正孝的手激动道："皇上，您还记得大明湖畔的夏雨荷吗？"

身边跪着的姚晓琴立刻道："皇上，有正规发票！"

翌日，庄墨辰和许磊的车是同时到达公司的地下车库的。

车位紧张，而碰巧，四人都晚了。

狭路相逢，只有一个车位！

许磊没客气，往前开了一段。

庄墨辰一见他这架势，立刻让姚晓琴先下车，随后一打方向盘凭着感觉就把悍马的车屁股往空车位里一塞。

许磊则慢悠悠地驶过悍马跟前，在保安的指挥下停进了拐角处刚空出来的位置。

"三石兄，你笑什么？"坐在边上的安昀轩奇怪道。

不是没抢到原本想抢的车位吗？

"等下车就知道了。"许磊蒙娜丽莎般地微笑着。

安昀轩满怀好奇地下车一瞧，就见了车被卡得从车门出不来的庄墨辰，正从天窗里爬出来……

"噗——哈哈哈哈！"一边的姚晓琴已经笑得风中凌乱了。

安昀轩也想笑，但看看庄墨辰黑着的脸还是忍住了，一把抓住此时毫无防备的姚晓琴咬牙切齿道："你这磨人的小妖精！故意让我着急，是吧？"

经过昨晚的冷静，姚晓琴气早消了，但仍旧傲娇地一扭头道："谁让你随便留男人过夜？"

安昀轩一听姚晓琴这口气就知道她已经看到自己的短信了，温柔哄道："那不是你当时喝醉了我没法问你意见吗？再说三石兄也挺干净的啊！自己会洗澡舔毛，还定点那什么……"

锁好车走过来的许磊正好听了这一句，毫不介意地微笑道："当我小狗吗？"

姚晓琴瞥了一眼好脾气的"小狗"，板着脸道："他昨晚回去了？"

"敢不回去吗？"许磊对姚晓琴那吃醋的本领可算是领教了。

一旁竖起耳朵的庄墨辰听许磊这么说，也是面色缓和了许多，不计前嫌地出面当和事佬道："过去的事就别提了！"又转向瞪着许磊的姚晓琴,"你那些生活用品都在我后备厢里,正好明天去厦门可以带去,晚上我送你们。"

"不用了。"安昀轩别开脸气呼呼道。

开什么玩笑?昨天刚说过那些难听的话,今天就来献殷勤?

哼!打一个巴掌再揉揉!才不吃这套!

"那还是我送吧!明早也来带你们一起去机场。"许磊乐得坐享其成。

"我不坐你的车!"姚晓琴却一口回绝道。

安昀轩知道姚晓琴心里还有疙瘩,便顺着她的意思委婉道:"你们也都要收拾行李,别送我们了,我们乘地铁回去。"

许磊看了一眼姚晓琴没吭声,庄墨辰看了一眼安昀轩也没吭声。

于是四人一同走进公司,随后兵分两路。

到了办公室,安昀轩给庄墨辰泡好咖啡,再次确认之后几天的行程安排便准备出去,却被庄墨辰叫住:"你在生我的气?"

安昀轩低眉顺目:"臣不敢。"

庄墨辰上前一步俯视着看似乖巧的安昀轩道:"任谁看到那样的场景和那样的物品,都会联想到这样一种可能,不是吗?"

"原来您不是想道歉?"安昀轩抬头直视着为自己开脱的庄墨辰。

"我只是分析一下这种不愉快是怎么发生的。"庄墨辰抱臂道。

他可是上司啊!这种委婉的道歉安昀轩都接受不了?非要他拉下脸来把话挑明?

"您没成为名侦探柯南还真是可惜。"安昀轩不免对这个上司感到有些失望。

"我收留了你那无处可去的闺密一晚才没让事态继续恶化,你就是这个态度?"满腹牢骚的庄墨辰显然也不想退让。

"庄总,这是两码事,您照顾晓琴我自然要感谢您,但您昨天不分青红皂白说的那番话我可都记得!"安昀轩想起昨天庄墨辰那态度就来气!

那说得叫一个顺溜啊!都不带停顿的!怎么不去表演单口相声呢?

"记仇的人是成不了大器的。"庄墨辰也知道自己不对,但就是拉不下脸来承认错误。

"是啊,庄总!您的助理就是这么个小家子气的!愿您在今后的生活中都能用推理分析来推敲人情世故。"说完安昀轩气呼呼地摔门出去了。

而楼上,姚晓琴与许磊的相处也不尽如人意。

"帮我泡杯茶。"

姚晓琴一扭头:"哼!"

"你这是在摆脸色给我看?"

姚晓琴不搭理。

许磊终于被姚晓琴这不讲理的态度给激怒了:"别人都可以误会昀轩,但连你也误会她,还大半夜穿着睡衣就跑出去,你还有理了?"

姚晓琴一叉腰蛮横道:"这是我和昀轩的事,你又有什么资格来指手画脚?"

想起昨天许磊那针对她的态度就来气!

"我一直是看在昀轩的面子上才关照你,你倒好,反咬一口?"许磊冷着脸数落。

"你关照我?我完全是为了昀轩才留在这里的!"姚晓琴干脆撕破脸道,"就你这大尾巴狼!昨天要不是我酒醒得及时,你还不把昀轩一口吞了!"

许磊反复提醒自己要冷静,但姚晓琴这话,就像一把刀狠狠扎在他心上:"我是这种人?"

姚晓琴显然不吃许磊这套:"你敢说你对昀轩没企图?"

两人对视片刻,还是许磊先败下阵来,别开眼道:"既然你这样认为,那我也没什么好说的。"

"呵！是心虚了吧？"

"就你这样得理不饶人的伶牙俐齿，也难怪……"

姚晓琴眼一瞪，许磊便没说下去。

他不是怕了姚晓琴，而是在方才那虚张声势的表情中，察觉了一丝色厉内荏的软弱。

之前在与姚晓琴的相处中，许磊多少能感觉到，她总是试图驱逐除了安昀轩之外的企图闯入她内心的人，借以消除任何被伤害的可能。

这种幼稚的自保方式，总让她处于不被理解的境地。

但被孤立的姚晓琴却始终坚信着，只有被她圈进心里的安昀轩，永远不会伤害她。

她为自己建的那座看似坚不可摧的城池，容不得安昀轩出去，也容不得任何人进来。

许磊清楚地知道这一点，所以始终敬而远之。

可昨天，又是因为什么而彻夜未眠？

他脑中想的，竟然不是安昀轩……

姚晓琴见许磊不说话，也不想再和他争执下去，恰巧这时候手机响起，便出去接了。

"您好，请问是姚小姐吗？"彼端传来一个年轻男子的声音。

"哪位？"姚晓琴不耐烦道。

"你猜！"

姚晓琴干脆地挂了电话。

片刻后，那个陌生号码又打了过来。

姚晓琴接起了，就听那人道："对不起，我是昨天那个受你帮助的陌生人。"

姚晓琴沉默片刻后道："那个跪在路边说希望资助学费的大学生？"

彼端沉默片刻后道："现在还有人信这种幼稚的把戏？"

姚晓琴再次挂断了电话。

等第三次姚晓琴按下通话键时,对方的态度显得诚恳了许多:"对不起,姚小姐,我不该那样评价您的善举,事实上我是昨天喝醉了险些误伤庄伯伯的人,我叫汪烨威。"

"哦——"姚晓琴这才想起还有这茬,"有事吗?"

汪烨威自然也听出姚晓琴语气中的不耐烦,但仍旧厚着脸皮道:"昨天多亏了姚小姐我才没有犯下不可弥补的错误,所以,我问庄伯伯要了您的手机号,想请姚小姐吃个便饭,表达一下谢意。"

"哦——我很忙,吃饭就不用了。"姚晓琴打了个哈欠道,"麻烦把请我吃饭的钱打到我银行账户里,卡号我待会儿短信你。"

"……"

"还有什么问题吗?"姚晓琴挑眉。

"没有。"

"那再见。"

等挂了电话,姚晓琴就被一通工作电话打断了思路,彻底把这事给忘了。

直到第二天早上,和安昀轩一起坐庄正孝派来的车到了机场时,姚晓琴才发现,原定去厦门的旅行队伍里,多了一人。

"姚小姐,你好,我就是昨天和您通过电话的汪烨威。"那穿了一件闷骚的皮衣的年轻人激动地上前握了握姚晓琴的手道,"我知道你是故意那么说来婉拒我请你吃饭的好意,误会你真不好意思,没想到现在这世道还能遇上你这样热心、善良、朴实的女孩。"

姚晓琴听汪烨威这么说才想起似乎有这么回事,冷淡地抽出手道:"对不起,我真不是热心、善良、朴实的女孩,你可以给我现金。"

汪烨威哈哈大笑,道:"姚小姐可真幽默!"

幽默你妹啊!

姚晓琴真想把这位不知从哪儿冒出来的汪少爷给扔出去！

正在这时，庄正孝已带着陈叔走了过来，看了眼脸色不怎么好的姚晓琴，又看看汪烨威道："你们也算是不打不相识了，这次去厦门，是烨威做的东。"

做东了不起吗？

我又没拿到一分钱……

姚晓琴翻了个白眼。

飞机上，几人坐的自然是头等舱。

安昀轩被安排坐在庄墨辰边上，姚晓琴被安排坐在许磊与汪烨威之间，庄正孝与陈叔则坐在前排。然而在庄墨辰的边上，还空了两个位置。

"墨辰，你要我多空两个位置，是要放什么东西？"汪烨威伸长了脖子好奇道。

"哦，是我的两位亲属。"庄墨辰说着，打开随身的旅行箱，里头有一个被固定了的小木屋，小木屋中间坐着一对熊猫玩偶。

庄墨辰在汪烨威呆愣的眼神中，将"阿毛"和"阿花"小心翼翼地抱出来，分别放到两个空位上，替它们系上安全带，道："蜜月旅行快乐！"

除了知子莫若父的庄正孝，其他几人都变成了"阿毛"脸。

起飞后没多久，庄墨辰便闲得无聊道："这次旅行能一次完成两个心愿——一起旅行和一起在海滩边捡贝壳，本来如果天气允许，还能放风筝，只可惜我的阿蝶……"

安昀轩瞥庄墨辰一眼，不搭话。

"阿蝶陪伴了我许许多多个孤独的日夜，我甚至觉得，它就像我的孩子。虽然它的样貌不被世俗所认同，但它每次飞翔在天际时，我都觉得由衷地自豪。要不是那场突如其来的风雨，也许我能和父亲一起，看着阿蝶飞得更高、更远……"

"庄总……"

"嗯？"

"我家钥匙。"

庄墨辰掏出一串钥匙在安昀轩跟前晃了晃："你说这个？"

安昀轩刚要去抢，就见庄墨辰一仰头，把钥匙吞进了嘴里。

安昀轩震惊地看着庄墨辰动了动喉结，抓着扶手的手瞬间收紧。

你妹！

"后面怎么没声了？"闭目养神的庄正孝问边上负责侦查的陈叔。

陈叔沉默片刻后才斟酌道："少爷他……他把安小姐家的钥匙给吞下去了。"

"哦——他小时候就喜欢表演这魔术。"庄正孝淡定道。

"魔术啊！"陈叔抚了抚胸口，"少爷是怎么做到的？"

刚才看还以为是真的！

"不清楚他怎么做到的。"庄正孝沉吟片刻后道，"只是每次表演完，他都会胃疼。"

陈叔凌乱了。

幸而直到飞机抵达厦门机场，庄墨辰都没有胃疼。

陈叔这才明白，他被他家古板的老爷给"玩弄"了。

去酒店放完行李以后，几人便一同出发去了鼓浪屿。

厦门的天气像是永远的夏天，太阳灼烤着大地，让这几个从秋天飞来的旅客多少有些不适应。

等船的时候，几人便不约而同地涌到码头的小店里买帽子。

安昀轩和姚晓琴刚拿了两顶试戴，将二人夸了一番的汪烨威就热情地付了钱。

正摸钱包的庄墨辰和许磊对视一眼，瞬间结成联盟。

于是之后……

汪烨威替安昀轩拿包,汪烨威被绊了一跤。

汪烨威替姚晓琴拍照,汪烨威被绊了一跤。

汪烨威替安昀轩买肉干,汪烨威被绊了一跤……

在被绊得摔了好几次以后,狼狈不堪的汪公子终于意识到——有人在捣鬼。

他仔细想了想,自己除了对两位姑娘热情了些以外,似乎没有别的可能惹人嫌的举动。

于是汪烨威将怀疑的目光投向了始终走在他身后的庄墨辰与许磊。

然而就在汪烨威满心疑惑的时候,不知道谁踢了他小腿一脚,让正在下台阶的他险些一脚踏空。

幸好这时一人眼明手快地扶住了他。

"你没事吧?"庄墨辰"英雄救美"道。

汪烨威愣了愣,刚想道谢,庄墨辰却朝他使了个眼色。

汪烨威回过头,就见了正瞪着这边的陈叔。

"别怪我没提醒你,我父亲向来是……很中意那两位姑娘的。"庄墨辰压低声音,一副"我是为你好"的表情道,"你看我和许磊都知趣地与她们保持一段距离。"

汪烨威的天空划过一道晴空霹雳。

他震惊地看了一眼不动声色地走在最前头的庄正孝,又看了看两个兴奋得乱窜的小妮子,瞬间醍醐灌顶。

庄墨辰深深叹了口气,拍拍呆愣的汪烨威的肩便离开了。

这时候落在后头的许磊压低声音道:"陈叔,可以了。"

陈叔把脑袋转向庄墨辰:"少爷,我赢了吗?"

许磊憋住笑道:"自然赢了,干瞪眼这种游戏我竟然比不过您老人家。"

于是童心未泯的陈叔心满意足地笑了。

庄墨辰与许磊也都心满意足地笑了。

这之后，汪烨威乖乖走在最后头，始终与安昀轩和姚晓琴保持着一段距离。

刚才还和安昀轩抱怨汪烨威仿佛无所不在的姚晓琴奇怪道："他怎么了？"

"吃坏肚子了吧！"庄墨辰脸不红心不跳地回答道。

"什么时候吃坏的？"安昀轩回头看了一眼愁眉苦脸的汪烨威，却发现他立刻别开了眼。

"对你们特别热情的时候。"庄墨辰淡淡道。

话里有话啊！

安昀轩刚想追问，就见姚晓琴兴奋地跑到一个小摊前头，那里正在卖各式各样的风铃。

姚晓琴兴奋地拿起一只微笑的猫道："老板，这多少钱？"

老板看了一眼她身后的几人："二十，如果你们多买几个，可以便宜。"

庄墨辰于是上前摆出阔佬架势道："拿四个。"

庄正孝在后头咳嗽。

庄墨辰满脑袋黑线道："拿六个。"

老板又看了一眼落在最后头的汪烨威："不加一个吗？还有位先生……"

庄墨辰看了一眼汪烨威所在的方向，一脸惊讶道："什么先生？"

许磊立刻配合地扭过头去，视线却越过汪烨威落在更遥远的地方："老板，你眼花了吧！我们一共就六个人啊！"

老板一哆嗦，十元一个卖给他们，随后匆忙收摊走人。

撞见鬼了！

庄正孝和陈叔笑了，终于明白过来的安昀轩鄙视道："庄总，您怎么不去拍电影啊？！"

"我如果做明星的话……"

"都没人敢潜规则您！"

庄墨辰耷拉着眼皮看了安昀轩一眼："敢叫我干爹的，不就是你吗？"

安昀轩"阿毛"脸，装作没听见。

"哇——你们看！"姚晓琴一声惊呼吸引了庄墨辰与安昀轩的注意。

几人顺着那小路走过去，就见了一片弧形的沙滩与一望无际的海洋，阳光下的金色与碧蓝，交织成如诗如画的风景，令沐浴着海风的众人为之一振。

最是兴奋的姚晓琴早就脱了鞋奔到了沙滩上，欢乐地朝他们招手。

安昀轩掏出心愿单抖了抖，道："好了干爹，和董事长撒丫子捡贝壳去吧！"

庄墨辰沉默地看了一眼游人寥寥无几的沙滩，压低声音道："你觉得能捡到？"

这种沙滩能捡到玻璃瓶渣还差不多！

安昀轩于是将庄墨辰拉到一旁，掏出一袋子之前从小摊贩手上买的十元三个的贝壳道："五十元三个，管理，要不要？"

庄墨辰真想一口盐汽水喷死这姑娘："刚你买这些就为了这个？"

"您旅行前都不做功课的吗？"安昀轩摆出一副"智商决定命运"的架势。

她出发前可是特意去网上查了查厦门海滩是否能捡到贝壳这种常识性问题。

哈哈！看你不上套？

庄墨辰简直是瓮中之鳖，乖乖掏钱给安昀轩，随后拖着庄正孝去买沙滩鞋。

等父子俩回来,安昀轩、姚晓琴和许磊已经把贝壳埋好了。

"董事长,那就请您和庄总一同完成捡贝壳的心愿吧!"安昀轩将两人带到最靠海的那片沙滩边上嘻嘻一笑道。

贝壳?

庄正孝眼看着庄墨辰弯腰捡了个贝壳,似乎也有点纳闷此时没退潮为何沙滩上会有这么大个的贝壳。但仍旧是接过安昀轩递来的塑料袋,和儿子一起俯身寻找。

这时候去买饮料的汪烨威提着袋子过来,正见了在沙滩上寻寻觅觅的父子俩,于是道:"庄伯伯真有善心,和墨辰一起捡垃圾造福游客吗?"

你才捡垃圾!你全家都捡垃圾!

庄墨辰猛一回头,用煞人的眼神一遍遍贯穿着汪烨威。

汪烨威这才意识到自己可能误会了,看了一眼庄墨辰手里的贝壳道:"咦?这不是刚才昀轩……唔!"

庄正孝听到动静回过头,就见汪烨威的嘴同时被两个矿泉水瓶插着。

行凶者姚晓琴笑得一脸无害。

"没什么,汪公子说他渴了。"许磊好心解释。

庄正孝只当年轻人玩闹,也没在意。

等父子俩捡了一袋子贝壳并拍照留念以后,便是自由活动时间。

安昀轩与姚晓琴见到大海的机会不多,自然是玩得最疯的。

两人脱了鞋在浅浅的海水里打闹嬉戏着,许磊在一边微笑着替两人拍照留念。

庄正孝则坐在沙滩边的石头上,掏出一个贝壳给视线始终跟随着二位姑娘的儿子道:"这是怎么回事?"

庄墨辰一低头,发现那贝壳上钻了个洞插了个哨子。

真不专业啊!

庄墨辰扶额。

于是卖家安昀轩，获得差评×1。

"我早猜到是这样。"庄正孝倒是出乎意料地大度，"为什么想来沙滩捡贝壳？"

庄墨辰扭头看了一眼阳光下的父亲，此时的他，穿着休闲夹克和一双夹脚拖鞋，身上再无凌厉气势，就像个再普通不过的老人。

于是许多从前讲不得的话，如今似乎都不那么难以说出口了。

"您以前给过我一本旅游杂志，当时我问，哪里能看到海，您说，等我长大以后带我去，海边有许多的贝壳，可以捡回来给爷爷家的乌龟趴着晒太阳。"庄墨辰看着潮水一次又一次地冲刷着沙滩，就像时间冲刷着记忆。

"可直到那只乌龟死去，直到爷爷去世，你都没有兑现过你的承诺，我知道您是忘了……"

"不，我没忘。"庄正孝打断道。

庄墨辰愣了愣，看向身边的父亲。

"只是当你长大时，已不再需要我了。"

庄墨辰收回目光，自嘲地笑了笑："您总是能给您在我人生中的缺席找各种理由……"

庄正孝沉默了一会儿，任由微咸的海风吹拂着苍老的脸庞，随后眯起眼睛看着蔚蓝的天空道："你从没有给过我补偿你的机会。"

每每他带着歉意企图向这个倔强的儿子示好，便会被那些冷言冷语或者拒绝交流的倔强逼得懊恼、挫败。

"那么说，是我的责任？"本来还不错的气氛因为庄墨辰这一句反问，而再次降到了冰点。

"这简直就是先有鸡还是先有蛋的问题！"姚晓琴的声音忽然冒出来打断了父子俩的谈话。

父子俩回头，就见了不知何时已绕到礁石后头偷听的三人。

安昀轩和许磊见暴露了，也只好直起身，尴尬地打了个招呼。

"姚丫头想说什么？"庄正孝难得地没有生气，还好脾气地问了句。

"我就想说，家人之间是没有对错之分的，就算你们分清是谁的责任又如何，算上利息连本带利地讨回来吗？"

此话一出，众人都对向来粗线条的姚晓琴刮目相看，却听她继续道："答案当然是肯定的。"

全体倒。

"不把之前的账算清楚，怎么能平和地继续相处？"

"咳……晓琴说得也有点道理，其实把憋在心里的想法说出来是很有必要的，童年的缺失并不是随着时间的推移就能自愈的。"安昀轩替姚晓琴圆场道，"很抱歉打扰到二位，不过在这样一个如诗如画的地方，我们能不能先放下某些不愉快，一起合一张影？"

说完就打了个手势，把汪烨威召唤过来给他们几个拍照。

父子俩也觉得在这种时候对峙很有些煞风景，便顺着台阶下，配合地与几人站在了一起。

汪烨威调好了镜头，开始倒数："一、二、三，茄……"

"等等！"庄墨辰喊停，随后在众人莫名的目光中，解开外套，露出腰间别着的一对熊猫，随后自己抱着"阿毛"，将"阿花"塞进庄正孝怀里，"可以了。"

于是汪烨威一脸呆滞地按下了快门，事后发现照片里除了庄墨辰以外，其他人都是一张"阿毛"脸。

拍完照，安昀轩在心愿单上勾去了"一起在海滩边捡贝壳"的心愿："接下来做什么好？"

"海蛎煎！土笋冻！沙茶面！海鲜！"姚晓琴激动地举手道。

于是一群人都笑了。

酒足饭饱，最终投票决定去做FFF团最痛恨的事之一——一起看日落。

厦门这时候虽然暖和，但昼夜温差也大，太阳落山时，被海风吹着自然有些冷飕飕的。

许磊和庄墨辰都注意到了抱着膝盖缩着肩膀挨在一起的俩姑娘，于是做了言情剧里男主角常做的事——脱外套。

然而谁给谁披外套，却成了一个很令人头疼的问题。

许磊正纠结，庄墨辰已近水楼台先得月，抢先将衣服披在了安昀轩身上。

许磊对庄墨辰的行为投去了鄙夷的一瞥，随即将自己的外套披在了姚晓琴身上。

然而令他没有想到的是，向来不知道领情的姚晓琴竟然在怔愣片刻后，用蚊子般的音量对他说了声"谢谢"。

这回便轮到许磊惊讶了。

从许磊这个角度，正巧能看到姚晓琴被晚霞映红的半边侧脸，让他有一种姚晓琴似在害羞的错觉。

但很快，他就否定了自己的这个想法。

姚晓琴会害羞的话，那庄墨辰都会卖萌了。

庄墨辰打了个大大的喷嚏，正想着谁咒他，本就有些不好意思的安昀轩已经打算把身上的外套还给他了。

"没事的，你披着。"庄墨辰的声音被海风吹得有些缥缈，听在耳里，仿佛带着某种漫不经心的味道。

安昀轩也脸红了。

想着庄墨辰别因为脱衣服给她而冻着了，便匆忙解下自己连衣裙上的白色宽腰带，围在了庄墨辰的脖子上。

看到这一幕的其他几人瞬间笑翻了。

"大胆婢女！你这是要谋反吗？竟给皇上套白绫？"姚晓琴故意粗着嗓子一指安昀轩道。

安昀轩捂脸。

我是颗蘑菇，你们都不认识我！

然而偷眼瞄庄墨辰，却见他一副不为所动的模样。

那望着夕阳的眼神，十足地温柔，仿佛他脖子上围的，不是什么可笑的腰带，而是一份难得的心意。

"我去买点热饮吧！"许磊见安昀轩看庄墨辰的眼神，便觉着有些怅然若失的不自在。

"我和你一起去！"姚晓琴总觉得许磊似乎不怎么开心。

然而两人一前一后地兜了几圈，许磊都没有要停下买哪家饮料的意思。

"你找什么？"姚晓琴忍不住问。

许磊这才猛地停下步子，跟在后头的姚晓琴险些撞上来。

许磊回过头，才发觉人来人往间，离得远很容易被人潮冲散。

刚才他想心事走得急，都没顾及后头还有个姚晓琴。看姚晓琴略有些喘的模样，一定是跟他跟得很不容易。

"对不起。"许磊带着歉意递过来一只手，"你拉着我走吧！"

姚晓琴愣了愣，吃不准许磊这究竟是什么意思。

出于女儿家的小心思，她根本不敢牵许磊的手，只象征性地拽住了他的衣袖。

只这个动作，两人之间便贴近了许多。

许磊只当姚晓琴这么做是为了避嫌，也没往心里去，确认袖子被那纤纤玉手拽着以后，便放慢步子重新往前走。

可惜许磊并没有注意到，那个向来强势又霸道的姑娘，此时早已双颊绯红。

等两人提着饮料回来，太阳都已经下山了。

忽然意识到两人是"单独相处"的汪烨威终于明白，他是被耍了。

可现在也不是发作的时机，汪烨威唯有憋得内伤。

逛夜市时，安昀轩和姚晓琴这两个吃货手里的食物都多得拿不下了，肚子也吃得滚圆滚圆的，还不忘买一堆带回去。

"就这个形势来看，你们得再买个比这些吃的加起来还贵的行李箱，把这些吃的都搁里头托运回去。"替两人提着特产的许磊调侃道。

"这个提议好，那可就麻烦你了，三石兄！"安昀轩笑得一脸温柔。

庄墨辰立刻幸灾乐祸地拍着许磊的肩道："要帮忙吗？"

许磊扭过头温柔地微笑道："那可就麻烦你了，墨辰兄！"

说完留下呆愣的庄墨辰，与哈哈大笑的俩丫头先行一步。

这群无节操的家伙！

庄墨辰在后头磨牙。

最终，考虑到庄正孝的身体状况，几个人玩到八点多便往回赶了。

船上，夜风习习，守护着这座岛屿的郑成功的雕像隐没在了夜色之中，倚着船尾回望着岛屿的一行人都有些依依不舍。

"董事长，您感觉如何？"安昀轩问自从与庄墨辰谈话以后便有些沉默的庄正孝道。

"怎么？怕我这把老骨头支持不住？"庄正孝最不喜欢被人轻视的感觉，尤其还是这些在他看来没长大的孩子。

"哪里的话！我只是问问您对今天行程的感受！"

这位老人家也太敏感了吧？

庄正孝瞥了一眼儿子的侧脸，终于还是给足了面子道："还成吧！"

还成就是很好喽？

安昀轩在心里偷笑。

这对父子啊！可真别扭！

等打车回到宾馆，除了庄正孝和陈叔，其他几个都觉得还没玩尽兴，于是放好东西又一起去逛中山路步行街。

买花生汤的时候，汪烨威拉住正买单的许磊道："你和墨辰联合起来骗我，是不是？"

"什么？"许磊拿了找回的零钱装糊涂。

"你对晓琴也有好感，是不是？"汪烨威干脆挑明道。

这窝囊气！他是受够了！

"怎么可能……"许磊话说到一半，就见了姚晓琴站在汪烨威的身后，一副没消化话里意思的模样。

许磊立刻把服务员递来的花生汤递过去："尝尝看，听说很好喝！"

姚晓琴却没有接，一声不吭地转身走了。

许磊知道姚晓琴生气了，但又觉得没有解释的必要，便把花生汤分给其他几人，就当什么事也没发生过继续往前走。

之后姚晓琴明显心不在焉，都是安昀轩在那儿叽叽喳喳地激动。

等安昀轩也察觉姚晓琴不太对劲时，已经逛了大半的步行街了。

"晓琴，你怎么了？是不是哪里不舒服？"安昀轩停下步子担心道。

"没，可能是有点累了。"难得出来玩，姚晓琴并不想扫大家的兴。

"累了就早些回去吧！"许磊好心提议道。

姚晓琴却误会了许磊的话，立刻柳眉倒竖道："好啊！我先回去！你们慢慢玩！"说完便赌着气大步流星地与几人拉开了距离。

"等等，晓琴！我和你一起回去！"已经认定许磊和庄墨辰合伙骗他的汪烨威这回自然要抓紧机会。

"欸！晓琴，你等等！"安昀轩也想跟上去，却被庄墨辰和许磊一左一右地架住了。

"有汪公子陪着不会有事的。"许磊的语气里有着他自己都没察觉的酸意。

"他们凑一对挺般配的。"庄墨辰可不想放过没有姚晓琴的可用来攻略安昀轩的机会。

"般配什么啊?快放开我!"安昀轩哪有心思跟二人扯。

眼看着安昀轩就要挣脱,两人默契地同时一抬臂,把安昀轩举得两脚腾空。

"走!去吃蚵仔煎。"

"还有你说的沙茶面。"

于是手无缚鸡之力的安昀轩嗷嗷叫着被这两个大男人给架走了,回头率百分百。

安昀轩精疲力竭地被放回来时,发现姚晓琴正钻在被子里瞪着天花板发呆。

可恶啊!都是那俩浑蛋害得她无法跟着回来,让晓琴受委屈了!

这下可好,都不知道该如何解释了!

"晓琴……"安昀轩坐到床边试探着叫了一声。

姚晓琴没什么反应,继续"死不瞑目"。

"晓琴,对不起,我是被他们架走的,不是故意丢下你不管……"安昀轩说着说着自己都觉得这更像是敷衍人的说辞,但还是硬着头皮解释道,"他们把我手机都没收了,我根本联系不上你……"

"我没怪你。"姚晓琴终于开口道,"他们都觉得我是多余的,这没什么不对。"

安昀轩一愣。

这是向来乐观的姚晓琴会说的话吗?

"瞎说什么!他们只是间歇性控制欲发作而已,不是针对你……"

"到现在你还看不出来吗?"姚晓琴的视线转向正试图说服她的安昀轩道,"他们都巴不得我不在,巴不得你落单,巴不得你想不起我!"

"那是因为他们羡慕嫉妒恨我俩关系好！"

哎哟！真是跳进黄河都洗不清了！

"对，他们恨不得取代我的位置。"姚晓琴别开眼道。

"哎哎，爱妃，你看你，又言情 style 了！你在我心中是独一无二的，没有谁能取代你，就像没人能取代我在你心中的地位一样。有句话说得好……"安昀轩一把抓过姚晓琴的手拍着自己的大腿打节拍唱，"你是我天边最美的云彩，让我用心把你留下来！嘿！留下来！"

姚晓琴被安昀轩跑调的唱段给逗笑了，笑着笑着，却猛地支起身抱住安昀轩道："昀轩，你是我在这世上唯一的朋友，我不希望有一天，我们为了一个外人而心存芥蒂。"

"怎么可能？！"安昀轩回抱住姚晓琴心疼，"就算你自己卷铺盖滚蛋，我也无法做到不牵肠挂肚……你就认命吧，小美人！"安昀轩说着拉开些距离，使劲揉了揉姚晓琴的脸。

姚晓琴也知道，这些年的相依相伴，她们早就成了对方生活中的一部分，比双生子更默契，比家人更亲密。

只是姚晓琴仍旧感到不安，因为她没有留住这份真情的自信。

"欸！那汪公子送你回来的？"安昀轩又想起了那位古怪的少爷。

"嗯，他打车送我回来的。"当然，汪烨威对于姚晓琴是知无不言言无不尽的，故而姚晓琴在从他口中得知他忽然对二人敬而远之的原因后，便更加确信自己的猜测。

"其实他人挺好的，就是有些忽冷忽热的，都不知道今天怎么得罪他了。"安昀轩还在纠结白天汪公子那大起大落的态度。

姚晓琴却没和安昀轩解释此中缘由。

最好安昀轩永远不要察觉那两个男人对她的示好意味着什么！

安昀轩见姚晓琴不说话，也便不再继续这个话题，洗完澡便和姚晓琴手拉手睡了。

只是睡到半夜，安昀轩忽然觉得右腹传来一阵疼痛。

安昀轩看姚晓琴睡得熟，也不想吵醒她，忍着忍着，便又不知不觉地睡着了。

翌日一早，安昀轩就忘了这事，只当是偶然。

一行人吃完早饭后便前往湖里山炮台公园看演武。

"怎么？昨晚没睡好？"汪烨威问哈欠连天的姚晓琴道。

"嗯……"姚晓琴耷拉着眼皮看台上的表演，却觉得那花里胡哨的一套根本无法吸引自己的注意。

"要开炮啦！"不知道谁喊了一声。

随即便眼见着大人们给孩子捂耳朵，男人们给女人捂耳朵。

其中有两双手同时捂在了安昀轩的耳朵上，安昀轩的手却捂在了姚晓琴的耳朵上，汪烨威只好捂住自己的耳朵。

姚晓琴偏首看了一眼，许磊还在和庄墨辰争捂耳朵的主导位置，安昀轩则是扭着脑袋想把两人的手都甩了。

这看似玩闹，实则充分反映三人间关系的一幕，让姚晓琴不忍再看下去。

或者昨天许磊给她披衣，也是因为被庄墨辰抢了先的缘故吧？

还真是自作多情！

收回目光时，台上的大炮正好拉响。

那一声声在姚晓琴心上敲打着，仿佛绵延的丧钟。

感情的葬礼，只有姚晓琴一人出席。

她回顾了一下那段尚未成形的感情，那不过是她自导自演的独角戏。

或许，该放下了。

姚晓琴这般想着。

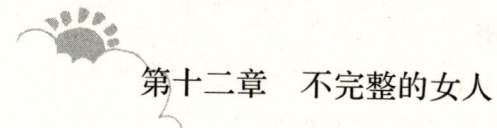

第十二章　不完整的女人

这一日，姚晓琴不管吃相了，狼吞虎咽、风卷残云。

这一日，姚晓琴不管形象了，放声大笑、高谈阔论。

当晚回到宾馆，一沾床她就睡着了，什么也没有多想。

安昀轩看她睡得没心没肺那模样，不禁有些纳闷：难道上个月喝的酒，今天醉了？算了，睡了就好！左右无事，不如……去骚扰一下皇上？

她偷笑着跑到了许磊与庄墨辰同住的房门口，大力地敲门："叮咚——叮咚——陛下起来商议国家大计了！"

"你还兼带门铃功能，是吧？"庄墨辰忍无可忍地打开门怒视着跟前这个爱捣蛋的女助理。

"爱卿要商议什么？"许磊笑眯眯地探出脑袋欢迎安昀轩的到来，不然他就要和庄墨辰度过沉闷而无聊的一晚了。

安昀轩嘿嘿一笑，又拉来了陈叔，接着掏出心愿单往桌上一拍，道："现在还剩小半个月以及三个心愿。'董事长的'一起放风筝''一起拍亲子艺术照'以及庄总的……"安昀轩用一种幸灾乐祸的眼神迅速瞥了庄墨辰一眼道，"骑父亲脖子上看烟花。"

许磊一口茶喷在了窗帘上："原来还有这条？"

失策失策！当初竟没看仔细，白白浪费了嘲笑庄墨辰的好时机！

"陛下，来排个序吧！"安昀轩恭恭敬敬地双手呈上水笔，那表情却像极了逼宫的奸臣。

伸头一刀，缩头一刀。

脖子隐隐作痛的庄墨辰只好铁青着脸接过笔，在纸上勾画着："放风筝、艺术照、骑……最后那个能省吗？"

语调里竟是带着些商量意味的服软的口气。

安昀轩怎会让平日里总欺负她的"皇上"称心如意？

"作为您雇的搓……啊呸！心理咨询师，我有义务监督您和太上皇完成这些心愿。"安昀轩挂着一副"专注扶刘阿斗三十年"的忠臣表情。

庄墨辰斜睨着显然在幸灾乐祸的安昀轩道："我愿意，我父亲也不会愿意。"

"那倒未必。"始终在一旁观望的陈叔忽然插嘴道。

三个年轻人都有些意外地看向陈叔，就听陈叔一本正经道："董事长既然答应了您，那么依他的性子，哪怕少爷您重得……压……压断他……"

"够了！"庄墨辰打断道。

陈叔，您到底脑补了怎样血腥的场面啊……

"那等明天回去，先放风筝？"安昀轩憋着笑，转移话题道。

"为什么不在这里放？"庄墨辰总觉得在这人生地不熟的地方父子俩一起放风筝还不算太丢脸。

"这个，我想董事长应该看不上路边买来的风筝吧？再说原本行程上也没这一项……"安昀轩努力找借口敷衍道，绝不能让庄墨辰知道她暗中的动作。

庄墨辰一挑眉，这小妮子又在打什么坏主意？不过走一步看一步也好，对付她，其乐无穷！

这么想着，庄墨辰便顺着安昀轩的话道："那随你，我没意见。"

安昀轩这才松了一口气："我去楼下买点夜宵。"

"我陪你。"许磊立刻起身拿起了自己的外套俨然一副"贴身侍卫"的姿态。

被许磊抢了先的庄墨辰冷哼一声，无所谓地撇撇嘴，随手抄起桌上的地理杂志埋头翻看。

下逐客令，真是小孩子脾气，安昀轩这么想着，便与许磊一同走了出去。

买好夜宵往回走的路上，她欢乐地甩着胳膊问许磊道："昨天你和晓琴买饮料怎么去那么久？"

许磊觉得心脏似乎漏掉了一拍，放慢脚步看着安昀轩微垂的眼帘说："你是紧张我，还是紧张姚晓琴？"

安昀轩被许磊问得一愣，什么叫紧张谁？

"我只是好奇你们是不是迷路了。"安昀轩一听，放慢脚步澄清道，"不过现在我知道了。"

"嗯？"

"我们迷路了。"

"……"

两人绕了好一会儿才绕回到原来的主干道上，到了酒店看到庄墨辰早已守在门口。

这人……该不会一直就这样等着他们回来吧？

"我出来透口气。"庄墨辰看到他们解释道。

安昀轩翻了个白眼，提着吃的径直往酒店里走，只在路过庄墨辰身边时轻声道："庄总，您真像一条鱼，竟然还定时到水面透气。"

庄墨辰脸一沉就要发作,却看到许磊似笑非笑地看着他。君子报仇十年不晚!他这样想着,便放过了开他玩笑的安昀轩。

"看来你已经选好了?"许磊在安昀轩走后,抬头看着站在阶梯上的庄墨辰。

庄墨辰没回答,只冷冷盯着这个处处与他为敌的男人。

"我能猜到这次庄伯伯请昀轩和晓琴一起来厦门的目的,汪公子只是障眼法。"许磊脱下外套挂在手臂上道,"如果你不打算告诉庄伯伯关于他病情的真相,那就只能先满足他这个心愿!"

"怎么决定,我自己知道!"被说中心事的庄墨辰心中恼怒,面上却不动声色。

"如果你选择昀轩,必须是在她自愿的前提下演一场戏。"许磊一改往日的温文尔雅,用一种不容置疑的强硬口吻继续道,"等你和庄伯伯的心愿都完成了,就将事情的真相告诉他,再让昀轩自己选择。"

"为什么要听你的?"庄墨辰警觉地眯起了双眼。

"你是没信心与我公平竞争?"许磊看惯了庄墨辰虚张声势的那一套,并不将他的威胁放在眼里。

"无论她怎么选,都落不到你头上!"庄墨辰可不是当初的毛头小子了,这种激他的话语,自是能兵来将挡。

"或许吧!但我不希望她连选择的机会都没有。"在许磊心里,安昀轩有选择的权利远比最后她选择了谁更为重要。

"如果你认为我是这种喜欢用手段来挟持感情的人,那么你现在找我,也没有意义了。"庄墨辰知道许磊也是在为安昀轩考虑,但他就是不喜欢他那种理所当然的态度!

许磊露出一丝若有若无的笑:"我知道。"

结束了谈话的二人,就这么一同进了宾馆,他们都没有注意到,有个正巧听见这段对话的女孩站在拐角处发呆。

啪——门一下子被推开。

姚晓琴的身影出现在门口。

"晓琴,你刚去哪儿了,正要给你打电话呢!"安昀轩放下手机。

她怔怔地盯着安昀轩看了会儿,走上前,像只树袋熊一样挂在了她身上。

哎哟,一定是向来没有安全感的姚晓琴醒来发现她不在,才那么黏她的!

安昀轩抱歉地轻轻拍了拍姚晓琴的背道:"不好意思,我睡不着出去了一下。"

她感觉到从安昀轩身上传来的热度,想起刚才无意中听到的话,拉开些距离下定决心道:"昀轩,如果庄墨辰和许磊同时掉进水里,你会先救哪个?"

安昀轩惊恐地睁大了眼道:"晓琴,你是想暗示我说,庄总和三石兄其实是婆媳关系?"

她呆滞地看着大脑回路构造奇怪的安昀轩,继续问:"我错了,换个说法,如果非要选一人和你一起跋山涉水地旅行,你会选庄墨辰还是许磊?"

"当然是三石兄!"安昀轩不假思索地回答,和庄墨辰一起旅行不是自己找虐吗?

"我明白了。"姚晓琴若有所思地点了点头,神情十分凝重,仿佛她的决心会改变许多人的命运似的。

"晓琴,你为什么这么问?是不是庄墨辰又想出什么鬼点子了?"安昀轩看她一副郑重其事的模样,心里多少有些不安。

姚晓琴要么不认真,认真起来就是个认死理的!

"没有。"姚晓琴故作轻松地一笑道,"无论何时,我都会站在你这边……就这样，早点睡吧！"

不等安昀轩追问，姚晓琴已跳上床盖了被子，把自己裹成了一个花卷。

晓琴又在搞什么鬼，安昀轩纳闷地想，但还是没再问下去。

第二天，安昀轩被酒店的叫早给吵醒以后，却发现边上姚晓琴的床是空的。该不会是先去吃饭了吧？她拨了姚晓琴的手机号，是关机状态。

奇怪了！这丫头搞什么鬼？她正想着，手机就响了。

"喂？三石兄，你看到晓琴了吗？"

"你……到楼下6011室来吧！"许磊的语气有些迟疑。

安昀轩答应着，心里忽然有了一种强烈的不安感。6011室，不是庄墨辰的房间吗？

陈叔陪在脸色铁青的庄正孝边上低声劝着什么，许磊沉默地看着坐在床边衣冠不整、一脸懊恼的庄墨辰，汪烨威则陪着坐在椅子上披了件外套正低声啜泣的姚晓琴。

房间里一股酒味。

安昀轩完全没料到会是这样一幅画面，愣了许久才道："怎么回事？"

"昨天我睡不着出来走走，遇上了庄墨辰，就一起去附近逛逛……"姚晓琴楚楚可怜地抽噎道："结果他喝醉了，我好心扶他回来……没想到他一进房就……就……"说到此处，姚晓琴又开始嘤嘤哭泣了，期间还不忘抬头偷瞄一眼沉着脸的庄正孝。

安昀轩震惊地扭头看向庄墨辰，被指认为犯罪嫌疑人的庄墨辰怒道："看我做什么？我是和她出去了，也喝醉了，但我什么都没做就睡了！"

"你怎么证明？"安昀轩板着脸道。

最讨厌他这种遇到事情先推卸责任的态度!

庄墨辰还真无法证明,昨天姚晓琴发消息说要告诉他一个关于安昀轩和许磊的秘密,两人碰头以后姚晓琴说口渴,找了个地方坐下来点了两杯啤酒,庄墨辰却只喝了几口就莫名其妙地醉了。等早上起床,就发现衣冠不整的自己身边还躺着个衣冠不整的姚晓琴!

这真是跳进黄河也洗不清了,这绝对是有预谋的诬陷!

"无论如何,你是与姚丫头同床共枕了一宿,我们庄家绝不能平白坑了人家姑娘的清白!"眼见着姚晓琴伤心哭泣,而儿子也说不出任何辩解之词,始终一声不吭的庄正孝终于发话了。

庄墨辰几乎能猜到庄正孝接下来要说什么了,欲哭无泪地争辩道:"爸,我没有……"

"住嘴!如果你还叫我一声爸,就按我的意思,明媒正娶,让姚丫头风风光光地嫁进咱们家!"

此话一出,就宛如一个晴天霹雳,将在场的人都弄了个措手不及。

可庄正孝向来是个言出必行的人物,他一开口,便是没有回旋余地的命令。

"回去以后就筹备,寅涵,这事你多担待。"庄正孝转向陈叔道,显然已将此事提上了正式议程。

陈叔瞥了一眼自家面如死灰的少爷,心疼有之,同情有之,却也只能答应下来。

庄正孝说完这话便叫上有些尴尬的局外人汪烨威一同离开了,显然对儿子这不光彩的举动十分失望,又不想外人看笑话。

屋内只剩下四人时,先是一阵沉默,随后姚晓琴在三人同时看向她时,忽然以迅雷不及掩耳之势拔腿就跑。等姚晓琴跑没影了,安昀轩才反应过来发生了什么。

追姚晓琴,还是留下来向庄墨辰问个清楚?

安昀轩权衡之下，还是选择了后者。

"昨天是她约我出去的，她一定是在啤酒里下了药，不然以我的酒量不可能醉的。"庄墨辰揉着太阳穴，解释道。

如果上天再给他一次机会，他一定先一刀结果了姚晓琴这只妖孽！

"她以什么名义约你出去的？"安昀轩端着陪审团的态度，抱着胳膊盘问"被告"庄墨辰。

总不能说是因为想知道安昀轩和许磊的八卦吧？

庄墨辰移开视线，含糊其辞地说："就说有些事要告诉我。"

"什么事要紧到让你不惜三更半夜爬起来，和一姑娘单独出去？"许磊从看到这一幕时，便觉得有一团火在心中燃烧，直烧得话里都带了火药味。

"是什么事你们就别管了，总之她对我下了药，还伪造了这样的场景。"庄墨辰觉得在怀疑跟前，他的任何解释都显得苍白无力。

"那她这么做的目的是什么？"许磊显然不信庄墨辰这敷衍了事的说辞。

"这你们就要问姚晓琴了！"庄墨辰揉了揉鼻梁，脑袋依旧有些昏昏沉沉的，令他疲于应付这场面，"如今，我父亲下了死命令，必须让姚晓琴与我一起去澄清才能解除这误会。"

"澄清？笑话！"

三人一惊，回头就见了换了一身装备的姚晓琴，包臀裙、皮夹克、高跟鞋、小礼帽……

此时的姚晓琴，一改刚才楚楚可怜的"女配模式"，大摇大摆地走过来，一脚踏在床上道："抱歉，我只是去找了点吃的。"

三人呆滞地看着姚晓琴嘴里叼着的棒棒糖。

姚晓琴却挑眉对庄墨辰道："放心好了！姐会对你负责的！好好筹备婚事吧——夫、君。"

庄墨辰一口血涌到喉头，又硬生生咽回去，拍开姚晓琴的手道："你疯了吗？究竟要闹到什么程度你才满足？"

"这还用问吗？"姚晓琴扬着下巴道，"关键词——都市情缘、虐恋情深、豪门宅斗、皆大欢喜。虽然是先上船后补票，但我觉得我们的故事会有个不错的结局。"

不错的……结局？

"我再给阿毛生个弟弟？"

正所谓"一败涂地，而拜天地"，庄墨辰彻底败下阵来！

"好了，别说这个了，不是早上还有泡温泉吗？"姚晓琴一脸期盼道，仿佛那有损她名誉的事，压根儿没对她造成任何影响。

"你觉得我父亲还有心思泡温泉？"

庄墨辰正说着，陈叔就敲门进来道，原定的泡温泉计划取消，直接返程。

下飞机的时候，汪烨威还依依不舍地对姚晓琴道："你有任何困难都可以来找我，我们家虽然比不过庄家，但至少能让你少受点欺负……而且，我也不是一个拘泥于世俗的人，我不在乎你有怎样的过去……"说到这里，纯情的汪公子脸红了。

安昀轩在一旁看得牙根都酸了，看向姚晓琴的眼神仿佛在说："晓琴，你快拒绝这位多情的公子哥吧，别折磨我的耳朵了！"

原本面瘫的姚晓琴促狭地一眨眼，随即一扭腰，假哭道："一入豪门深似海，汪少爷，你忘了我吧！"说罢一个华丽的转身内八小碎步离开了。

安昀轩的下巴掉了，姚晓琴，你节操呢？

还想安慰一下身后的汪烨威，却听他一句声嘶力竭的"有缘无分"，捂着嘴伤心欲绝地跑远了。

安昀轩站在机场大厅里,只觉得凉风嗖嗖地刮乱了她所有的逻辑。

没站多久,她看到从远处跑回来的姚晓琴。

她跑到安昀轩面前,递给她两盒巧克力棒道:"刚看到买一送一的促销,就顺便演场戏,他走了?"

安昀轩默默咬巧克力棒,她不认识这姑娘!

"汪少呢?"推着行李过来的许磊问。

"他去替我捡节操了。"姚晓琴脸不红心不跳地回答。

许磊还想再问,却见安昀轩眉头一皱,捂着腹部一声呻吟。

"怎么了?"庄墨辰和许磊同时扶住了安昀轩。

"没……没事……"安昀轩只觉得小腹右侧传来一阵又一阵的绞痛,但她又不想因此而影响了其他几人的行程。

"先找地方坐下!"庄正孝见状立刻道。

安昀轩原本以为这疼痛像上回一样,熬着熬着就过去了,却没想到歇了会儿反而愈演愈烈,头上都开始冒虚汗了!

"可能是阑尾炎。"还是陈叔比较有经验,按了按安昀轩的腹部后道。

事不宜迟,大队人马立刻冲向最近的医院。

医生一摸,镜片一闪。

"急性阑尾炎,立刻手术。"

庄正孝公司里还有事,搞了套双人病房给安昀轩,让司机去接安昀轩的父母过来,随后带着陈叔先走一步,姚晓琴、庄墨辰和许磊继续留在病房陪着痛得冷汗直冒的安昀轩等待她父母的到来。

"可能是之前吃完饭就练钢管舞的关系。"姚晓琴心疼地抓着病床上弓成虾米的安昀轩的手道。

"忍一忍,马上就能手术了!"许磊坐在安昀轩床边故作镇定地安慰着,心里却很焦躁。

"来一个家属签字!"一白大褂忽然走进来道。

许磊掏出手机打了庄正孝留的司机电话，挂断后皱着眉道："说是堵车，不知道什么时候到。"

这下可如何是好？

眼看着安昀轩疼得撕心裂肺的，在一旁装得镇定自若的庄墨辰终于忍不住起身道："我来签吧！"

"你是病人的什么人？"白大褂打量着看起来年纪轻轻的庄墨辰。

"干爹行吗？"庄墨辰说着用身子一遮，拍了拍医生的肩膀，"家属稍后就到，能先准备起来吗？"

等安昀轩被推上手术台的时候，她那急得满头大汗的父母才刚刚赶到。

庄墨辰带着二老去签了字，随后和姚晓琴、许磊一同在手术室外头等着。

手术还算顺利，两个小时不到安昀轩就被推出了手术室，但因为全身麻醉的关系，她尚处于昏迷状态。她再次睁开眼睛时，天已经黑了。

"爸……妈……"疼得脸色苍白的安昀轩颤巍巍地将手伸过去。

安昀轩的母亲一把就握住了她的手："在呢，都在呢，没事了，没事了啊！"

安昀轩迷迷糊糊地看看父母，又看看边上三人关切的眼神，随后轻声一句："男孩……还是女孩？"

有什么东西，静静地碎了。

然而说完这惊世骇俗之语的安昀轩却又眼一闭睡了过去。

等安昀轩真正醒过来喊饿的时候，已经是凌晨一点多了。

"医生说你还不能吃东西，要到明天早上。"安昀轩的母亲用指尖梳理着女儿的头发。

安昀轩简直是欲哭无泪！

麻药效力过去后，肚子上那伤口灼烧一般地疼痛，再加上饿得前胸贴后背的，真是从未经历过的折磨！

"阿姨，您先去睡会儿吧！有事我叫您！""准女婿"庄墨辰体贴道。

"那怎么行？你都没合过眼。"安昀轩的母亲哪里好意思麻烦庄墨辰这个"金龟婿"？

"没事的，我照顾昀轩是应该的。"庄墨辰"模范男友"模式全开。

趴在床边的姚晓琴却忽地睁开眼，一把勾住正献殷勤的庄墨辰道："老公，你也去睡会儿吧？"

"老公？"安昀轩的母亲震惊了，看看庄墨辰又看看姚晓琴。

"是啊，我们已经订婚了！"姚晓琴理直气壮地挺了挺胸，道，"阿姨记得来喝喜酒啊，说不定喜蛋也能一起拿走！"

"哗啦"一声，安昀轩母亲脑中那金龟婿的美梦碎了，僵硬地扭头看向自己的女儿。

而此时的安昀轩完全没心思应付这种场面，幸而出去买夜宵的许磊在此刻提着袋子走进了病房。

"醒了？"许磊向安昀轩微笑着走过来，将吃的搁在了床头柜上，"阿姨，吃好去隔壁睡会儿吧？"

安昀轩的母亲此时看到许磊，就像看到了一只镀金的"备胎"，立刻就态度一百八十度大转变："哎哟！那怎么好意思？吃的都你买的！还让你陪夜？"

"阿姨，别跟我客气，昀轩也是我十分看重的朋友，这都是我应该做的！"许磊的回答在安昀轩母亲的心中自然是满分，于是也不再推辞，提着吃的去隔壁和安昀轩的父亲一同小睡一会儿。

"你们几个也都回去吧！"安昀轩捂着小腹，转向另外三人道，"有事我会按铃找护士，爸妈都在隔壁，没事的！"

"那怎么行？我答应过阿姨要留下来陪你的。"许磊立刻拒绝道。

于是安昀轩又将视线转向了庄墨辰和姚晓琴。

姚晓琴瞥了一眼明显打算死扛而不发表言论的庄墨辰道："我不回去！反正行李都在，要什么有什么，我守夜是守定了！"

"晓琴……我还没死。"安昀轩虚弱地抗议道。

"可你们都留着，睡哪儿？"许磊想到的则是更为实际的问题，病房里就还剩一张单人病床和两把椅子。

"没事。"姚晓琴用下巴一指边上的庄墨辰道，"我们小夫妻俩可以叠着睡。"

"你再胡说看我怎么收拾你！"庄墨辰怒道。

这姑娘怎么什么话都敢说啊？

"哟！这就开始耍少爷脾气了？"姚晓琴可喜欢挑庄墨辰的火气了，"你别忘了，我可是你将来要明媒正娶的发……妻！"

"发妻"你姥姥！快来个"法器"收了这妖孽吧！

庄墨辰在心中咆哮。

最终僵持不下的三人都留了下来，轮流陪。

这真是安昀轩度过的最漫长的夜晚了！

当时针指向八点时，安昀轩一把抓住庄墨辰，用布满血丝的眼睛瞪着他道："吃……吃的……"

安昀轩的母亲早回去熬了米汤给安昀轩，安昀轩捧着碗米汤，和守在她床边的几人一同喝着，忽然觉得身上的痛苦也随着胃里渐渐充盈的温暖而减轻了许多。

"你们都陪了一晚了，快回去休息吧！"安昀轩等父母和查房医生交谈时对其他几人道。

刚与庄正孝通过电话的庄墨辰斟酌片刻后道："那好，我先走了，你好好休息。"

安昀轩用复杂的眼神看了看这个陪了她一晚的上司，点头时却发现姚晓琴一脸挣扎地站在边上。

"怎么了，晓琴？"

这是不想走吗？

"那我也走了。"姚晓琴别开脸道。

咦？

安昀轩惊讶了。

可能姚晓琴是累了才想早点回去休息吧？

虽然总感觉她这么决定，有点不符合她以往逞强的个性。

"你到家了给我发个消息。"安昀轩嘱咐道。

"嗯！"姚晓琴点了点头，眼角就瞥见正打算起身告辞的许磊，于是一个如来神掌拍在他背上。

"啪"的一声，许磊直挺挺地扑倒在了雪白的病床上。

"许董，你怎么了，许董？！"姚晓琴用力地摇晃着被她打蒙了的许磊，随后一脸焦急地抬头道："怎么办？许董好像不太舒服！不如让他也留院观察几天？"

安昀轩与庄墨辰沉默地看着跟前这一脸无辜的罪魁祸首。

这时候，与医生说完话的安昀轩的父母过来了，一见"金龟婿"这"假死状态"，立刻慌了神！

"小许这是怎么了？"

"他好像不太舒服！我和墨辰还有事，先走了！麻烦叔叔阿姨照顾他一下！"姚晓琴说着便硬拖着庄墨辰离开了。

等到了停车场，庄墨辰甩开姚晓琴的手道："姚晓琴，你行啊！就为了给他俩制造机会，你这么折腾我？"

"没办法啊！"姚晓琴毫无负罪感地耸了耸肩，"昀轩说了选许磊，如果这次你选她的话，那她岂不是很为难？"

"你怎么知道这次去厦门……"庄墨辰说到此处忽然意识到了什么，

"你偷听我和许磊的谈话?"

"事已至此,你就别再挣扎了,没有我的配合,你如何澄清都像是推卸责任。"姚晓琴一改往日的脱线,冷静地分析道,"'太上皇'是不会相信你的。"

庄墨辰盯着显然已经下定决心的姚晓琴片刻后道:"安昀轩……真的选了许磊?"

"是啊!"姚晓琴信誓旦旦,"不然我凭什么牺牲色相来给他们制造机会?"

安昀轩选了许磊?

这是真的?

庄墨辰想起之前在宾馆外与许磊的协议,眉头不禁皱了起来。

姚晓琴看庄墨辰那一脸纠结的模样,两手一摊地安慰道:"放心好了,我不会真嫁给你的。"

庄墨辰深吸一口气,怒道:"你以为这事是你说了算?我父亲向来言出必行,你这是在玩火自焚!"

姚晓琴却并不把庄墨辰这话当一回事:"'太上皇'是以为自己病入膏肓了才急着要你成家,等昀轩完成你们的心愿,告诉他真相,这事自然就不了了之了。"

"你想得倒简单!到时候有你哭的!"庄墨辰是最了解他那位刻板的父亲的。

"这世上能让我哭的,只有两个。"姚晓琴伸出两根手指。

"安昀轩和许磊?"

姚晓琴摇摇头:"是安昀轩和洋葱。"

庄墨辰静静地掏出手机,把通讯录里的"许磊"改成了"洋葱",随后被姚晓琴"家庭暴力"了。

而这边,许磊已经被安昀轩的父母围住了,又是递饮料又是递早点。

"小许，多吃点啊！刚才一定是太累了才晕的！"安昀轩的母亲心疼道。

"是啊！熬夜陪我们家女儿，真辛苦了！"安昀轩的父亲感激道。

"小许，阿姨中午多叫几个菜，你留着一起吃吧！"

"是啊！你这么照顾我们昀轩真过意不去，等昀轩出院了再来我们家吃饭啊！"

许磊十分不习惯安昀轩父母反常的热情，用求救的眼神看向安昀轩，大病初愈的安昀轩装作没看见，低头喝她的汤。

不是我不想救你啊，三石兄！心有余而力不足啊！

等吃好早饭，安昀轩的母亲说要回去给安昀轩再收拾些东西带过来，许磊立刻让司机去陪同安昀轩的母亲。

安昀轩的父亲去买饭票的时候，许磊终于松了一口气，道："你父母倒真是……很为你着想。"

安昀轩听出许磊话里的无奈，将碗搁在一边，耸肩道："放心好了，我不会学晓琴逼你负责的。"

说到姚晓琴，许磊又皱起了眉："她这几天有没有和你说过什么？"

安昀轩立刻便回忆起那天在酒店里，姚晓琴说的那番话："有说过希望我幸福之类……"

许磊愣了一下，随后若有所思地自言自语道："她可能知道了……"

"知道什么？"安昀轩瞪大了眼睛。

许磊替安昀轩将床摇平，随后坐在她床边思想斗争了会儿才道："其实庄伯伯让你们生日宴上陪他接待，让你们一起去厦门，很可能是因为他想从你们中间挑一个给庄墨辰当……"

"后妈？"

"……"

"对不起，我和晓琴在一起时间多了。"安昀轩自我检讨。

许磊苦笑着摇摇头，随后还是决定告诉安昀轩事实的真相："庄伯伯很可能是想从你和姚晓琴之间，挑一个儿媳。"

安昀轩一愣。

挑儿媳？

非儿戏？

"我和晓琴可没得罪过董事长啊！"安昀轩想想"嫁入豪门"的画面就忍不住哆嗦。

许磊忽然觉得庄墨辰很可怜，哭笑不得地解释道："庄伯伯这是喜欢你们！"

"可都什么年代了，还包办婚姻？"安昀轩觉得这简直是荒谬透了，电视剧里才有的情节，竟然会落到她头上。

"庄伯伯可能是因为觉得自己时日不多，想早点看庄墨辰成家，所谓父母之命……"许磊也能理解庄正孝如此急着为儿子寻找伴侣的原因。

安昀轩听了这话，只觉得本来就痛得厉害的伤口像被撒了把盐："那现在该怎么办？经晓琴那傻丫头一闹，庄总岂不是没得选？"

许磊苦笑了一下，算是默认。

一想到姚晓琴和庄墨辰"同床共枕"，心里的火苗便又蹿了上来。

"不过你说，晓琴为什么要这么做？她是不希望我被选中，嫁给庄墨辰守活寡所以才牺牲自己的？"安昀轩联系之前姚晓琴对她说过的话，试着用姚晓琴的逻辑解释了一下。

"应该还有别的原因。"许磊推测道，"她说要让你幸福的时候，还问过别的什么吗？"

安昀轩寻思了一下，终于回忆起另一段对话："她问我你和庄墨辰掉河里，我先救谁。后来又问我更愿意和谁一起旅行。"

"你怎么说的？"许磊觉得姚晓琴这试探安昀轩心意的方式，还真是有她的特色。

"自然是说和你喽！和庄墨辰一起岂不是找虐？"安昀轩回答得理所当然。

原来问题在这儿！

许磊恍然大悟。

"我想，晓琴她可能是误会了。"许磊深深地叹了口气。

这小妮子怎么就那么自说自话呢？

"误会？"安昀轩显然还没明白过来。

"误会了我很希望发生但目前看来还没发生的事。"许磊看着安昀轩的眼神温柔中带着些复杂的情愫。

安昀轩越听越糊涂了："对不起，请不要和病人搞脑子。"

"总之，她是为了你才这样做的，她以为她绊住了庄墨辰，就能够成全你。"许磊为了避开他和庄墨辰都喜欢安昀轩这事，只能绕着弯解释。

安昀轩觉得她是被疼痛折磨得脑子有些不好使了："成全我什么？"

"算了，你还是先睡会儿吧！"许磊忽然觉得，安昀轩真是在感情方面很有天分——迟钝的天分。

"等等！"安昀轩一把拉住许磊道，"三石兄，我还有件事想请你帮忙！"

许磊低头看着安昀轩拉住他袖子的手，忽然就想到了鼓浪屿那日，也这样拉着他走在人群中的姚晓琴。

当时他没有回头，但却能感觉到，两人之间的气氛十分不同以往，只是当时正想着心事的他并没有深究。

"三石兄？"发现许磊开小差的安昀轩轻唤一声。

许磊这才回过神来道："什么？"

"帮我一起做一件会飞的毛衣吧！"安昀轩笑嘻嘻道。

等安昀轩拆线出院，已经是一周半以后的事了。

期间，各路亲朋好友以及公司里的同事都来看望了她。

当被问起为何会得阑尾炎时，安昀轩对同事们哭诉道："都是庄总逼着我饭后剧烈运动啊！"

说完发现哪里不对。

等公司又起了桃色流言，而再次成为绯闻男主角的庄墨辰拿了钥匙找到已经回到自己住处的安昀轩时，安昀轩缩在被子里瑟瑟发抖道："庄总，您怎么忍心对一个不完整的女人痛下杀手？"

"你哪里不完整了？"庄墨辰斜睨着将自己裹成蚕宝宝的安昀轩。

安昀轩只露出个脑袋，痛心疾首道："我……我没有阑尾。"

庄墨辰嘴角一抽："阑尾这种可有可无的东西，和你那理论上不存在的智商相比，简直是不值一提！"

安昀轩沉默片刻，猛地一把抓住庄墨辰的手道："庄总，您婚事操办得如何了今天是特意来送请柬的吧哈哈哈恭喜恭喜到时候一定捧场您可别想用葡萄汁蒙混过关哈哈哈！"

庄墨辰的脸立刻拉得比马还长。

安昀轩"龙心大悦"！心满意足地再次将被自己裹成一个花卷。

"你别忘了，你和我签的协议是两个月，违约是要付违约金的。"无奈之下，庄墨辰亮出了撒手锏。

"病假难道不给延期？"安昀轩可怜巴巴地看着这位霸道上司。

"你现在不还活蹦乱跳地讽刺我吗？"庄墨辰可再也不会被这特能演戏的小妮子给骗了！

"可我问过董事长了，他说让我好好休息。"安昀轩一脸无辜道。

庄墨辰一愣："你行啊，安昀轩！绕过我和我爸联系？"

"晓琴与我情同姐妹，以后我们就是一家人了，何必计较这些呢，姐——夫！"安昀轩坏笑道。

庄墨辰彻底被点着了！

他最头疼的莫过于此！

心平气和地与庄正孝商量，得到的是铁了心的答复。

非要他对姚晓琴负责，还逼着他速速上门提亲！

庄墨辰今日好不容易找了个借口出来看看安昀轩，却又被她奚落。

"你那么幸灾乐祸，是不是因为你和那疯丫头其实是串通一气的？"庄墨辰忽然生出这样一种令他不快的猜测。

"串通一气？"安昀轩歪歪脑袋。

"别以为我不知道？我被姚晓琴拖着，你自然就能和许磊背着我偷偷……"

安昀轩一瞬间眼睛得滚圆："您怎么知道？"

庄墨辰一愣。

这是不打自招？

瞬间脑补了许多安昀轩与许磊偷偷摸摸亲昵的画面后，庄墨辰怒斥一声："不知检点！"

直到门被重重摔上时，安昀轩才意识到，庄墨辰可能是误会了？

但一想到庄墨辰可能误会的内容，安昀轩也不禁生起气来。

什么态度？

难道在他心里，她就是这种女人？

不可理喻！

真懒得和他解释！

等庄墨辰怒气冲冲地回到公司，又被庄正孝逮了个正着："跑哪儿去了？"

庄墨辰不吭声，这也算是他对这位绝对权威的父亲最后一点消极抵抗了。

庄正孝也知道庄墨辰这几天憋着气，便没再继续问下去，只道："后天去放风筝？"

庄墨辰一愣，万没想到庄正孝会忽然提这个。

难道不是该老生常谈地逼着他去提亲吗？

"这是姚丫头的意思，说看你这段时间闷闷不乐，想把事情都缓一缓。"庄正孝也知道，逼得太紧很可能两败俱伤，姚晓琴提的这个建议，倒是正适合缓和父子间紧绷的关系。

"还有，安丫头那边你少去。"庄正孝背着手提醒道，"从前我不管，但你不能辜负了姚丫头。"

庄正孝说完这些便走了，留陈叔在那儿安慰发作不得因而憋得内伤的庄墨辰。

姚晓琴约父子俩，肯定不是放风筝那么简单！

庄墨辰这样想着，便更郁闷了。

但令庄墨辰没有想到的是，等到后天，姚晓琴带来的风筝，不是她和安昀轩、许磊一起做的那个，而是一个毛绒蝴蝶风筝。

"这哪儿来的？"庄墨辰接过那风筝端详，虽然很多细节都不同，但总体上却和他那个遗失的风筝十分相像。

"昀轩和许磊给你做的。"姚晓琴用一种"你咬了吕洞宾"的眼神看着一脸惊讶的庄墨辰，"你那个不是被风刮跑了吗？陈叔说你后来偷偷找过……昀轩说她养病期间闲着也是闲着，便让许磊帮着一起重做一个给你。"

难道说，二人背着他做的事，就是这个？

庄墨辰这才明白过来，他是误会了安昀轩那句话的意思了！

可过了这些天，安昀轩为什么不和他解释？

是在生他的气？

"喏，遥控器。"姚晓琴递给庄墨辰一个小装置，将庄墨辰的思绪拉了回来。

庄墨辰些许愧疚地接过那遥控器时，陈叔正巧陪着庄正孝赶到。

"怎么又是这个？"庄正孝显然对这个毛绒风筝不怎么喜欢。

"是许磊和昀轩给做的。"姚晓琴微笑道。

庄正孝其实也无所谓风筝的形式，想想这也是另外两个年轻人对庄墨辰的一片心意，便也挥挥手道："你来放吧！"

庄墨辰于是按着遥控器上的指令开始操作，却发现风筝纹丝不动。

"怎么回事？"庄墨辰问边上的姚晓琴，姚晓琴耸肩。

庄墨辰于是捡起风筝翻来覆去地检查，这时候才发现毛绒蝴蝶肚子拉链这边夹了一张布条，取出来，就见上头写着："声控口令启动，请大声地唱——套马的汉子，你威武雄壮……"

庄墨辰险些把风筝给揉碎了！

搞半天这两人还是为了整他？

可庄正孝在后头满怀期待地看着！

好不容易抽出一天的时间，做好了丢人的准备来完成这所谓的心愿，如果就这么回去，下次估计父子俩都很难再下决心了。

这么想着，庄墨辰的天平终于倾向于"掉节操"的一端。

"唱吧！"始终观察着庄墨辰脸上神情的姚晓琴带着胜利者的微笑道，"你可以凑近风筝唱，我保证董事长听不到。"

庄墨辰回头看了一眼，庄正孝和陈叔确实都离开了好一段距离。

于是庄墨辰下定了决心提一口气，红着脸轻声唱道："套马的汉子……你威武雄壮……"

结果唱完以后就见身边的姚晓琴憋着笑关掉了手机的录音功能，随后取过他手里的遥控器，默默装上了两节七号电池。

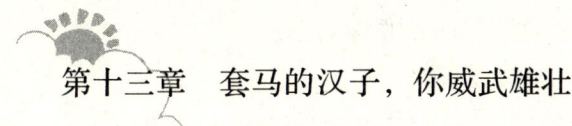

第十三章　套马的汉子，你威武雄壮

姚晓琴把遥控器塞回庄墨辰手里，揣着手机逃到庄正孝边上，那眼神仿佛在说"有本事你来抢啊，哈哈哈"。

此仇不报非君子！

庄墨辰撸起袖子就要冲过去，却见父亲的注意力全然在那只飞到半空的风筝上，那童心未泯的模样，立刻让他没了火气。

自幼，便渴望父亲与他多一点相处的时间，可每年都只能见寥寥几面。

长大后，童年那得不到满足的沮丧与怨恨积攒成了一道心墙，让父子俩只能遥遥相望。

而如今，那种渴望似又被唤醒了。

他的父亲竟然会陪他一起放这个看起来十分滑稽的风筝！

"是怎样操作的？"庄正孝摆弄着遥控器虚心请教。

姚晓琴冲着庄墨辰一咧嘴，庄墨辰心道以后再收拾这小妮子！便走上前，父子俩头碰头地研究。

这时候，庄墨辰又想起了安昀轩。

她写那张布条，该不会就是为了让他放下那可笑的自尊，好好享受父子间相处的时光？

"安昀轩，我们之间所有的协议，延期两个月。"庄墨辰在返回的途中，给安昀轩发了这么一条短信，随后对着窗外露出了一丝明媚的笑意。

在家休养的安昀轩收到短信后乐了。

真是个别扭的男人！

然而当大半个月以后，安昀轩重新踏上工作岗位时，庄墨辰却发现，安昀轩的手机铃声是那熟悉得不能再熟悉的"套马的汉子……你威武雄壮……"。

"我收回我之前说的关于延期的话。"庄墨辰抢手机不成，便沉着脸耍赖。

"子曰：'大车无輗，小车无軏，其何以行之哉？'"安昀轩摇头晃脑道，"我录了音，庄总，您不可言而无信啊！言而无信的话，我可是会去找董事长评理的！"

这可恶的小丫头！

吃瘪的庄墨辰只好"将错就错"，随后听着姚晓琴、许磊甚至连陈叔的手机铃声都变成"套马的汉子……你威武雄壮……"。

"老样子，请董事长说说，放风筝这个心愿的由来。"当晚，安昀轩给父子二人做心理咨询时自然又问到了这个问题。

"我只是随意写的，因为当时想不到别的。"庄正孝如实道。

庄墨辰一瞬间有些失望，但很快又隐藏起来。

"那么，您上回和庄总一起放风筝时，想到了什么？"安昀轩敏锐地捕捉到了庄墨辰方才的表情变化，继续提问道。

就不信这戏路不能往煽情的方向靠！

庄正孝喝了口茶，沉吟片刻后道："我想起小时候，和一群孩子漫山遍野地跑，当时家里穷，我却觉得很满足……反而是现在，什么都有了，却总觉得少了些什么。"

要的就是这些话！

安昀轩默默握拳，微笑着转向边上若有所思的庄墨辰："那庄总呢？"

"我当时在思考，我和爸爸之间，为什么会变成如今这样。"或许是庄正孝的坦然触动了庄墨辰的内心，他也不再做任何掩饰，"爸，您还记得小时候，我和您见面您说的最多的话是什么吗？"

庄正孝寻思了一下，却怎么也想不起来。

庄墨辰显然知道会是这样的结果，苦笑着自问自答道："您说，男孩子要坚强，要有担当，要打碎了牙往肚里吞……我当时并不知道您这话究竟是什么意思，但我知道您不喜欢我哭，不喜欢我懦弱，不喜欢我放弃。"庄墨辰一字一句地吐露着多年以来积压在心中的委屈，"有时候半夜里醒来，就觉得十分害怕，爷爷睡了，我不想吵醒他，就缩在被子里抱着阿毛想，这世上能帮我的，只有我自己。"

庄正孝一愣，他还是第一次听儿子说这样的话。

之前一见面就是剑拔弩张的争执，他总不明白为何儿子会那样针锋相对地曲解他的好意，而这番话，似乎给了他一个答案。

"我从不求您，不是因为我和您赌气，而是一种习惯。"庄墨辰见父亲的表情，宛如向来坚硬的外壳裂开了一丝缝隙，便又继续剖析内心道，"我在学校被当成没爹娘的孩子，受欺负时，我总是不要命地反击，就算被打趴下，也从不求饶。后来我成了孩子王，他们都服我，可只有我自己知道，在我内心里，藏着怎样的自卑与软弱。"

庄正孝的眉头紧紧皱了起来。

原来儿子对自己，并不是只有白眼狼似的不够成熟的怨恨。

只是那些过往，他并不知道。

"我一直记得您的话，要坚强，不能哭……可每次我满怀期待地等您到来时,您却从未肯定过我的努力,仿佛我做的这些都是应该的,就因为我是您的儿子!"庄墨辰这句话的尾音微微上扬,仿佛疑问,又仿佛自嘲。

庄正孝没有立刻回应,那表情像沉思又像是回忆。

这样的沉默持续了一段时间后,庄正孝才终于叹了口气,道:"我以为,有些话即使我不说你也能明白。"

庄墨辰等了半晌只等到这么一句模棱两可的解释,反唇相讥道:"那我也可以这么以为。"

安昀轩眼见着父子俩的谈话又要陷入僵局,忙打圆场道:"情绪的产生,并不是因为事件本身,而是因为当事人对这件事的看法。不管如何,二位今天至少都知道了彼此的一些真实想法,这已经是一种进步了。"

庄正孝听安昀轩这么说,也便顺着台阶下道:"接下来还有什么没完成的?"

安昀轩拿出画了不少红勾的心愿单展开道:"先拍一套亲子艺术照。"

"对不起,我们这里的亲子照,就是父子俩穿一样的衣服……可这位先生……"艺术照工作室的工作人员为难地看了一眼庄墨辰,"应该穿不下。"

这时候作为陪同人员的姚晓琴便把钱往桌上一拍:"那就拍情……侣……照!"

艺术照工作室的工作人员立刻用一种恍然大悟的眼神看向跟前这对面色不善的父子,仿佛在说"活体欷!是活体欷"。

"要不,换一家吧?"安昀轩抹了把额头上的冷汗道。

救命啊!董事长和庄总那眼神是要杀人吗?

"换一家难道就有给成人拍的父子装了?"庄墨辰的问题一针见血。

"那……您的意思是？"安昀轩觉得她的下巴要掉了。

下一刻，庄墨辰与庄正孝穿上情侣装，按着工作人员的指挥，僵硬地在镜头前摆出各种亲密的姿势。

"这一对好奇怪，明明一副十分不情愿的样子，为什么还要来拍照呢？"边上灯光师压低声音道。

"没看边上两位乐得嘴都合不拢的小姐吗？这两人显然是为了哄她们开心！"摄影师也压低声音回复道。

"啊！原来如此！"灯光师恍然大悟地感叹，"现在的人为了追美女，真是什么事都做得出啊！"

镜头前不小心听到了这段对话的一老一少的脸色便又难看了几分。

走出工作室时，笑得肚子疼的安昀轩在心愿单上打了个大大钩道："只剩最后一个心愿了。"

庄正孝凑过去，只见白纸黑字写着——"骑在父亲脖子上看烟花"。

庄正孝刹那间仿佛听到了脖子处传来的轻微的"咔嗒"声。

姚晓琴在分别时，好心地递给庄正孝一袋鸭脖子道："吃啥补啥。"

"就没有什么折中的法子？"庄墨辰看父亲默默收下那袋鸭脖子，不禁嘴角一抽。

"任何心愿都不能打折扣！"安昀轩断然拒绝道，"正好过几天有音乐焰火节，最后一个心愿了，干巴爹啊，庄总！"

庄墨辰瞥了一眼准备看好戏的安昀轩，又看看默认不修改心愿的父亲庄正孝，脑中又浮现了陈叔说的那句"哪怕少爷您重得……压断……压断他……"。

如果时间可以倒流，庄墨辰真想掐死写下这个心愿的自己！

忧愁了一整晚后，又来了件让庄墨辰更为忧愁的事——姚晓琴竟然对庄正孝说："董事长，我想和昀轩换个岗位，与庄总多培养感情。"

庄正孝觉得这个要求十分合理，一口答应道："你问问安丫头和许磊，他们没意见那就换吧！"

庄墨辰简直要抓狂了！

他不用问许磊也知道，许磊自然会对这个决定表示欢迎。

庄墨辰在第二天找到正在办公室替他整理文档的安昀轩，却是在吩咐了一堆事情以后，才仿佛无意间提起道："如果有人事调动，让你和姚晓琴换一下岗位，你觉得如何？"

安昀轩整理资料的动作一顿，抬头看向庄墨辰："您的意思？"

庄墨辰那些微不安的模样，简直是不打自招！

难道庄墨辰真的对晓琴动了真情？

庄墨辰本想说不是，但又想起姚晓琴说，安昀轩当时选择了许磊，到嘴边的话就这么转了个弯："你不是一直都这么希望？"

这边是默认了？

安昀轩的心一瞬间被一种酸楚和愤怒填满，面上却仍一派平静道："庄总既然都决定了，还来问我做什么？"

安昀轩这冷淡的态度霎时间勾起了庄墨辰心中的怒火，"你的意思是答应了？"

果然就想着许磊！

"答应！自然答应！今天我就请大家吃饭公布这个好消息！"安昀轩说罢，头也不回地抱起资料大步流星地走了。

可恶！把她当什么了？呼之即来挥之即去的！从前真是错看他了！

这般想着，安昀轩红了眼眶，却碰巧在会议室门口遇到了刚和下属谈完公事的许磊。

许磊走上前，微笑着接过她手里那一大沓资料，这才发现被隐在资料后的那双微微泛红的眼："怎么了这是？"

"你还不知道？"安昀轩也觉得自己这模样很丢脸，可在关心她的许磊面前，某些情绪压根儿就忍不住。

"知道什么?"许磊拉着安昀轩进了会议室,给她倒了杯水。

"庄总刚和我说,要让我和晓琴换岗位。"安昀轩握着一次性杯子满腹委屈道。

坐在她边上的许磊一愣:"他的主意?"

如果这是庄墨辰的主意,那么只有一种可能——他想和姚晓琴更为亲近。

安昀轩点了点头,证实了许磊的猜测。

"算了,反正我已经答应他了。"安昀轩自暴自弃地捏着杯子道,"我俩搭档也好,相比他,你必定是个好上司。"

本就只是上下级关系,又不是谁离不了谁!

许磊听了这话心里很乱,但看安昀轩一副快哭出来的模样,仍旧体贴地故作从容道:"我原本的秘书已经跳槽了,如果你来做的话,就要做好长期抗战的准备,我可是很挑剔的!"

安昀轩知道许磊是变着法子地安慰她,配合地笑了笑,只心中仍旧阴云密布。

"你还在恢复期,别扛着,多休息。"许磊用嘱咐结束了关于这个问题的探讨。

眼下安昀轩的反应似乎已经证明了她的心究竟偏向谁。

真不甘心!

"嗯……"安昀轩吸吸鼻子答应着。

许磊这样的温柔,某人怕是一辈子都学不会吧?

"还有,你妈刚打给我,说让我明天去你家吃饭。"

安昀轩一个趔趄:"不……不用理她,我会和她说的。"

"说什么?"许磊倾身等着答案。

"说我们不是这样的关系……"安昀轩一想到父母那充满期待的眼神便头疼。

"昀轩,你忘了吗?我写过一张好人卡给你。如果你暂时不想面对父母给你的压力,把那张好人卡给我就可以了,我会好好扮演我的角色。"许磊笑起来总让人觉得如沐春风,但此时他的心里却并不那么轻松。

安昀轩却立刻坚决地摇头道:"这对你不公平。"

许磊刚想说什么,一抬头,就见了姚晓琴提着几个空购物袋站在门边。

"办公室钥匙忘带了。"姚晓琴面无表情道。

安昀轩和许磊都是一愣。

惨了!

晓琴听到了!

"你提着这些干什么。"许磊的视线落在姚晓琴提着的购物袋上。

"搬东西啊!昀轩不告诉你了吗?你们都没意见,不是吗?"说到最后,竟是带着隐忍的怒气。

虽然这个馊主意是她出的!但她没想到的是,她最好的朋友和她暗恋的上司,竟然早就开始和乐融融地畅想未来了!

他们巴不得换呢!

"钥匙给我!"姚晓琴不想再多说什么,这感觉简直是自取其辱。

许磊见姚晓琴又露出那种看似坚强实则不堪一击的神情,心中一揪,怎么都不肯给钥匙:"明天搬吧!你和昀轩还要交接工作。"

想得还真周到!

姚晓琴冷冷看着许磊,随后一言不发地转身走了。

安昀轩没有追,因为姚晓琴从头到尾都没有看过她一眼。

晓琴在生气,安昀轩能感觉得到。

但此时此刻,她却被满心的愧疚给压得没有勇气起身追出去。

"换岗位的事,我们再考虑一下吧?"沉默许久后,安昀轩提议道。

许磊猜到安昀轩在顾虑什么,深深叹了口气,道:"既然已经提了,那么就算不换,隔阂也已经产生了。"

许磊说得有理,但安昀轩真心不希望事情发展到这样无法挽回的局面。

"今晚留下来加班!"

安昀轩回到办公室,最先听到的便是庄墨辰下达的这个不容置疑的命令。

可恶!凭什么只有她留下?这分明是刁难!

安昀轩愤愤不平地整理着文件,但转念一想,这也许是最后一次和这个浑蛋上司一起加班了,熬一熬也就过去了!

但尼玛怎么那么难熬啊!

庄墨辰在加班期间除了下指令外,没有一句多余的话。

安昀轩心中满是不安,照理说,不是该借机会好好整她一下的?

但如今看来,似乎真的只是因为工作做不完而加班,全程庄墨辰都臭着一张脸,一副不想与安昀轩多说一句的架势。

而且最重要的是,到现在两人都还没吃饭!

庄墨辰不说,安昀轩也不好意思提,饿得肚子咕咕叫啊!

安昀轩实在撑不住了,便泡了两杯麦片,递给庄墨辰一杯。

庄墨辰瞥了一眼那麦片,终于停下手中动作,从笔记本电脑后头抬起头来道:"这麦片哪儿来的?"

"茶水间里的。"

"那是过期的,想用来引老鼠的。"庄墨辰用一种"我就知道"的表情斜睨着安昀轩。

安昀轩的身后,仿佛长出了一条长长的老鼠尾巴。

"算了,吃消夜去吧!"庄墨辰说着便开始收拾桌子。

安昀轩被识破了想法，红着脸去穿外套。

等两人一同进了电梯，安昀轩才想起来手机忘带了。

"就吃个饭，我也没带。"庄墨辰不屑地按下关门键。

安昀轩只好作罢，与庄墨辰肩并肩地等待着电梯下降。

狭小的空间、沉闷的气氛，将八楼到一楼的距离拉得冗长。

安昀轩看着数字迟缓地跳转，忽然就听到一声微不可闻的叹息。

安昀轩一愣，偏首看向庄墨辰，却并未发现他脸上的表情有任何异样，就仿佛那一声叹息，是安昀轩内心制造出的幻觉。

正在此时，电梯已"叮"的一声到达了一楼。然而两人等了半晌，却始终未见电梯门打开。

"怎么回事？"安昀轩按了好几次开门键都无济于事。

庄墨辰也皱了眉头按下二楼的键，然而电梯上升到二楼以后却依旧不开门。庄墨辰按下了所有楼层的数字，然而依旧是没有用处。

庄墨辰感觉到事态的严重，拿起边上的紧急救助电话拨过去，却始终没人接。庄墨辰终于沉着脸宣布："值班的保安不在，看来我们被困住了。"

被困住了？那怎么办？他们可都没带手机啊！

除了紧急呼叫电话，还能怎么求救？

"用呆毛发送的脑电波什么的是不是只有外星人能接收到？"安昀轩呆滞脸问边上的庄墨辰。

"这种不切实际的想法就别拿出来献丑了。"庄墨辰觉得安昀轩在应对危机时，智商似乎又下降了一个梯度。

"那您有什么办法？"安昀轩不甘地抱着胳膊。

"徒手掰开这道门怎样？"

怎样你妹！还不如脑电波呢！

"您掰给我瞧瞧！"安昀轩瞪着边上这位异想天开的领导。

"要发功的话需要天时地利,今晚并非月圆之夜。"

月圆之夜你妹!变狼人吗?这种时候还有心思一脸正经地开玩笑?

"是不是除非有人发现我们,否则就要被关一晚上?"安昀轩努力将话题拉到正轨上。

"理论上是的。"庄墨辰耸耸肩,仿佛置身事外的旁观者。

安昀轩见庄墨辰一脸淡定,不禁奇怪道:"庄总您不急吗?"

"急有用吗?"庄墨辰用他的沉着冷静来塑造临危不惧的高大全形象,"刚保安来检查上锁情况的时候说过了,公司里就剩我们俩了。"

得!

安昀轩蹲在角落里灰心丧气地当一颗蘑菇。

庄墨辰也没管形象,一提裤管大大方方地坐在了安昀轩对面,保存体力。

两人沉默地坐了会儿,安昀轩打了个喷嚏,她下意识地抱起臂膀,结果一件西装就不怎么温柔地丢了过来。

安昀轩意外地看了一眼只穿了件衬衫的庄墨辰:"没事的,庄总,我……"

"哪儿那么多废话?!"庄墨辰的语气真是帅酷狂霸拽。

安昀轩于是乖乖把西装披上了。

嗯……挺暖和。

还带着淡淡的闷骚的古龙水味。

安昀轩闻着闻着就有些困了。

庄墨辰看她那模样却立刻警觉道:"不许睡!"

安昀轩被庄墨辰这一喊,猛地清醒过来,摸了摸微烫的脸颊道:"怎么了?"

庄墨辰稍稍松一口气,干脆挪到安昀轩身边坐下道:"别睡,我们说说话。"

安昀轩感觉到紧贴的温度,霎时脸红了,"说……说什么?"

"随便说什么!"庄墨辰背靠着冰冷的电梯庆幸地想,幸好身边有安昀轩。

在这狭小的空间内,肩膀挨着肩膀,似乎心的距离也随着拉近了许多。

安昀轩便也不再伪装,直接问了她最想问的问题:"当初,招我这么个助理,您是不是挺后悔?"

庄墨辰看着对面映出的两人紧挨的身影坦然道:"没有后悔,只是偶尔有些头疼。"

安昀轩听了这个答案,意外地看了庄墨辰一眼,就听他继续道:"在你来之前,我始终认为工作是沉闷而无趣的,我就像个陀螺,日复一日盲目地旋转着,因为我怕一停下,又退行到童年的茫然与无助……那时候,能听我说心里话的,只有阿毛。"

喂喂,这种时候能别提阿毛吗,庄爸爸?

"被你发现了秘密以后,我反而松了口气。你并没有因此而轻视我、嘲笑我,反而答应了我提出的种种无理的要求。"庄墨辰缓缓说着,眼角却留意着安昀轩的表情。

"呃……其实我是为了钱。"安昀轩不识趣地打断道。

"……"

"对不起,您继续!"

继续你妹啊!

有这么煞风景的吗?

庄墨辰内心咆哮着,却仍旧酝酿了一下情绪,继续道:"我不配合你,不是故意要与你作对。而是那些对我来说,都是不堪回首的往事,是我懦弱的证据,出于自尊心的考虑,我并不希望作为下属的你知道。并且我也没有想到,你会去找我父亲。"

"事实上，是董事长来找我的。"安昀轩又打断道。

"……"

"对不起，您继续。"

庄墨辰无法再继续了，他一把抓住身边的安昀轩咬牙切齿道："你还有多少事瞒着我？"

"您不也有很多事没说实话？"安昀轩反唇相讥道。

于是两人又陷入了沉默。

"那如果现在我什么都愿意告诉你，你想问什么？"庄墨辰率先妥协道。

这可是难得的敞开心扉的好机会！

安昀轩端着下巴思索片刻后认真道："您的银行卡密码。"

"900812。"庄墨辰当真报了一串数字。

喂喂，可不可以当作没听到？

她只是想开个玩笑啊！

出去以后会不会被杀人灭口啊？

"呵呵呵……呵呵呵……这谁的生日？"安昀轩边想着如何自保边敷衍道。

"是阿毛的。"

"……"

"我还记得那天，母亲穿着一条红色的连衣裙，她把阿毛送给我时，脸上没什么表情，但动作却很温柔。那天，父母破天荒地没有见面就吵，我们还一起吃了一顿温馨的晚餐。晚上，母亲哄我入睡时我还问她，是不是以后她不走了，我们能一直这样过下去？当时母亲没有回答，我等着等着便睡着了。"庄墨辰自嘲一笑，"等我醒来时，母亲已经离开了。"

安昀轩的心仿佛被狠狠拽了一下。

原来"阿毛"是在这样的日子里被交到庄墨辰手中的。

这是最后的礼物,是带着歉意的慰藉,是母亲留给他的唯一的纪念。

"那后来,令堂没有回来过?"安昀轩小心翼翼地问。

"或许回来过,但我父亲是不会让我知道的。我也想过去找她,可却没有任何线索。"庄墨辰倾吐着多年以来的心事,"如果她真放不下我,又怎会消失得无影无踪?"

安昀轩伤感了,安昀轩心疼了,安昀轩的母爱泛滥成灾了!

她一把握住庄墨辰的手安慰道:"母爱是一种本能,我想令堂也有她的苦衷,这样的结局并不是谁的过错。"

庄墨辰被安昀轩握着手,瞬间就初恋了,极力装出一副被抛弃的无助少年的模样,一脸伪装的坚强:"我能理解,只是无法原谅。我的父母,并没有给我一个好榜样,对于婚姻,我没有什么乐观的预期,对于和异性的相处,我也没有什么信心,所以我……"

"喜欢上了许磊?"

庄墨辰默默伸出手,掐住了安昀轩粉嫩的脸颊。

"庄总,我错了!"安昀轩嗷嗷叫着讨饶道。

庄墨辰这才松开手,白了一眼这个总破坏气氛的坏丫头:"总之,之前对你说的某些话,只是我下意识的自我保护,并不是针对你,也并不是我真实的想法。"

安昀轩揉着脸的动作一顿:"包括说我智商低?"

"那倒是肺腑之言。"

安昀轩默默抽回手。

"你还有什么想问的?"庄墨辰轻咳一声转移话题道。

哎哎,怎么就忍不住要欺负她呢?

"那……换岗位的事,真是您的意思?"安昀轩最在意的还是这事。

"是姚晓琴和我父亲提的。"庄墨辰澄清道,"我并没有答应。"

是晓琴？！

不过仔细想想似乎也很符合她的作风！

"那您今早来问我，是想得到怎样的答复？"安昀轩想起早上庄墨辰的语气就觉得不爽。

"你说呢？"庄墨辰直接将皮球踢还给了安昀轩。

庄墨辰呼在耳畔的热气，一下子让安昀轩从脸颊红到了耳根："我以为，您很乐意看到这样的结果。"安昀轩低了头躲避那带着些暧昧的视线。

"若真是如此，当初你发现阿毛时，我就可以逼你辞职。"庄墨辰否定了安昀轩的猜测，让她更加心乱如麻。

"这可以当作是您对我的挽留？"安昀轩努力让自己的声音听起来镇定自若。

"随你怎么想。"庄墨辰默认道，随后扳过安昀轩的肩，让她正视自己的眼睛，"现在换我来问你。"

"问……问什么？"安昀轩看着跟前俊朗非凡的男人，忽然觉得胸口闷闷的，头也昏昏沉沉的。

朦胧间，就听庄墨辰道，"你是不是……喜欢许……喂，昀轩！安昀轩！"

安昀轩只觉得眼皮千斤重，那呼唤她名字的声音渐渐被一片越来越清晰的耳鸣吞没了。

再次睁开眼时，已是第二天早上。

医院的病床边围了一大票人。

安昀轩浑浑噩噩地扯下氧气罩，道："男孩……还是女孩？"

众人喷。

又来？

"女儿啊！你昨晚在电梯里缺氧晕倒了！"安昀轩的母亲红着眼解释道，"是晓琴打你俩电话都不接，怕你们出事就和小许一起找到单位！保安不在，她听到电梯里的砸门声，这才报了警！要我说，这样不负责任的保安早该辞退了！要不是……"

"好了好了！女儿没事就好！"安昀轩的父亲阻止了妻子的唠叨，"现在有没有什么不舒服？"

安昀轩摇摇沉重的脑袋，片刻后，记忆才重新涌入脑海。

她想起她留下来加班，和庄墨辰一起乘电梯下楼……然后……

等等！

庄墨辰！

安昀轩环顾四周，见到了父母、姚晓琴、许磊，却唯独没见到庄墨辰。

"庄总呢？"安昀轩努力支起绵软无力的身子焦急道。

"他在隔壁。"姚晓琴上前扶住安昀轩道，"有他爸和陈叔陪着，没什么事。"

"这次也多亏了小庄！消防队撬开门发现你晕过去了，小庄说再叫救护车怕来不及，一路把你抱出来打车送医院来的！"安昀轩的母亲说到此处便有些后怕。

要不是这位负责的好领导！自己女儿还不知如何呢！

安昀轩听罢愣住了。

庄墨辰的车就停在公司的地下车库，却一路抱着自己去打车？

当时竟紧张到分秒必争的程度？

"我先去看看他！"安昀轩一想到庄墨辰抱着她四处拦车的画面便无法再继续待下去。

等安昀轩的父母举着盐水瓶把安昀轩扶到隔壁，就见穿着病号服的庄墨辰坐在床边和庄正孝说着什么。

看到安昀轩,庄墨辰立刻皱着眉过去扶她:"怎么起来了?"

安昀轩还是第一次被庄墨辰这样明目张胆地关心,霎时红了脸道:"我过来看看您。"

一低头,正好看见庄墨辰左手缠着的纱布。

"这怎么了?"安昀轩觉得那层层包裹的白色有些刺眼。

"没什么。"庄墨辰瞥了一眼身旁的父亲和陈叔,对安昀轩道,"你先回去躺会儿,我和爸说会儿话就过来。"

安昀轩也觉得自己有些冒失,打扰了人家父子间的谈话,于是又在众人的簇拥下乖乖地回到了自己病房。

等安昀轩走后,庄正孝继续方才的话道:"昨天我一接到陈叔的电话就赶来了,只是当时你抱着安丫头在路中间无头苍蝇一样地拦车,我叫了几声你都没听见,等我下车,你已经走了。"

"那不是人命关天吗?"庄墨辰当时都快疯了,哪里会注意后面有人喊他?

"我没怪你的意思。"庄正孝瞥了一眼儿子手上的纱布,"只是你记住,我说过的话,断没有收回的道理。"说罢庄正孝留下陈叔,先行离开了。

与其说是对儿子受伤的不悦,不如说是对儿子当时如此失态的不悦。为了抢那几秒,他竟会这样不顾形象地横冲直撞……

等庄墨辰再去看安昀轩时,安昀轩已经吊完一整瓶盐水了,而她的父母正好有事离开了。

"医生说,没什么大碍,下午就可以出院了。"安昀轩此刻看到庄墨辰,总会不由自主地联想起他救自己的画面,于是态度也温和了许多。

"那么急着出院干什么?"庄墨辰瞥了一眼边上当电灯泡的逃班的两人。

姚晓琴耸肩道："出这么大的事，我们又都陪了一晚，怎么有心情工作？"

许磊语带嘲讽地唾弃庄墨辰的用心道："庄伯伯已经回去处理公司的事了，待会儿我也回去，你不用担心。"

庄墨辰一听许磊待会儿要回去，瞬间就心情舒畅了，对着安昀轩伸出一根手指道："这是几？"

安昀轩内心仿佛有一万头草泥马咆哮而过。

她眼一瞪，一口咬住了庄墨辰测试她智商的手指。

庄墨辰淡定地看着安昀轩把他手指当鸭脖子啃："果然是有后遗症啊……"

安昀轩"呸"了一声松口道："您以为我缺氧几分钟就傻了？"

"你不是缺氧几分钟，是二十六秒半……"庄墨辰语气严肃道。

从未经历过的，如此漫长的，二十六秒半……

手表上的秒针提醒着生命流失的速度，庄墨辰在安昀轩因缺氧而昏迷时拼了命地砸门呼救！

当时真是疯了，什么都顾不上了！心中满是失去的惶恐！幸好姚晓琴与许磊来得及时。

还记得消防员打开门时那种终于见到曙光的激动！根本顾不上自己的身体状况，抱起安昀轩就往外跑。

出租车司机被他那穷凶极恶的表情吓得连闯了好几个红灯。

幸好，幸好，一切都来得及。

此时的安昀轩，还会活蹦乱跳地贫嘴。

"其实我把你送到医院时，一直有句话想对你说。"庄墨辰也不管许磊与姚晓琴在场，看着安昀轩的眼睛，深情款款道。

脑补了一堆偶像剧狗血情节的安昀轩脸更红了，却听庄墨辰凑近她耳边低声道："你……该……减……肥……了。"

安昀轩沉默片刻后，一张嘴，再次咬住了庄墨辰的手指。

此仇不共戴天！

休息了几天以后，终于恢复了元气的安昀轩立刻约了几人吃饭庆祝。

姚晓琴来的时候，后头还跟了个陈梓翔。

"呔！你个不肖徒弟！怎么你出了这么大事也不和师傅说一声？"陈梓翔从姚晓琴那里得知安昀轩的经历以后简直是大吃一惊。

"师傅！这是修炼道路上必经的磨难啊！徒弟这不好好的吗？"安昀轩大大咧咧地拍着陈梓翔的肩。

"你啊！太见外！有事都不告诉我！"陈梓翔叹了口气抱怨。

"我有发求救脑电波的……"安昀轩嘀咕。

边上唯一听到她这句的庄墨辰满脑袋黑线。

"好了好了，今天是为了庆祝昀轩康复的，让我们先一起干一杯！"许磊端起酒杯解围道。

等终于开吃时，陈梓翔率先给安昀轩夹了一大片羊肉。

庄墨辰筷子一伸，淡定地夹走："她不吃这个。"

陈梓翔"哦"了一声，也没在意，片刻后又给安昀轩夹了块小牛排，边上许磊却筷子一伸，又把小牛排给夹走了："昀轩也不吃这个。"

喂喂，你们两个！

我什么时候不吃牛羊肉了？

安昀轩用愤怒的眼神扫射着左右两尊保护神，两尊保护神都淡定地吃着各自碗里的东西，默契地装没看见。

热情的陈梓翔在片刻后终于发现，无论他给他"徒弟"夹什么菜，都会被这两个不动声色的男人以种种理由给截杀。

回忆起当初两人硬要陪着安昀轩练舞的场景，陈梓翔醍醐灌顶，扭头看着表妹姚晓琴。

将这一切看在眼里的姚晓琴深沉地一点头，道："昀轩已入了峨眉派，食用男子夹给她的菜，手背上的守宫砂会消失。"

安昀轩、庄墨辰、许磊齐齐喷饭。

姚晓琴，你敢再扯些吗？

安昀轩手背上只有俩针眼好吗？

但早就明白表妹言外之意的陈梓翔仍旧逗弄两位男士道："那这二位壮士给我徒儿夹菜，不要紧吗？"

姚晓琴老神在在地抬起眼皮瞥了一眼庄墨辰和许磊，道："这二位施主……都患有隐疾。"说罢煞有介事地啧啧两声。

许磊和庄墨辰的脸色立刻就不好看了。

安昀轩在桌下踢了姚晓琴一脚，姚晓琴立刻道："昀轩，你踢我是暗示我说说换岗位的事吗？"

冷场。

"我出去透口气。"许磊猛地起身出去了。

"我出去抽根烟。"庄墨辰也起身跟了出去。

饭桌上只剩三人时，安昀轩也坐不住了，一把勾住"贼尼"拖去了卫生间。

"晓琴，我不想换岗。"站在洗手台前，安昀轩开门见山道。

"为什么？"姚晓琴先是皱眉，随后恍然大悟道，"距离产生美感？"

安昀轩终于明白姚晓琴的小脑瓜子里究竟是怎样的逻辑了："不是的，你误会了！如果你做的这些事和你之前在厦门问我的那个问题有关，那么我想我有必要澄清一下。"

姚晓琴眨巴眨巴眼睛，就听安昀轩深吸一口气，道："我当时说的更愿意和三石兄去旅游，只是针对旅游，并没有别的意思。"

姚晓琴立刻一副被陈世美欺骗了感情的表情："你是说……你不喜欢他？"

"喜欢啊！但不是你以为的那种喜欢。"安昀轩扶额道。

想起那天医院里许磊说的那句"我很希望发生但目前看来还没发生的事"，脸上仍有些发烫，但经历过这许多以后，安昀轩已经明白，她对许磊的感情，并不是姚晓琴以为的那样。

姚晓琴听了安昀轩的澄清，消化了许久才皱着眉道："你是说，你喜欢庄墨辰？"

"当然不是！"安昀轩下意识地否认道。

她怎么会喜欢那个变态上司？

即使他救过她……

即使他有时候很温柔……

即使他……

"那就不改变任何结果。"姚晓琴耸肩说出了她的想法，"既然你对他们都没感觉，那现在他们俩是站在同一起跑线上，我的决定还是这样。"

"为什么？"安昀轩完全无法理解姚晓琴的思路。

她不就是误会她喜欢许磊才非要撮合他们的吗？

"不为什么，你和许磊在一起，我比较放心。"姚晓琴用一种嫁女儿的口吻淡淡道。

"晓琴，感情这种事，不是想当然的！并不是你这样撮合，我和三石兄就……"

"二位小姐，你们要吵，能别在男卫生间里吵吗？"忍无可忍的庄墨辰掐灭烟头倚着门道。

安昀轩默默抬头看一眼标识，一口老血喷出来。

她刚太心急，没仔细看就抓着姚晓琴冲了进来……

正想为自己辩解，却又从镜子里看到，许磊从卫生间里走了出来。

安昀轩瞬间石化了。

尼玛啊！要不要这样？两位男主都到齐了！还全程听了她们谈话！

许磊倒是很淡定，他默默地洗了手，默默地烘干手，随后默默地走出了卫生间，看都不看任何人一眼。

糟糕！三石兄生气了啊，傲娇了啊！

安昀轩简直不知该如何收场。

等四人都回到餐桌上，气氛便显得格外沉闷。

"我刚跳了几集剧情？"陈梓翔摸着后脑勺不解地自言自语。

自然，这顿饭是不欢而散的。

接下来，谁送两位姑娘回去便成了一个问题。

安昀轩实在是不好意思让那两位听到她和姚晓琴谈话的男士送她们回去，但陈梓翔一说他来送，庄墨辰和许磊便用一种吃人的眼神瞪着他。

最终，庄墨辰载着姚晓琴，许磊载着安昀轩，一前一后地往同一个目的地驶去。

到家以后，姚晓琴才想起来："明天就是烟花节！上次不是说要去？"

庄墨辰似乎早就打算好了，只是因为安昀轩之前的话而显得十分冷淡："是要去，你们都来？"

"那当然啦！"姚晓琴一说到玩就兴奋，"另外，既然你们都不愿意，那么换岗的事还是算了吧！明天我去找公爹大人说。"

"公爹大人"四个字，如一柄匕首，直直插入了庄墨辰的心脏，让他伤上加伤。

"陈叔会给你们买好门票，明天下班一起过去，我先走了。"庄墨辰说完便先开车走了。

许磊似乎还想说什么，但看看姚晓琴又看看安昀轩，最终还是一声不吭地离开了。

姚晓琴果真没有食言，第二天一上班就去找了庄正孝，说是商量下来四人都觉得还是维持原样比较好。

庄正孝本也无所谓，听姚晓琴这么说便当这事没发生过。

"董事长！今晚去看烟花，您想好对策了吗？"姚晓琴说完这事便又想起了晚上让她兴奋的"烟花节"。

庄正孝也正为这个而一筹莫展呢！

总不会今晚真让他一米八几的儿子骑在他脖子上吧？

"其实这个心愿，是可以变通的。"姚晓琴眼一眯，笑得狐狸似的。

"哦？怎么变通？"庄正孝很好奇这个"未来的准儿媳"会给出怎样的建议。

姚晓琴甜甜地笑了。

当晚，当众人集中到公园湖畔等待音乐烟花表演时，有一对戴着口罩的父子，静静地躺倒在湖边的长椅上。

而儿子那双修长的腿，还羞涩地夹住了父亲的脖子。

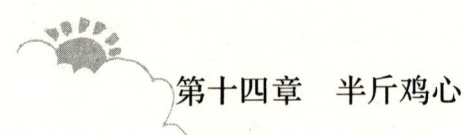

第十四章 半斤鸡心

出了这馊主意的姚晓琴得意扬扬地对满头黑线的安昀轩道:"怎么样?不错吧?竖着不行就躺着来,这好歹也算是骑脖子了!"

安昀轩大大地退后一步。

可不可以装不认识啊?

然而姚晓琴已经欢乐地挽着安昀轩的手喋喋不休,周围群众立刻投来了"这俩姑娘和那对变态竟是一伙儿"的诧异目光。

"他们怎么会答应你?!"安昀轩一把将姚晓琴抓到边上问。

"我和'太上皇'说,庄墨辰觉得他做不到,然后和庄墨辰说,'太上皇'觉得他做不到,所以他们就都做到啦!"姚晓琴挺了挺胸,一副"快夸我了不起"的自豪模样。

尼玛,这也可以?

这两个男人到底有多幼稚?

安昀轩风中凌乱了。

"可他们这样都有碍风化了!"安昀轩一指被群众围观拍照的戴着口罩的父子俩。

"可现在还不能起来。"姚晓琴也拿出自己的手机拍了一张照片留念,"他们说好要维持这样的姿势五分钟,谁先起来谁就输!"

"输了又怎样?"安昀轩恶狠狠地抢过姚晓琴的手机,删除了那些不雅照。

"要娶我。"姚晓琴淡定地抢回手机,翻出事先拍的另一张父子俩的"不雅照"当手机桌面。

喂喂,晓琴,你是在用生命刷下限吗?

安昀轩忍无可忍地也戴上了口罩,随后冲过去想扒开人群唤起父子俩的理智。

"安小姐!"这时候就听到一个熟悉的声音叫她。

安昀轩回头,是去接迷了路的许磊的陈叔。

许磊一看到安昀轩和姚晓琴便有些不自然,甚至还傲娇地别开了眼。

哎哟!还生昨天的气呢!

等两人到了跟前,安昀轩才扯出个尴尬的笑,道:"你们来啦!"

许磊没什么表情,环顾四周后奇怪道:"庄伯伯他们呢?"

姚晓琴就等着许磊问这句呢,自豪地遥遥一指。许磊疑惑地扒开人群挤进去看清父子俩令人叹为观止的姿势以后,整个人都斯巴达了!

"好了!时间到!"始作俑者姚晓琴也趁机钻进来,举高了手机对父子俩宣布道。

刚才还保持一个姿势不动的憋红了脸的父子俩,立刻跳起来抖抖身上的鸡皮疙瘩,一眨眼就不见了。

我勒个去!瞬间转移啊?

肉眼都无法捕捉啊,有没有?

原来他们也知道丢脸吗?

安昀轩在心中吐槽完毕后一扭头问边上淡定的陈叔:"陈叔,你刚有没有看清董事长和庄总往哪个方向去了?"

陈叔煽动了一下鼻翼嗅了嗅,胸有成竹地一指前方一处树荫道:

"在那里。"

安昀轩彻底石化。

陈叔就算你是忠犬属性也不用具象化到这种程度吧？

绕过去，却果真见了大树下，已摘了口罩的父子俩正背着手端着"我们都是帅酷狂霸拽"的架势，抬头等待着寂静的夜空绽开烟花，仿佛刚才什么都没发生过。

"看吧！他们心理素质可好了！"姚晓琴摊了摊手，表示刚刚那完全是你情我愿的"行为艺术"。

安昀轩真想吐槽姚晓琴，注意力就被那配合着音乐绽放在空中的绚丽夺目的烟花给吸引过去了。

那一朵一朵绚烂的烟花，宛如随着旋律舞动的精灵，跟随音乐的起伏，在夜空中谱写着或柔情或澎湃的乐章。它们以最迷人的方式燃烧着自己的生命，随后默默淡出了这漫无边际的舞台。

安昀轩看得目不转睛，直到悄悄接近她的一人低声道："在想什么？"

安昀轩吓了一跳，回过头来，就见了脸上依旧不带表情的许磊眼中倒映着斑斓的烟花，看不清原本的情绪。

"我在想，烟花这么绚烂，也只有一瞬的美好。"优美的音乐声中，心似乎也变得柔软，多了份多愁善感。

"所以呢？"许磊凑近了安昀轩，闻到她发间淡淡的香，便有些心猿意马。

"所以……"安昀轩不动声色地侧开一步，保持适当的距离拔高嗓门道，"为了环保，少买为妙。"

许磊本来准备好的"青春如烟花般稍纵即逝让我们珍惜当下的美好"之类的文艺的措辞统统都被安昀轩这一嗓子给吼得连渣都不剩了。

"你的想法真特别。"满脑门黑线的许磊憋了许久才憋出这么一句赞美之词。

"她根本就不懂情调，你就别浪费感情了！"不知何时已站在两人身后的庄墨辰道。

"庄总，您是背后灵吗？"安昀轩吓一跳，抚着心口抱怨。

"我是好心来给你们送饮料的！"庄墨辰抬了抬胳膊，安昀轩这才看到他提着一大袋饮料。

"喏！这个给你！"庄墨辰递给安昀轩一瓶印着小熊图案的乳酸菌饮料，"有利于未成年人的生长发育。"

安昀轩一把夺过乳酸菌饮料牛饮一口补充元气，再磨着牙道："那请问成年人喝什么啊，庄总？"

庄墨辰从购物袋里掏出一瓶同样印着小熊图案的乳酸菌饮料道："我喝大瓶装的。"

许磊和安昀轩默默地低下头，满地找庄墨辰掉落的节操。

"啊，对了，庄总……"又一首交响乐奏响时，安昀轩问身旁正考虑如何开口的庄墨辰道，"上次您在电梯里，想问我什么？"

庄墨辰瞥一眼边上看似看烟花实则竖起耳朵的许磊道："我想问你，如果从今往后，我都能对你像那一天那样坦诚，你会不会愿意重新考虑另一个问题的答案？"

又一朵烟花绽放在夜空，照亮了跟前近在咫尺的容颜。

"您是说……"安昀轩呆呆看着庄墨辰那忽明忽暗的俊朗的脸，"不要和晓琴在男卫生间里讨论问题？"

庄墨辰一口血涌到喉头，捂着胸口去给他爹送饮料了。

安昀轩，你的智商被黄鼠狼给叼走了吧！

二号种子选手许磊在心中幸灾乐祸了片刻后，再次对安昀轩发起攻势："其实昨天，我并不是故意冷眼相对，只是我在考虑一些事情。"

"没事，都过去了！"安昀轩并不想继续这样一个尴尬的话题，但显然，许磊不是这样想的。

"我考虑了一整晚。"许磊说着,从口袋里摸出一个信封,取出里头写着"好人卡"的一叠明信片,"你说过,集齐九十九张好人卡就可以换一颗真心。这里有你给我的五十张好人卡,能否先换你半颗真心?"

安昀轩愣住了,呆呆看着许磊递到跟前的她亲手写的"好人卡"。

借口上卫生间却躲在树后偷听的姚晓琴将这一句听得分明,那一字一句,宛如敲打在她心上的绵延的魔咒,捂紧了耳朵,却仍会在脑中一遍一遍地回响。

烟花在空中演绎着动人的诗篇,但在姚晓琴的世界里,却是苍茫一片的万籁俱静。

冷,一种刺骨的冷,铺天盖地地笼罩下来。

安昀轩回答了什么,她都没有注意,只默默转身,笑自己始终下不了决心的盲目的成全。

想把最好的,都给安昀轩。

可为什么,会在大功告成的这一刻,感觉到从未有过的失落?

烟花表演结束时,调整好情绪的姚晓琴才重新回到众人中间。

"晓琴,你去哪儿了?怎么打你手机都不接?"安昀轩摇晃着姚晓琴抱怨道。

"哦……我肚子不太舒服。"姚晓琴随口扯了个谎,都不敢看安昀轩的眼睛,就仿佛她内心的纠结是某种意义上对安昀轩的背叛似的。

"不舒服?哪里不舒服?"许磊的脸忽然凑到了跟前,姚晓琴下意识地一退,惊慌失措道,"没什么,可能着凉了。"

"那早点回去吧!"听到这话的庄正孝不免也担心起姚晓琴的身体状况。

其他人都没意见,便去了庄墨辰的家。

捧着陈叔递来的热茶,姚晓琴终于缓过来些。许磊坐在姚晓琴边上,看她那难得安静的模样,不免有些担心。

"真的没事了？"他伸手摸了摸姚晓琴的额头。

姚晓琴却猛地闪开了，茶水洒在许磊裤子上。

"啊！对不起！"姚晓琴忙抽了纸巾给许磊擦。

许磊垂眼看着低头认真给他擦裤子的姚晓琴，忽地伸出手摸了摸她的脑袋，就像安抚一只敏感的小动物："以后有不舒服，一定要告诉我。"

姚晓琴手里的纸巾就这么不争气地飘落到了地上。

而这边，安昀轩正在房间里给父子俩做心理咨询。

"恭喜二位，今天总算完成了最后一个心愿。"安昀轩捏起那张心愿单抖了抖，上头竟然还画了个幼稚的五角星。

但父子俩对着那心愿单却全无完成任务的喜悦，而是一脸"对不起，我已经失忆了"的表情。

喂喂！稍微配合一下啊！至少说几句场面话！不然要怎么继续啊？

安昀轩"窘窘有神"地等待了片刻，见父子俩丝毫没有要互相庆贺的意思，唯有硬着头皮轻咳一声，道："那个，那老样子，问一下庄总，为什么会有这样的心愿。"

庄墨辰也觉得方才的冷场有些对不起为他们父子关系费了那么多心的安昀轩，酝酿了一下，坦诚道："小时候我偷偷溜出去等新年倒计时看烟花，当时公园里人山人海，很多父亲都把孩子抱起来让他们骑在自己脖子上看烟花。我当时太小，被挤在人群中，只看到那些被父亲举着的孩子的笑脸，却看不到一朵完整的烟花。"

这话虽说得平淡，但在庄正孝听来，却更像是儿子对他没有尽到父亲责任的指责，不禁叹了口气，道："我知道，对你亏欠许多，所以这些心愿，我都不遗余力地完成。今后，还有很长的路要走，你……"

说到此处，庄正孝却说不下去了。

他不是个擅长说肉麻话的男人，尤其是对着自己最亲近的家人。

但即使如此，庄墨辰与安昀轩也能猜到，他真正想表达的是什么。

"那个,我给二位准备了一样小礼物。"安昀轩觉得这个时机再合适不过,便掏出了一个早就准备好的U盘,插入了笔记本电脑的USB接口。

鼓捣了一阵子后,电脑屏幕上开始播放一个视频文件。

随着悠扬的音乐响起,画面如被风吹乱的相册,一页页翻过。

铁青着脸在食堂互相喂饭、细心地打理父亲的头发、满手糯米粉地包着汤圆、双手贴满创可贴认真地缝着玩偶、坐在情侣天鹅船里拼命地划桨、拖着行李并排走出机场、一同挖着沙滩里埋着的贝壳、穿着情侣装摆着泰坦尼克的姿势、头碰头研究毛绒蝴蝶风筝的遥控装置……

这一切的一切,宛如一条清澈的河流,随着音乐流淌在父子俩渐渐回暖的心中。

那冰冻三尺的寒冷,裂开了一条缝,借着温暖的阳光,渐渐融化成鸟语花香的诗意。

安昀轩观察着父子二人的神情,渐渐也露出一抹心满意足的笑容。

画面随着音乐的尾声淡出时,父子俩才如梦初醒地回过神来,神情复杂地对视一眼。

有什么,已经悄然而逝;有什么,正在悄悄滋长。

安昀轩微笑着合上了笔记本电脑,看来她的这项工作可以告一段落了。

父子俩还有很多话要说吧?

安昀轩笑眯眯地退出来,带上了门。

等父子俩从房里出来,眼睛都有些红红的。

"走吧!我送你。"庄墨辰对沙发上的安昀轩道。

许磊一把抓住企图找借口逃开的姚晓琴:"那老样子,我送你。"

庄墨辰带着疑惑的目光冲着许磊一挑眉,许磊不屑地别开视线。

我送谁你管得着？

回去的路上，庄墨辰对心情不错地跟着音乐哼唱的安昀轩道："我会把钱打在你工资卡上。"

安昀轩一愣，才想起还有这茬："不，不用了。"

"不用了？"庄墨辰诧异地看了安昀轩一眼，之前这丫头不还口口声声为了钱吗？

"您可是我的救命恩人！还给我做饭来着！"安昀轩口口声声道。

"那是两码事，和治疗协议无关。"庄墨辰坚持他的观点。

"可……可我还没让你摆脱对阿毛的依赖！"安昀轩搜肠刮肚地又找出这么个理由。

"已经不需要了。"庄墨辰知道他自己的症结在哪儿。阿毛，不过是家人的替代品。

安昀轩看庄墨辰如此坚持，端着下巴沉思片刻后道："如果您非要感谢的话，就把这笔钱捐给慈善机构吧！"

"你说真的？"庄墨辰对这个答案感到十分意外。

"嗯！"安昀轩点头。

反正就是不能收庄墨辰的钱。

因为在安昀轩心中，庄墨辰已经不只是她的上司，更是她十分在乎的朋友。

"啊，对了，看烟花的时候，许磊有没有对你说什么？"庄墨辰在红灯前踩下刹车，假装不经意地询问。

"哦……他拿了我给他的好人卡，说要换……换……"

"换什么？"庄墨辰心里就像被猫儿挠似的。

"当时周围太吵，我没听清，好像是说要换……"安昀轩摸摸下巴，伸出一根食指，"半颗鸡心？"

庄墨辰喷了。

安昀轩，你太有才了！五星好评啊，亲！

"庄总，您肩膀颤个什么……"安昀轩斜睨着庄墨辰道。

"我冷。"庄墨辰憋笑憋到内伤，睁着眼说瞎话。

对此百思不得其解的安昀轩当晚将事情的经过原原本本地告诉了姚晓琴。

姚晓琴呆滞脸看安昀轩片刻后在心中咆哮道："尼玛，被骗了啊！之前的伤春悲秋究竟是为了什么？"

"晓琴，你怎么了？"安昀轩觉得姚晓琴的表情似乎有些扭曲。

"没……以后你少插着耳机听音乐！"姚晓琴说罢，捂着心口回房去了。

第二天，许磊收到了一大包塑封的红鸡心葡萄干与一条手机短信。

短信内容是："我不知道你昨说的鸡心哪里有卖，超市里只有这个，将就着吃吧，三石兄！"

许磊继庄墨辰与姚晓琴之后，成了第三个因"鸡心事件"而险些吐血的受害者。

难怪昨天安昀轩听他说要"半颗真心"时一脸呆滞！原来她压根儿就听错了！

自己还傻乎乎地以为被拒绝了因而彻夜未眠啊！

许磊愤恨地拆开包装，抓了一大把红鸡心葡萄干塞嘴里狠命地咀嚼。

从八卦群里得知这一事件的庄墨辰笑得肚子都痛了："鸡心，哈哈哈！葡萄干，哈哈哈！你还真送他啊？吃什么补什么！"

"您要不要啊？我也给您搞一包，包治百病的。"安昀轩斜睨着笑得东倒西歪的十分没形象的上司。

"不必，吃什么补什么，我不像某人那么缺心眼儿！"庄墨辰整了整西装，恢复到精英模式道。

"哦——您心眼儿大,那把我家钥匙还给我!"安昀轩一摊手,庄墨辰瞬间失聪了。

切!又来这套!

安昀轩愤愤不平地瞪着跟前装傻的上司:"说起来您似乎忘了一件很重要的事。"

"什么?"庄墨辰撑着下巴卖萌道。

"要怎样和董事长解释他'身患绝症'的事!"

猛一个晴空霹雳,震醒了还沉浸在"鸡心"的冷笑话中的庄墨辰。同谋的四人在下班后躲在会议室里召开了一次紧急会议。

"其实就和董事长说,他因为心情愉悦而奇迹般地痊愈,似乎不错?"安昀轩转着圆珠笔忧愁道。

"这个操作难度比较大,我们之前把病情说得那么严重,几乎没有回旋的余地。"许磊否定了安昀轩的提议。

"那还是直接说吧!"庄墨辰也实在想不出什么圆谎的好办法,"我们找个时间,一起和他道个歉?"

"那还不把我们统统拖出去'咔嚓'了!"姚晓琴比画了一个铡刀砍脑袋的手势。

"那你有什么两全其美之策?"庄墨辰也知道庄正孝知道以后会大发雷霆。

姚晓琴抱着胳膊想了想,道:"所有涉案人员移居海外?"

其他三人一致决定装失聪。

"反正这事,是我们不对在先,董事长要知道了,不可能不生气。按他的性格,还是直接一些、真诚一些比较好。"安昀轩已经设想到了最差的结果,但这事总是要一起面对的。

"那要怎么个直接、怎么个真诚法?"庄墨辰也知道安昀轩这话没错,可做起来哪有那么容易?

"您直接，我真诚。"安昀轩拍着庄墨辰的肩总结道，"您以死谢罪，我拔刀相助。"

庄墨辰一口茶喷出来时，会议室的门忽然被推开了。

陈叔站在门口，恭恭敬敬地将庄正孝迎了进来。四个年轻人同时石化了。

"下班不回去，躲在这里做什么？"庄正孝威严地扫了一眼四个怔愣当场的小辈们。

"打麻将！"

"茶话会！"

"谈公事！"

"练双簧！"

四人同时说完，随后面面相觑。

惨了惨了！穿帮了！

董事长要大发雷霆了！

然而令四人意外的是，庄正孝却笑了。他背着手踱了几步，淡淡道："我在门外，都听到了。"

"哎呀，董事长好耳力！简直堪比……"急于拍马屁的姚晓琴顿了一下道，"葫芦娃里的二娃。"

晓琴，你够了！

安昀轩觉得事态简直要无法挽回了！

然而庄正孝却并没有因为姚晓琴的打岔而生气，他坐到陈叔给他拉开的椅子上道："你们能花钱让那些人演戏，我也就能花钱让他们说出实情。我当时确实因为你们的欺骗而愤怒，但我更好奇的是，你们究竟为什么要合伙骗我。"说着，视线转向安昀轩，"安丫头的主意？"

安昀轩点了点头。

一人做事一人当！

"说说你这么做的初衷。"庄正孝难得地给了安昀轩一个解释的机会。

"呃……我只是觉得,您对作为董事长的角色投入了太多。"安昀轩说着,就见了庄正孝身后的陈叔,冲她比了个"OK"的手势,立刻吃了一颗定心丸,大着胆子道,"每个人身上都背负着许多角色,您对我们来说,是受人敬仰的高高在上的董事长,但对庄总来说,您是他敬重的父亲。有时候,一个角色扮演得多了,便会在面对家人时忘记摘下那张面具,以至于彼此伤害。所以我想,如果您'身患绝症',或许便能够跳出您专注已久的角色,看看究竟错过了什么。"

"真是个能说会道的丫头。"庄正孝听完后只评论了这么一句,让其余几人都大跌眼镜。

就这么简单地过关了吗?

庄正孝真的不打算追究他们的责任?

"丫头,我欠你个人情。"庄正孝的回答证实了几人的猜测,"这事我就当没发生过。"

几人都松了一口气。

"但今天我来找你们,是为了另一件事。"庄正孝看着自家儿子道,"你准备准备,后天和我去苏州。"

"去苏州做什么?"庄墨辰皱眉道,之前可没和他说过。

"去提亲。"庄正孝的回答让四个年轻人都愣住了。

"爸!您怎么还提这事?"最先反应过来的庄墨辰简直要抓狂了。

"这事,我不可能当没发生过。"庄正孝意味深长地看了姚晓琴一眼,断然拍板道。

当晚,安昀轩与许磊偷偷通了一个电话。

"我有办法,但操作起来比较困难。"许磊想出了一个十分冒险的办法。

"怎么说?"安昀轩压低声音道。

两日以后的周末晚上，一位不速之客按响了庄墨辰家的门铃。

陈叔打开门，霎时就愣住了，哆嗦了半天没说出话来。

"陈叔，是谁？"庄墨辰和庄正孝从书房里出来，看了门口一眼，也都愣住了。

门外站着的，是一个拖着行李箱的衣着得体的妇人——庄墨辰的母亲梅芳。

"我该说，许久不见吗？"梅芳抬了抬眉毛。

"你来做什么？"庄正孝最先回过神来，对前妻的到访满怀戒心。

"前几天我接到儿子朋友的电话，说你替儿子订了门亲事？"梅芳也不经过父子两人的同意，自说自话地迈着优雅的步伐走了进来。

一说朋友，庄墨辰立刻明白了。

不是安昀轩就是许磊！这两人没跑了！

庄墨辰能猜到的事，庄正孝自然能猜到，只是在儿子跟前发作不得。

"你回来怎么也不说一声？"庄正孝的语气中带着明显的不悦。

"说了我可就见不到我儿子了！"梅芳摘下手套坐到沙发上对陈叔点头道，"红茶，谢谢！"

陈叔担心地瞥了父子俩一眼，便先离开了。

"见不到是怎么回事？"庄墨辰关心的却是母亲的话外音。

"就是你父亲不希望我见你。"梅芳直截了当道，"我之前回来过几次，他都以你不想见我为名将我挡在了门外。"

庄墨辰一皱眉，看向边上沉着脸的父亲，用眼神询问是否确有其事，庄正孝却显然并不想对此事做出解释。

"好了，废话不多说了！我要见见我未来的儿媳妇！"梅芳在生意场上锻炼出的强势丝毫不输给在商场打拼多年的庄正孝。

"我并没有答应过这门亲事。"因为母亲的突然出现而过于意外的庄墨辰终于在这时候回过神来，为自己辩解了一句。

"没有答应？这是怎么回事？"向来雷厉风行的梅芳锐利的目光落在庄正孝身上。

庄正孝却只是冷哼一声，转身回房了。

他可不想为了这事，和倔脾气的前妻大动干戈。

"好了，儿子，告诉我这是怎么回事？"庄正孝一走，梅芳的语气便柔和了许多，坐到庄墨辰边上，拉着他的手道。

庄墨辰却因为这种陌生的亲密而不自在地抽回了手。

"你这是在怪我？"敏感的梅芳皱起柳眉道。

"不，您和父亲都有自己的生活……"庄墨辰避开母亲的视线道。

"别和我说这些套话。"梅芳深深地叹了口气，道，"你父亲不让我见你是一方面，另一方面，也是我忙于工作，回国的时间很少……说真的，我很抱歉。"

呵……可这样的道歉，还有什么意义？

"我该说没关系？这样您会觉得好受些？"童年那被忽略的委屈袭上心头，令庄墨辰疏远的语气里夹着伤人的火药味。

"不……我不是为了赎罪才回来的……我知道无法弥补你，但我终究是你的母亲。"梅芳也知道自己的辩驳显得十分无力，"你的朋友说，你遇到些麻烦……所以让我见见那个姑娘吧！我会劝她回心转意，让你有重新选择的权利。"

庄墨辰本想说不需要梅芳插手，但转念一想，梅芳也是想补偿他。

给母亲一个机会，也是给他自己一个机会。不然明天他就要提着大包小包跟着父亲去姚晓琴家提亲了！

梅芳见儿子不吭声，便知道有戏，忙又软硬兼施地磨了会儿，让庄墨辰答应安排她和姚晓琴见面。

"放心吧，儿子！我会让那想要飞上枝头当凤凰的麻雀知难而退的！"梅芳信誓旦旦地保证。

当晚，两个主谋都接到了庄墨辰的电话。

庄墨辰对安昀轩咆哮了一番后道："以后别自作主张。"

"是是是，庄总，您说得是！我再也不敢了！"安昀轩装乖宝宝。

等庄墨辰消了气以后，自然便挂了电话。

"他这么晚打来有事？"姚晓琴从房间里伸出个脑袋。

"呃，庄总的妈妈想见你。"安昀轩打算给姚晓琴打个预防针，"但你放心，我会偷偷跟着你的，不让你吃亏。"

安昀轩只希望梅芳能做通姚晓琴的思想工作，可不想姚晓琴吃亏。

"哦——这算测试吗？"姚晓琴跳上沙发，转了转眼珠道。

"测试什么？"安昀轩有些心虚地坐到她身旁。

"谁重要啊！"姚晓琴一脸理所当然道，"电视里不都这么演的吗？把我和他妈妈一起扔进河里什么的。"

"喂！晓琴！你的逻辑呢？"

"听起来很有意思！"姚晓琴满怀期待地总结道，"好了，我先去睡了，储存体力。"

安昀轩囧着脸无力地看着姚晓琴回房睡觉了。

这样……真的没问题吗？

安昀轩越想越不安，给许磊打电话，对方却没有接。

第二天一早，安昀轩趁着姚晓琴不在，溜到许磊办公室里找他，结果被许磊的模样吓了一跳。

"三石兄，你眼睛怎么了？"安昀轩打量着许磊左眼上的瘀青道。

"没什么……"许磊显然不想多说，"有什么事吗？"

"呃……我就想问问昨天庄总有没有给你打过电话？"安昀轩想邀请许磊一同"跟踪"这对无法预测关系的"准婆媳"，以确保万无一失。

"有。"

"他说了什么？"安昀轩追问。

许磊沉默片刻后，揉了揉疼痛的眼眶，道："他说，开门。"

"……"

尼玛，原来是庄总打的？

这也太过分了吧？

然而当安昀轩回到办公室看见同样挂着一个熊猫眼的庄墨辰时，"噗——"的一声笑了。

"干什么？"庄墨辰也猜到安昀轩知道了他昨晚找许磊算账的事。

"没什么，就觉得您和三石兄，有时候真像小学生。"这两个人有时候真是幼稚得让人大跌眼镜。

"晚上你和许磊要跟踪的话，最好低调点，被我母亲知道了，你们一个都逃不掉！"庄墨辰忽略安昀轩的嘲讽，出言警告道。

"您怎么知道我们要……？"说完安昀轩发现庄墨辰露出一个奸计得逞的可恶的笑容，"您套我话！"

庄墨辰耸肩："某些人有时候真是幼稚得像小学生一样。"

嗷嗷，我咬死你个坏蛋上司！

安昀轩气呼呼地磨牙。

当然，当晚她和许磊还是绕过庄墨辰设置的重重防线，成功地跟踪了单刀赴约的姚晓琴。

等终于到了两人约定见面的甜品店，贴了小胡子的许磊和戴了假发的安昀轩坐在了姚晓琴与梅芳的斜对面。

点了菜，梅芳端详姚晓琴片刻后道："知道我今天为什么找你来吗？"

"知道。"姚晓琴不卑不亢道。

梅芳不带感情地优雅地笑了笑："你对我儿子怎么看？"

怎么看？

这个问题可难倒了姚晓琴。

她思索片刻后诚恳道:"一般是斜眼看。"

梅芳一愣。这姑娘,是在用冷笑话来阻挡她的攻势?

"你知道,我问的不是这个……"梅芳喝了口饮料想了想,道,"换个说法,你对那些不择手段、费尽心机想要嫁进豪门的女孩怎么看?"

姚晓琴觉得这个问题好理解多了,脱口而出道:"另眼相看!"

梅芳一挑眉,果真不出所料!

"你还真直接!"梅芳嘲讽着跟前这不自量力的小丫头。

"因为我确实是这么想的。"姚晓琴眨巴眨巴眼睛,喝了口跟前的椰奶,道,"只以物质生活水平来衡量幸福的人,可真了不起。相比之下,我比她们贪心得多。"

"什么意思?"梅芳又有些听不明白了。

"我要金钱买不来的东西。"姚晓琴望了一眼窗外的枝繁叶茂,"从凤凰的视角来看,似乎每一只忙碌的麻雀都是想攀高枝,但事实上,也有麻雀不那么想。"

"那么请问那只特别的麻雀是怎么想的?"梅芳倒想听听这小姑娘能说出个什么道理。

"那只麻雀,只想要另一只麻雀能嫁给一只一心一意对她好的公孔雀。"

另一桌的"母麻雀"和"公孔雀"同时喷茶。

"总而言之,我对'凤凰'没兴趣,对'变凤凰'也没兴趣,等到尘埃落定,我自然会解释清……"说到此处,姚晓琴忽然扔下一张百元大钞,拉着梅芳就往外跑。

"你干什么!"梅芳没想到姚晓琴看起来娇小瘦弱的,手劲会那么大,根本挣脱不了!

"我们被你儿子和你前夫跟踪了!"姚晓琴边撒丫子狂奔边大声道。

梅芳一回头,就见了刚还在门口搞促销的一只轻松熊和一只鼻孔鸡正追着她们一路狂奔。

梅芳整个人都不好了!谁来告诉她那两只是怎么回事?

"快,快!快上地铁!"姚晓琴指着前头一个地铁站入口激动道。

梅芳还没来得及反应,就被姚晓琴拖着上了自动扶梯,随后糊里糊涂地又上了地铁。

在地铁车门合上的时候,气喘吁吁、狼狈不堪的梅芳终于问出了她最想问的问题:"我们为什么要逃?"

"因为他们在的话,会影响我们交流。"姚晓琴一脸淡定地整整衣襟。

"你就不能神不知鬼不觉地甩了他们?"虽然梅芳也觉得,她的前夫和儿子打扮成那样跟踪她们是一件十分诡异的事。

"可你不觉得……"姚晓琴掏出手机给梅芳看刚才她偷拍的视频,"他俩打扮成这样追着我们跑,挺好玩的?"

梅芳"阿毛"脸看着这个脱线的"未来儿媳妇"。

"哎哎,别这个表情吗!都上了地铁,不如去游戏机房玩玩?我知道一家,人多,地方大,他们肯定找不到我们!"

可怜的梅芳就这样被迫上了"贼船"。

然而当两个小时以后,"轻松熊""鼻孔鸡""母麻雀"和"公凤凰"根据线报找到满头大汗的"婆媳"俩时,两人已经如母女般亲密了。

安昀轩装作不知情地回到家,问告诉她"婆婆很好相处"的姚晓琴道:"你究竟是怎么降服她的?"

"没怎么啊!"姚晓琴并没有感觉到自己做了什么惊天动地的事,"我们就一边骑摩托、开赛车、推金币、钓娃娃、敲鳄鱼……一边骂男人!"

你妹!这就是女人间的友情吗?

你们都忘了你们要谈的正事了吗?

安昀轩彻底服了。

就这样,曲线救国计划,宣告失败。

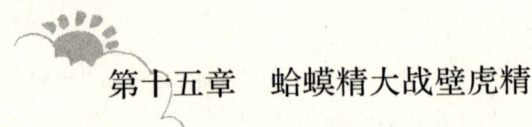

第十五章 蛤蟆精大战壁虎精

其实这对"准婆媳"聊的内容基本是这样的：

"啊哈哈哈哈，是啊是啊！我和你说，有一个冬天，墨辰把绒线裤当羊毛衫套头上，然后怎么都找不到脑袋出来的位置，那样子可好玩了！"

"哈哈哈，真的吗？他以前那么呆萌吗？"

"他还亲自孵过鸡蛋呢！后来等不及了就放到微波炉里加热，结果鸡蛋爆炸了，他哭了好久！"

"哈哈哈，要不要这么搞笑啊！"

……

此刻，梅芳坐在庄墨辰和庄正孝对面一本正经道："你们打算何时去晓琴家提亲啊？东西我都列好单子了，让陈叔去买就好了！"

庄墨辰的脸拉得老长老长，显然没预料到这样的神展开。

"哎哟，这事不急，我爸妈都看过墨辰的照片啦！说他一看就……"边上的姚晓琴拉长了音道，"很……能……生！"

随后"婆媳"俩哈哈大笑。

庄墨辰要暴走了！他努力压制住自己的情绪，拉着可怜的父亲就一起上了楼，中途还险些绊了一跤，楼下"婆媳"俩那魔音穿耳的笑声便又拔高了八度。

等父子俩都消失在视野中后，梅芳这才收敛了笑容，压低了声音问边上淡定喝茶的姚晓琴："你真不考虑我儿子？"

"不考虑，我只希望昀轩能幸福。"姚晓琴俨然已将豪爽又奔放的梅芳当成了自己的忘年交。

虽然姚晓琴遮遮掩掩，但梅芳却知道，姚晓琴的心里究竟藏着谁。

这个可爱的姑娘！怎么脑子就转不过弯呢？感情岂是能勉强的？

梅芳这么想着，便拨通了一个人的电话。

一周后，许磊多了个外号，叫"许半仙"，因为他自称会看手相，秘密其实是从HR那里套到的下半年人事变动的信息。

被传得神乎其神的算命本事，令许磊的办公室门庭若市。

但许磊算了一个又一个，某只在他眼皮底下的"小麻雀"却总是不上钩。

许磊有些沉不住气了，扔下手中的文件沉声道："姚晓琴，你就不好奇你的将来吗？"

快把小手递给我！许磊狂躁地盯着姚晓琴白嫩的小爪子。

姚晓琴莫名其妙地抬起头道："有什么可好奇的？"

许磊被噎了一下："你对你的爱情走向、事业走向都没兴趣吗？"

"不就因为未知才有趣吗？都知道了多没劲！"姚晓琴说罢继续敲她的键盘。

许磊真恨不得打开姚晓琴的大脑看看她的神经回路究竟有多奇妙！这真的是姑娘吗？姑娘不都喜欢这些神神道道的东西吗？

许磊思前想后，决定推动公司福利，让员工们一同去春游。

行程是庄墨辰提议的——去南京泡温泉。

到达南京时，大家先去宾馆放行李。自然，安昀轩和姚晓琴一间，许磊和庄墨辰一间。

许磊和庄墨辰是真不想住一起的，但众人都以为他们关系好，自然安排房间时也刻意奉承了一把。

放好行李，大家先去吃自助餐，许磊丢下整理了一半的东西，先去找安昀轩了。庄墨辰觉得许磊真像一只围着安昀轩转圈的小宠物。

他才不会爱得那么没节操呢！

然而理东西理到一半，姚晓琴便来敲他门道："夫君，你在吗？！"

庄墨辰痛苦得想要挠门，姚晓琴还在门口扯着嗓子喊个没完，为了不引起别人的注意，庄墨辰一把将姚晓琴拉进来关上了门："你干什么？"

"没什么，出嫁从夫，我要与你同进同出。"姚晓琴一脸的理所当然。

庄墨辰真是崩溃："你非要当着那么多同事的面毁你自己的名声吗？你好歹是女孩子，就不怕别人说闲话？"

"所以你的意思是，我真嫁给你比较好？"姚晓琴可不吃庄墨辰这一套。

庄墨辰没话说了。

"你还不知道吧？最近好事将近！"

"好事？什么好事？"庄墨辰皱起了眉。

"双喜临门啊！"姚晓琴看庄墨辰紧张的表情，故意卖个关子，"好了，走吧！大家早晚要知道的！公布我们的'恋情'对你又没多少损失，以后分开了人家也只会说你风流多情罢了！"姚晓琴连珠炮似的发动攻击道。

"你等等！"庄墨辰一把拉住姚晓琴，却不慎碰落了许磊搁在桌上的公文包。公文包拉链没接全，落出来一个半透明的塑封袋。塑封袋里是好几个气球，而其中一个气球里，似乎藏了什么东西。

"呀！"姚晓琴捂脸露指缝。

"干什么？"

"他不要脸！竟然带那么多……"

庄墨辰反应了一会儿，才明白姚晓琴在说什么，恨不得一口盐汽水喷死她。

"那是气球好吗？"

"哦——"姚晓琴松了一口气，"还以为他天赋异秉！"

庄墨辰对姚晓琴刮目相看了一番后，掏出那个气球看了看，就发现那里头是一对戒指。姚晓琴和庄墨辰都愣住了。

这对戒指的样式很简单，看起来倒不像是婚戒。

"你说，他是送给谁的？"姚晓琴面色凝重地问庄墨辰，随即忽然想到了什么似的扭头对庄墨辰道，"你套女戒看看。"

庄墨辰一口血喷出来："你正常点！"

"那请问你的正常思路判断下来，这戒指是给谁的，又为什么要装在气球里？"姚晓琴对于庄墨辰自诩高明的态度十分不屑。

两人同时盯着装在气球里的戒指沉默片刻后，同时想到了一个名字。

庄墨辰当即收手，姚晓琴迅速出手。可令姚晓琴没想到的是，庄墨辰的反应也十分迅速。虽然没出什么狠招，却是见招拆招，压根儿没让练过的姚晓琴占到什么便宜。

两人争夺了一阵，拉开距离瞪着彼此。

"想不到，你竟有如此能耐。"姚晓琴不禁对庄墨辰刮目相看。

"承让。"庄墨辰一拱手道。

"敢问师承何处？"姚晓琴又摆了个 pose。

"无门无派，只学了一招，通杀大江南北。"

"你的招式，可有名字？"

"自然有。"

"请说！"

庄墨辰也拉了个实战架势，一字一顿道："老、鸡、抓、小、鹰。"

姚晓琴一口血喷了出来。

正在此时，庄墨辰和姚晓琴的手机同时响起。两人都没有理会，然而片刻后，走廊里就响起了安昀轩的声音："晓琴怎么不接手机啊？"

"墨辰也没接。"这是许磊的声音，"我去房里看看。"

说着，那声音就往这边来了。

姚晓琴脸色一变低声呵道："快把东西放回去！"

庄墨辰冷笑："他们成了对你有什么好处？"

"昀轩和许磊在一起，总比和你在一起好！"姚晓琴直言不讳道。

庄墨辰觉得被狠狠刺了一刀，反唇相讥道："你只不过是自己得不到才想让给昀轩罢了！"

姚晓琴的脸也冷了下来："少废话！你到底还不还？"

"不还。"庄墨辰自然是不会妥协的。

正说着，许磊已经掏卡打开了房门。然而他和安昀轩环顾了一圈，却并未见到人影。

"不在？"许磊疑惑道。

"咦？那会去哪儿？"安昀轩也想不明白庄墨辰和姚晓琴为何会突然消失。

"你确定姚晓琴带了手机？"许磊总觉得这事有些蹊跷。

"看见她揣兜里的。"安昀轩肯定道。

"那再去别的地方找找吧！"许磊说着率先走了出去，安昀轩又扫了一眼房间，只好跟上。

等两人离开后，床下先伸出来一只爪子，随后爬出来一个姚晓琴。

姚晓琴坐在地上抹了把汗道："好险……"

说完低头看床底下另一个："下面很暖和吗？你干吗还不出来？"

底下一阵响动以后，又安静了下来："我好像……卡住了……"

姚晓琴愣了几秒后，笑得直拍地板："报应啊报应！叫你不怀好心！"

不过庄墨辰这样卡着也不是个办法。

姚晓琴摸着下巴看着床底下探出一条长腿和一只手臂的男人："你把戒指给我，我就帮你！"

"我给你戒指你还会帮我出来？"庄墨辰全然不信任诡计多端的姚晓琴。

"那你就卡着吧！我走了！反正待会儿许磊他们回来发现你卡在这儿也照样能拿回戒指。"姚晓琴说着便要站起身。

"等等！"庄墨辰叫住这最后的希望道，"我给你一枚戒指，你帮我出来以后，我再给你另一枚。"

"成交。"

然而，在庄墨辰把戒指交给了姚晓琴以后，怎么把庄墨辰挖出来却成了一个十分棘手的问题。

"你脑袋怎么那么大？"姚晓琴抓着庄墨辰的手简直是在拔萝卜，折腾了半天都没把庄墨辰给拉出来。

两人的手机都响个不停，姚晓琴不禁烦躁道："再拖下去别说晚饭没得吃，连温泉也赶不上了。"

"那要怎么办？"庄墨辰也是满头大汗。

"只剩下唯一的办法了。"姚晓琴说着站起身，随后在庄墨辰反应过来之前，"轰隆"一声，把床板踢得裂成了两半。

"还活着吗？"姚晓琴收脚道。

险些被顺便劈成两半的庄墨辰捂着心口默默发誓，他再也不要和姚晓琴有任何交集了！

等庄墨辰出来，缓了缓劲，便还是如约将另一枚戒指也给了姚晓琴，只是交出去时忍不住道："你确定要物归原主？"

姚晓琴将戒指放回去的动作顿了顿，一脸无所谓道："如果昀轩真的答应，我会祝福他们的。"

庄墨辰盯着姚晓琴强撑着的表情看了一会儿，道："如果他们成了，你就不再缠着我了？"

"嗯。"

"那他们要不成呢？"

"你说呢？"姚晓琴一挑眉，又恢复到不死不休的架势。

"那我们来打个赌吧！如果这次许磊送戒指，安昀轩没接受，那么说明安昀轩是真对他没什么感觉，你就别再勉强他们了，也给我一次公平竞争的机会；如果成了，我绝对不会再阻挠他们，如何？"庄墨辰一口气道。

姚晓琴端着下巴考虑了一会儿，觉得庄墨辰说得也有些道理："好，一言为定。"

两人击掌为誓后，便将戒指放回原处，一同下去吃饭了。

安昀轩和许磊看到两人终于出现时全都松了口气。

"你们去哪儿了？怎么手机都不接？"安昀轩抱怨道。

"哦——刚才我们去了趟异次元处理一下继承王位的事。"姚晓琴咧嘴一笑。

许磊脸色不太好，这个冷笑话对他来说简直是火上浇油，一转身替安昀轩拿吃的去了。

安昀轩略有些尴尬，但出于尊重他人隐私的想法，还是没继续这个话题。

等到吃完饭，大家一同去泡温泉，姚晓琴便一副惴惴不安的模样。

"晓琴，你怎么了？"安昀轩敏感地察觉到了姚晓琴的不自然。

"没什么，我们先去泡那个大池子吧！"姚晓琴说着便摆出一副英勇就义的表情拉上安昀轩朝另一处走去。

"那个池子人太多,表面都漂着一层死皮。"不知何时冒出来的庄墨辰拦住两人道。

安昀轩被恶心到了:"庄总,您观察得还真仔细。"

庄墨辰耸了耸肩,淡定地离开了。

但鉴于刚才脑补的情景,安昀轩还是决定换个方向,姚晓琴无奈,瞥了一眼等在大池子边的许磊只能默默跟在安昀轩后头。

安昀轩走了一圈,终于看中了一个中药池。两人刚要下水,眼见着许磊已经挪过来的庄墨辰又突然出现道:"你们不看牌子吗?这是补肾壮阳的。"

安昀轩瞥了庄墨辰一眼:"那庄总您泡吧!"说罢拉着姚晓琴继续换池子。

就这样三番两次之后,被冻着了的安昀轩再也受不了了,随便找了个人少的池子往里头一坐,任凭庄墨辰怎么说都不挪窝了。

庄墨辰没办法,眼看着许磊挪过来,也只能解下浴巾打算进同一个池子。

这回可轮到姚晓琴报复了,她一扭头对庄墨辰:"达令,这个是活血化瘀、调理经期的,你确定你要进来?"

已经插入半只脚的庄墨辰沉默片刻后,依旧硬着头皮把另一只脚插了进去:"男人也会有这样的周期,只是表现不同。"

"您是说每个月总有几天头特别大?"姚晓琴说完便在安昀轩莫名的目光中哈哈大笑。

庄墨辰"阿毛"脸,只当没听见。再回头时,阴魂不散的许磊已不见了。

正疑惑,就发现不知从何方飞来一个装满了玫瑰花瓣的透明气球。然而那个气球快飘到安昀轩跟前时,却因为温度太高而忽然炸了。

庄墨辰还没反应过来时,姚晓琴已一头扎进了水里。

不能让许磊白费了苦心!

姚晓琴咬牙忍着滚烫的池水拼命睁开了眼睛寻找。

可是没有,哪里都没有。

姚晓琴刚想抬头换一口气,就忽然身子一沉,什么都不知道了。

等再次醒来时,姚晓琴已平躺在沙发上了。

"晓琴,你怎么样?"安昀轩喂姚晓琴喝了几口水焦急道。

姚晓琴只觉得头晕乎乎的,眼睛也火辣辣地疼,身子里仿佛燃着一团火,难受得紧。

"我想吃……西瓜……"姚晓琴糊里糊涂道。

"哦,好……我现在就去帮你弄!"安昀轩说着扭头对另一人道,"照顾一下她!"

姚晓琴又躺了一会儿,才猛然想起自己晕过去的原因,摸瞎抓了身边一言不发的人道:"戒指……刚才我晕过去的地方有两枚戒指!"

回答她的,却是个熟悉的声音:"你怎么会知道?"

姚晓琴听了那声音便是一愣,脑中一片空白,不知该如何回答。

"是庄墨辰发现的?你们去过房间?"许磊很自然地联想到了两人一同消失的那段时间。

姚晓琴沉默许久后道:"你别管我怎么知道的,你先把它捞上来。"

"不需要……"许磊神色复杂道,"我并没有放戒指,那个气球,只是逗你们玩而已。"

姚晓琴愣住了,随即抓着许磊咆哮道:"逗我们玩?你知不知道我为了找这戒指有多……"说到此处却打住了,她并不想让许磊知道她的真实想法。

"你为什么那么紧张那两枚戒指?你该知道我是给昀轩的。"许磊低声道。

"还能为什么?因为我和庄墨辰打了个赌,如果你不想让我输得太惨的话，今晚就和昀轩再表白一次！"姚晓琴咬牙切齿地回答，好像她真就只是为了这个赌约才那么奋不顾身。

许磊却没吭声，许久后却忽然问了个牛头不对马嘴的问题："中秋那会儿，你怎么想到要表演节目的？"

姚晓琴也没料到许磊会忽然提起这事，揉了揉酸痛的眼睛，道："不是说要还你情吗？"

"你并不欠我什么……"许磊的话，听在姚晓琴耳中，就像是一种残忍的撇清。

"我知道！"姚晓琴愤怒地打断道，"我做这些，都是为了昀轩，你好好待她就是了！"

好好待她？

那你呢？

许磊看着这个紧闭着双眼的倔强姑娘，心情复杂地回忆着两人相处的点点滴滴。

"你真的喜欢庄墨辰吗？"许磊想听姚晓琴亲口说出这个答案。

姚晓琴看不见许磊的表情，却觉得那语气如此令她揪心。

但那一定是错觉吧？许磊怎么会在乎她的感受？

"是啊……我喜欢他……"姚晓琴自嘲地笑了笑。

许磊还想说什么，却听见端着几片西瓜走进来的安昀轩道："我问厨房要了点，晓琴，你好点没？"

姚晓琴笑着吃了片喂过来的西瓜："我没事。"

真的没事……

别再用这种看似在乎的关心来动摇我了。

"先回房间休息吧！"许磊看姚晓琴脸色很差，不等姚晓琴回应，便来了个公主抱。

姚晓琴瞬间脸红了，随即无力地踢着腿挣扎道："放我下来！"

许磊却不理她,直接把她抱回了房间。

"好好休息吧!"许磊说完便出去了。

躺到床上,又吃了点东西,姚晓琴才算彻底缓过来,在安昀轩替她滴眼药水时低声道:"对不起。"

"有什么好对不起的,你跟我还见外?"安昀轩替姚晓琴掖好被子道,"不过你那时为什么忽然扎进水里?"

"没……没什么……我看到下头有个吊坠,想捡起来瞧瞧。"

姚晓琴给出的这个解释十分不靠谱,但安昀轩也没多计较,随即又想起了另一个奇怪的地方:"那个气球是谁的啊?泡温泉还带进来,吓我一跳!"

"哦……那个是许磊搞来给我们玩的,没想到炸了。"

"啊?三石兄的主意?"安昀轩有些不理解许磊的思路,不过也没太在意。当务之急还是照顾好姚晓琴。

等姚晓琴睡下以后,安昀轩去走廊里透气。

"她睡了?"不知为何在门外徘徊的庄墨辰看到安昀轩出来便愣了一下。

"嗯……庄总,您怎么在这里?"安昀轩显然更好奇庄墨辰出现在这里的原因。

"没什么,我本来想来看看她的情况,她睡了就算了。"庄墨辰难得地没有找什么欲盖弥彰的借口。

此时,似乎该说道别的话了,可庄墨辰却像双脚被定住了似的,无法离开。而安昀轩也并没有问他为什么还不走。两人就这样一同看着窗外吹着夜风。

安昀轩偷偷看了庄墨辰一眼,就听他低声道:"我母亲……很喜欢姚晓琴。"

安昀轩不说话,只是收回了目光。

"我母亲和我父亲都希望,我和晓琴早点完婚。"庄墨辰却似乎非要逼安昀轩表态似的又追加了一句。

"哦……"安昀轩许久以后只吐出这一个字。

"你就没有别的想说的?"庄墨辰扭头看着身旁被月光笼罩着的女孩,雾里看花般的不真实,让他十分不安。

"两情相悦,又是父母之命,我有什么立场发表观点?"安昀轩苦笑了一下,对上了庄墨辰的视线,"您也并没有坚决拒绝这种安排,不是吗?"

"我还不坚决?"庄墨辰被安昀轩这仿佛指责般的语气给挑起了火气,"是她死缠烂打地……"

"不许这样说她!"安昀轩板起脸道。

庄墨辰看安昀轩这护犊子的架势,只觉得胸口堵得慌:"你到现在还没想明白吗?"

"明白什么?"安昀轩总觉得庄墨辰是在拐弯抹角地替自己找借口。

"姚晓琴非要拖着我的真实原因。"庄墨辰忍无可忍道。

安昀轩被这么一提醒,忽然想到了许磊说的那句"成全",但姚晓琴究竟是怎么想的,她反而越来越弄不明白。

"你们个个都打哑谜,就我一个人来猜?"安昀轩也对自己的毫不知情而感到恼火。

"因为有些话,现在说还太早。"庄墨辰看着安昀轩柔和的侧脸想,怎么会喜欢上这么个不开窍的笨蛋呢?

"那么上次烟花节,您对我说的坦诚,都是忽悠我喽?"安昀轩倒是把两人间的约定记得很清楚。

"坦诚是相互的。"庄墨辰对安昀轩总是十分见外的态度也有诸多不满。

"那就没什么好说的了!"安昀轩冷着脸道,"我先睡了。"

庄墨辰看安昀轩气呼呼的模样，挽留的话到了嘴边，却终究没说出口，只能眼睁睁看着安昀轩头也不回地关上了房门。

可恶！

为什么每次碰到安昀轩，自己就变成了名副其实的懦夫？

任何事都犹豫不决，这样的自己，简直是蠢透了！

不行，这纠缠不清的关系必须有个了断。

庄墨辰这般想着，回房后便对许磊道："我们公平竞争一次如何？"

"怎么个公平竞争法？"许磊也是被这剪不断理还乱的感情给折腾得筋疲力尽了。

"公司不是要开运动会吗？"庄墨辰想起安昀轩的冷淡便心中不爽。

"你来真的？"许磊挑眉。

"你不敢？"

许磊是最了解他这个"青梅竹马"的情敌的，这样的邀请，必定是个你死我活的对决。

可这又如何？比起这样无止境的纠缠，他更希望能有个大家都心服口服的结果。

"没什么不敢的。先说好，项目不限，谁获得的冠军最多，便先表白，另一方不得干涉。"

"好，一言为定。"庄墨辰伸出手，二人击掌为誓。

这几日，公司的同事们都惊奇地发现，庄墨辰和许磊这两位向来坐在前排观众席上的领导，竟然亲力亲为地参与了公司的比赛，还几乎所有项目都报了名！

经过八卦群的讨论，大家一致认为，两位领导是想起个带头作用，召唤群众踊跃报名罢了，不足为奇。

安昀轩听到这个消息以后也很是惊讶，找了个机会随口问了庄墨辰,得到的回答是:"赢了可得千金。"

"啊?"某"千金"毫无自觉地想,这次运动会赢了项目竟然直接发奖金?可庄墨辰和许磊又不缺钱……

安昀轩将她的疑惑分享在了八卦群里,同事们却都激动了。

"从前可没听说赢了还能拿奖金的!"

"是啊,是啊!以前分明就只有几块破奖牌!"

"如果真有千元奖金的话,那我也凑热闹报个名。"

"我也报,我也报!"

"昀轩,这消息可靠吗?"

"我听庄总亲口说的。"安昀轩信誓旦旦地打包票,轻轻松松地坑害了一群无辜的同事。

于是,本次运动会,创下了报名人数最多的纪录。连马拉松、举重之类的冷门项目也都人满为患。

"岂有此理!谁放的谣言?"庄墨辰咬牙切齿地拿着名单怒道。

究竟是哪个浑蛋说公司会给获胜者高额奖金的?他的竞争对手已经翻了几倍了好吗?

"你们都给我去解释清楚!说没有这回事!"庄墨辰下了死命令。

然而下属们的想法则是——"庄总一定是不想发那么多奖金才劝退的,我们一定要手拉手肩并肩坚持到底。"

就这样,劝退计划反而成了证实高额奖金的铁证。

庄墨辰无法,只好去找了庄正孝。

"爸,现在公司里谣言四起,说什么这次运动会赢了会发奖金……"

"这不是谣言。"庄正孝淡定地看向儿子道,"是我说的。"

庄墨辰愣住了。

"运动会这个形式很不错,既能增进感情,也能发扬公司的企业文化。"庄正孝一本正经地说着。他才不打算告诉儿子,他早就从最尽职的特务陈叔那儿知道了儿子和许磊的约定，打算借此报复之前骗他得了绝症的事呢！

这下庄墨辰没办法了，他老爹高兴出钱，他还能说什么？

庄墨辰无奈地走出办公室，却并未注意到另一个身影悄悄溜了进去。

"董事长，您上次说的事，我和晓琴想到个办法……"

"要不成的话，这账可得算到你们俩头上！"庄正孝色厉内荏地说着，脸却悄悄红了。

虽然已不年轻了，但有些事，现在也还为时不晚。

运动会前夕，无论是在电梯间、走廊、食堂还是卫生间，都可以看到两个坚持不懈地锻炼着的领导伟岸的身影。

当庄墨辰第八次蛙跳跳过窗前时，魏薇终于忍不住在群里道："庄总是不是又中邪了？"

"许董才中邪了，好吗？！"群里立刻有人咆哮道，"你们谁在304啊？快看窗外。"

安昀轩一听这语气，忙跑去304看，只见窗外一人腰间绑了根安全绳索，正在学蜘蛛侠爬楼……

等等！这是怎么回事？

注意到安昀轩的"蜘蛛侠"十分潇洒地冲着安昀轩一笑，随后渐渐消失在了安昀轩的视野中。

下巴碎了一地啊！

"庄总和许董究竟在搞什么名堂？这真的是在锻炼而不是准备上战场吗？"八卦群里目睹了这一切的某位惊叹道。

"也可能庄总被蛤蟆精附身了，许董被壁虎精附身了。"有人半开玩笑地推测道。

然而群里刚说完，就听到一声惊天动地的惊叫。

"怎么了？"

"什么情况？"

"好像是董事长办公室里传来的。"

片刻后，终于有人弄清了事情的真相，"一微去董事长办公室送文件，看办公室里没人，以为董事长不在，结果刚放下文件董事长就从屋顶上倒挂了下来……"

于是，公司里又流传了"董事长被狒狒附身"的谣言。当然，"蛤蟆精""壁虎精"和"狒狒精"完全不将这些流言蜚语放在心上，他们都有着更为远大的目标。

终于，终于，万众期盼的运动会在公司租的体育场里拉开了帷幕。

众人都是摩拳擦掌地跃跃欲试，只为了那笔可观的奖金。

在领导讲话等流程过后，比赛分成几个区域同时进行。

庄墨辰作为"蛤蟆精"，毫无意外地杀进了跳高、跳远和定向越野的总决赛。而许磊作为"壁虎精"，也轻轻松松地获得了单杠、标枪和定向越野的决赛资格。

两人在等待决赛时，面对面的眼神又杀了个来回。

这时候，忽然就听到广播里在报："三号选手，庄正孝。"

霎时间，全场安静了几秒，随后又响起了一片议论声。

是重名吗？和董事长重名吗？

众人正猜测着，就眼见着庄正孝走到了场中，脱了外套露出里头的运动装。

哦，天哪！

所有人都沸腾了！

这是压轴的惊喜吗？董事长也要参加比赛？

庄正孝在一片欢呼声中倒显得格外冷静，拉了拉韧带，伸展了一下肢体,便站在了第三条跑道上,准备就绪。

这可是长跑项目啊!

庄墨辰和许磊都震惊得说不出话来。

庄正孝虽然身体硬朗,但也已经是这把年纪了……

他为什么非要参加这样的比赛?

正惊讶呢!就发现有两个熟悉的身影来到了跑道边,举着"董事长必胜"的手写牌兴高采烈地挥动着。而坐在她们身后的,则是一脸不屑的梅芳。

等等!这是搞什么名堂?

庄墨辰碍于比赛候场无法过去问个究竟,边上的许磊倒是在震惊过后露出一脸钦佩:"庄伯伯可真是不简单!"

庄墨辰联想起之前关于庄正孝总在办公室练倒挂的谣言,忽然有种"原来如此"的无力感:"难道你知道他有什么打算?"

"不知道。"许磊望向那一处道,"但昀轩她们应该是知道的,有她们在,出不了什么大事。"

就是因为有她们在才会出大事,好吗?

庄墨辰觉得许磊的大脑也短路了。

正纠结着,发令枪就响了。

庄正孝以一个十分标准的姿势率先冲了出去。

与庄正孝一同竞争的下属们纷纷汗颜,他们并不想超过这位超级Boss,可问题是,在跑了几圈之后,毕竟上了年纪的庄正孝的速度就渐渐慢了下来。

有一两个打算赌一把犹豫再三后,终于还是超过了他。后头的一看,不怕死的都冲过去了,也便都顾不上给庄正孝面子了。

这一来,本来冲在最前头的庄正孝很快便落在了中间。

看台上的观众那个着急啊!

"董事长，加油啊！"

"董事长，别落后啊！"

可无论他们如何为庄正孝加油呐喊，体力不支的庄正孝还是渐渐落在了后头。

他也知道自己这把年纪了，是有些自不量力，可他就是想证明，有些事，他是不会轻易放弃的。

观众们先是为庄正孝的落后而感到焦急，但眼看着前头的都过了线，庄正孝却还不放弃地慢慢跑着，忽然就生出些感动来。

"董事长，您是我们的偶像！"不知谁带头喊了一句。

"是啊！无论第几，您都是最棒的！"立刻就有人附和道。

渐渐地，这样的声音越来越多，最终，连成了整齐划一的一片："董事长，加油！董事长，加油！"

这边，早就有些按捺不住的庄墨辰看了正在候场的许磊一眼，果断地放弃了这场比赛，跨过界限跑到了精疲力竭的父亲身边。

"爸……您慢慢跑。"

我陪着您。

此时的庄正孝耳边只剩下自己的喘息声以及耳鸣声，许久后才意识到身边多了个儿子。刚想斥责一句，就听另一个声音道："庄伯伯，我也来陪您！"

是许磊。

庄正孝身体累到了极致，却因为身旁两人的陪伴，而觉得前方的跑道不再那么漫长了。

庄墨辰看了许磊一眼，觉得这小子还算有点良心。

失掉一个奖杯，陪着庄正孝跑到最后，是两人共同的默契。

而在跑道边上，假作不在意，视线却始终没有离开过背后贴着三号身影的梅芳眯起眼不屑道："不自量力。"

"是啊！"姚晓琴举着牌子耸肩道，"我们都知道他赢不了，但他还是答应了这个赌约。"

梅芳冷哼一声，什么"赢了就和我重新开始"，这种年轻人才会上当的把戏，她倒要看看这个老顽固会出丑到什么程度！

"干妈，你心疼了吧？"姚晓琴压低声音凑近道。

梅芳白她一眼："怎么可能？！多少年前我就已经看清他了！"

"哦……那结果都知道了，干妈，你怎么还不走呢？"姚晓琴坏心眼道。

梅芳不说话了。

她才不是心疼，她只是不信庄正孝如今能为她做到这种程度。

"关键不是结果，而是为了什么而坚持，不是吗？"安昀轩眨眨眼，放下牌子，也加入到了陪跑的队伍中。

姚晓琴笑着把自己的牌子交到了梅芳手中："干妈，我也去倒戈了！"说罢也往庄正孝的方向去了。

庄墨辰跑着跑着就发现身边多了个人："你怎么来了？"

"怎么，只许您陪跑吗？"安昀轩边跑边道，随后对庄正孝喊了句，"董事长，加油！让夫人瞧瞧您的魄力！"

这话还真奏效！本来已经气喘吁吁的庄正孝忽然又加快了速度。

场下的观众看到了，立刻激动地欢呼起来。

他们的董事长，是即使输了，也永不言弃的顶天立地的男人！

庄墨辰扭头看了一眼似乎已到了极限却仍旧不肯停下步子的父亲，忽然记起小时候，自己被父亲护着蹒跚学步的模样。如今，他已经长大了，有足够的力量，陪伴在父亲身边。为了什么而坚持，已经不重要了。重要的是，他们终于能站在同一条战线上，并肩前行。

"董事长，我也陪您！"忽然又有位高管加入了他们。

"我也陪您！"另一位下属也跑了过来。

就这样，越来越多的人参与到了陪跑的队伍中，最后一圈，群众几乎是一拥而上。随后在到达终点时，会聚的人潮将庄正孝高高抛起再稳稳地接住。

最后终于双脚落地时，庄正孝看到他的妻子，用一种复杂的目光站在终点线边上静静看着他。

庄正孝缓缓走过去，用有些沙哑的声音道："又让你失望了。"

梅芳在众人不明所以的目光中，深深叹了口气，道："你让我失望过很多次了，不多这一次。"说着扶起庄正孝，慢慢地往休息室去了。

众人纷纷识相地让开了一条道，看着他们互相搀扶着渐渐走远。

"欸……昀轩，你说，董事长这是有戏吗？"姚晓琴有些看不明白这状况。

"没戏的话会留到最后吗？"安昀轩微笑着看向庄墨辰。

"你们两个，就知道插手别人的家事！"庄墨辰抱着胳膊不满道，"这个账以后再和你们算！"

"哟哟哟！我好怕！"姚晓琴翻着白眼道。

正在此时，就听到广播里又开始报："请跳高决赛入围选手到A区集合，请标枪入围选手到B区集合。"

庄墨辰挑衅地看了许磊一眼。

两人都为了这场运动会准备了许久，庄墨辰继续拿下了跳高、跳远的冠军，而许磊也获得了单杠、标枪的冠军。如今，胜败的关键就在于定向越野的决战了！

因为场地的限制，所谓的定向越野也只是象征性地设置了攀岩、跳马、蹦床、折返跑、撑杆跳、匍匐前进、挖地雷、跨栏等环节，又摆放了一些障碍物，谁在规定时间内最快完成，就能够获得冠军，男女不限。

然而令许磊和庄墨辰震惊的是，三号选手，竟然是"狸猫大侠"！

更确切地说，是戴着狸猫面具的大侠。

"大侠"一出场，便引起了群众的一阵骚动。

"那难道是昀轩？"

"不对啊！昀轩不就在台下吗？"

安昀轩的确在台下坐着，而且同样在看到"狸猫大侠"时，一脸震惊的表情。

身边的座位空着，她很容易就猜到了那个冒牌的"狸猫大侠"究竟是谁。

可姚晓琴为什么要这么做呢？这不就是场普通的比赛吗？

而正在此时，裁判吹响了哨子——计时开始！

许磊之前练习攀壁，为的就是这一刻，故而攀岩他是最快完成的，遥遥领先于其他选手。然而在需要依靠腿部力量的环节，诸如蹦床、折返跑等环节，他又被庄墨辰追成了平手。

匍匐前进的环节，两人都是拼尽全力地向前蠕动着，可许磊的眼镜却意外地落到了网外，他来不及捡，在过了这一段以后立刻去了"地雷地"开始挖雷。

这些埋在沙地里的泡沫塑料地雷，并不是那么好找的，那些混在沙里的小标记也并不显眼。失去了眼镜的许磊，还没找到标记，边上的庄墨辰却已经挖了好几个"雷"了。

可恶！这样下去岂不是之前的努力都白费了？

许磊正焦急间，就发现始终落在二人身后的"狸猫大侠"忽然冲了过来。她二话不说，迅速挖出了几颗道具地雷，用身子一挡，迅速扔给了许磊。

许磊和庄墨辰都愣住了，两人都迅速认出了这位狸猫大侠究竟是谁。

"还愣着干吗？！快点！"姚晓琴压低声音对许磊道。

许磊被她这么一说，终于醒悟过来，抱起地雷就往前跑。庄墨辰怒瞪了一眼又坏他好事的姚晓琴，随后也抱起自己的地雷追了上去。

姚晓琴会这么做，是因为她偷听到了陈叔和庄正孝的对话。

这是最后的机会了。

一定要让许磊获胜，和安昀轩双宿双飞。

庄墨辰猜到姚晓琴必定是知道了什么才忽然冒出来，但此时也顾不上计较这些了。前面许磊已经跳过了最后的跨栏，快到达终点了，庄墨辰奋起直追，却忽地听到后头惊叫一声。

庄墨辰回过头就只见"狸猫大侠"抱着脚坐在地上，脚底竟然在滴血。

场下的观众立刻都直起身看究竟是什么情况。

医务人员在另一头，还没注意到这里。庄墨辰看姚晓琴那么痛苦的模样，脚下便有些迟疑。不管怎么说，这姑娘心眼不坏，又是安昀轩的朋友……

结果还没等庄墨辰行动，耳边就一阵风刮过。再看时，本已经接近终点的许磊竟然出现在了姚晓琴的身旁。他蹲下身小心翼翼地查看姚晓琴的伤势，随后眉头一皱，扛起她就往场外跑。

"怎么回事？"

"好像踩到什么东西了！"

许磊顾不上别人怎么说，一路喊着"让一让"，扛着姚晓琴就直奔场外自己的车。

陈梓翔一接到许磊的电话，便立刻安排了医生，等许磊和姚晓琴一到立刻开始治疗。

"哟……这么长的钉子……"医生也是吓一跳，"你忍着点。"

被摘掉面具的姚晓琴，是能忍痛的，但她所不能忍的，是许磊紧紧握着她的手，紧张得不知所措的模样。

他不是喜欢安昀轩吗？

不是为了她要和庄墨辰比赛的吗？

可为何此刻又不顾一切地留在她的身旁，陪她熬这样的痛楚？

钉子被拔出的一瞬，许磊也猛地握紧了姚晓琴的手，仿佛这痛苦是施加在他身上似的。

将姚晓琴抱上病床以后，许磊总算稍稍放松了一些，倒了水给姚晓琴喝。

姚晓琴喝着喝着眼睛就红了。

"很疼吗？"许磊紧张地看着她。

姚晓琴连忙摇头："我没事，你快回去吧！"

"回去？回哪儿去？"许磊坐到她的身旁抽了纸巾替她擦眼泪。

"对不起……"姚晓琴误会了许磊的意思，以为是在责怪她，"我本来是想帮你的。"

"你是不是知道了我和庄墨辰的赌约？"许磊语气难得地温柔，只是此刻姚晓琴哭得厉害，并未留意。

"其实，该说对不起的是我。"许磊再次握住姚晓琴的手轻声道，"我从……"

"晓琴，你没事吧？"陈梓翔忽然推开门进来，打断了两人的谈话，紧随其后的安昀轩和庄墨辰也一脸焦急地走进了病房。

许磊只好把话咽回肚里，对安昀轩道："没事，已经取出来了。"

"没事就好。"庄墨辰看了一眼姚晓琴脸上的泪痕，难得没嘲笑她。

回去的时候，安昀轩坐庄墨辰的车，姚晓琴坐许磊的车，然而这次，许磊却并没有把姚晓琴送回安昀轩的家。

车最终停在了海边，有一大片林子拦着，过不去，只能遥遥望着。

许磊把姚晓琴抱下车，脱了衣服垫着，让她坐在一块大石头上。

"能看到星星吗？"许磊坐到十分莫名的姚晓琴身边道。

"你带我来这里就是为了这个？"姚晓琴抬头，只有屈指可数的几颗星星装点着寂寞的夜色。

"我买了车以后，第一件事就是开到海边来看星星。但令我失望的是，即使没有了高楼大厦的遮挡，能看见的也是寥寥无几。我当时十分后悔，若不是我非要刨根究底地来这儿一趟，也许那片灿烂的星空，便可以永远定格在我的脑海中。想象，总比现实要来得美好。"许磊吸着微咸的空气道，"每个人都会给自己设定一个爱情故事，将遇到的自认为合适的人往故事里填充，可真当如愿以偿地同台演出时，剧情却未必如想象的那样美好。那种幡然醒悟的失望，会让人对自己的选择产生怀疑。但事实上，谁都没有错，只是你并不了解真正的他，也不了解自己究竟想要什么。"

姚晓琴静静听着许磊的话，这或许是两人相识以来，许磊对她说得最长的一段话了。

"你真像我初中的班主任。"姚晓琴自嘲地笑了笑，道，"她嫌我成绩不好，怕我拖累平均分，一个劲儿地劝我放弃中考。但我倔得很，还是在她的白眼中坚持到了最后，并且顺利考上了理想的初中。你现在也是在劝退我，是吗？"

许磊沉默地看着月色下长发披肩的姚晓琴，忽然觉得此时一脸淡然的她，十分陌生。

"能用理智说服的感情，便不是真正的感情了。"姚晓琴眺望着远方黑漆漆的海面道，"你放心，只要你好好对昀轩，我便不会再来打扰你。"

"我不是这个意思。"许磊忽然一把握住了姚晓琴的手。

姚晓琴一惊，想要抽回手，却听许磊道："我是想说，也许将来，你会发现，我并没有你想象的那样出色，但即使如此，你也愿意和这样的我一起走下去吗？"

姚晓琴愣住了。

耳边似乎只剩下海风的声音，让她都无法确定刚才那些话是否是她的幻觉。

"对不起，我总让你受伤，但今后，不会了。"许磊说着，低头吻住了姚晓琴的唇。

姚晓琴脑中一片空白，等反应过来想要推开时，许磊却已经搂紧了她，让她动弹不得。

这份爱，来得有些迟，却还是赶上了两情相悦的末班车。

原来付出的感情，被回应、被珍惜，是这样令人情难自已。

姚晓琴闭起眼睛，终于看见了幸福的轮廓。

不远处，狗仔队一号队员因为哭得太凶猛而正在大声地擤鼻涕，狗仔队二号队员一脸嫌弃道："安昀轩，别用我的袖子擦鼻涕……"

狗仔队三号队员道："这不科学，我妹妹什么时候喜欢上他的？"

狗仔队四号队员翻着手机不以为然道："我拍了董事长对夫人表白的视频，比这个还肉麻！"

狗仔队五号队员道："寅涵，你可以回老家继续倒卖火车票了。"

狗仔队四号队员立刻声泪俱下道："董事长，您什么时候来的？"

狗仔队六号队员夺下四号队员的手机，删掉视频以后道："这么说，我儿媳妇要换人了？"

狗仔队七号队员道："我儿子吻女生的姿势真笨拙！"

狗仔队八号队员扭头问狗仔队六号队员道："我们两家的婚事还能一起办不？"

狗仔队五号队员道："那要问他们自己了。"

狗仔队一号队员装没听见，狗仔队二号队员竟然红了脸。

情人节当天，庄墨辰买了九十九朵玫瑰，点了九十九支爱心蜡烛，跪在商务楼下面的广场上，声势浩大地向"狸猫大侠"求婚。

全公司上下都沸腾了，纷纷放下手中的活儿来围观这一盛况。

然而左等右等，女主角愣是没有出现。

"多数是你的诚意还没感动她。"许磊挽着已经戴上他送的戒指的姚晓琴嘚瑟道，"不如你对着楼上吼几声？"

庄墨辰想想公司内部恋爱又是上下级，安昀轩必定是压力挺大的，自己既然追她，就该拿出十足的气魄，于是扯开嗓子喊："嗷——"

全体喷。

不不不，庄总才不是紧张呢！

他只是练练嗓子。

正当庄墨辰打算扯开嗓门豁出去地喊出安昀轩的名字时，就听一个熟悉的声音在背后道："熊……啊，不，庄总，您这是在干什么？"

庄墨辰愣了几秒，才呆呆地回过头，站在他身后的，赫然就是提着两袋外卖的一脸莫名的安昀轩。

"刚才魏薇她们说想吃生煎，我就去买了点。"安昀轩看庄墨辰的视线落在她手上，还以为是责备她上班时间偷溜出去。

庄墨辰听了这解释，表情更扭曲了，半晌说不出话来。

"呃……昀轩，你刚是从偏门出去的？"听到他们对话的许磊沉默片刻后推断道。

"是啊！"安昀轩点点头，她偷溜出去买外卖难道还光明正大的吗？

"话说庄总您到底在干吗？"安昀轩又绕回到最初的话题。

庄墨辰简直是欲哭无泪了。搞了半天，女主角压根儿就不在楼里！

然而事已至此，仿若箭在弦上。庄墨辰脸也丢了，怎能就这样铩羽而归？

这般想着，庄墨辰豁出去了！一鼓作气地捧起安昀轩的脸张嘴就啃

315

了下去。

就这样，安昀轩的初吻被"熊猫大侠"当着全公司同事的面夺走了！

牙齿磕到牙齿，吻得生涩而笨拙，却还是成功地烙印在了心里，自此一生铭记。

一吻结束，庄墨辰深吸一口气强作镇定地问同样红着脸的安昀轩："你愿意，做阿毛的母亲吗？"

安昀轩哭了，她啜泣良久后小声说了句什么。

庄墨辰愣了愣，随后猛地抱起她，在同事们的祝福声中，旋转了一圈又一圈。

一年以后，两对恋人终于一同走进了婚姻的殿堂。

蜜月后的一天，姚晓琴在安昀轩家里托腮翻着杂志，随意问道："在庄墨辰向你求婚的时候，你到底回答了什么？"

安昀轩抱着每天都有新衣服穿的宝贝儿子"阿毛"道："我说，我的生煎撒了，你得赔我。"

姚晓琴托腮的手一松，下巴磕在了桌子上。

再抬起头时，正巧见到墙上挂着的一幅画。

画上的房子，连成了一排，两家大人带着两个孩子在院子里玩耍。

而那只原本坐在树上、无家可归的熊猫，此时正坐在粉红色的小木屋里，和它亲爱的方脸媳妇，一同笑眯眯地注视着它们的"父母"，幸福到老。